本好きの下剋上

司書になるためには手段を選んでいられません

第五部　女神の化身X

香月美夜
miya kazuki

TOブックス

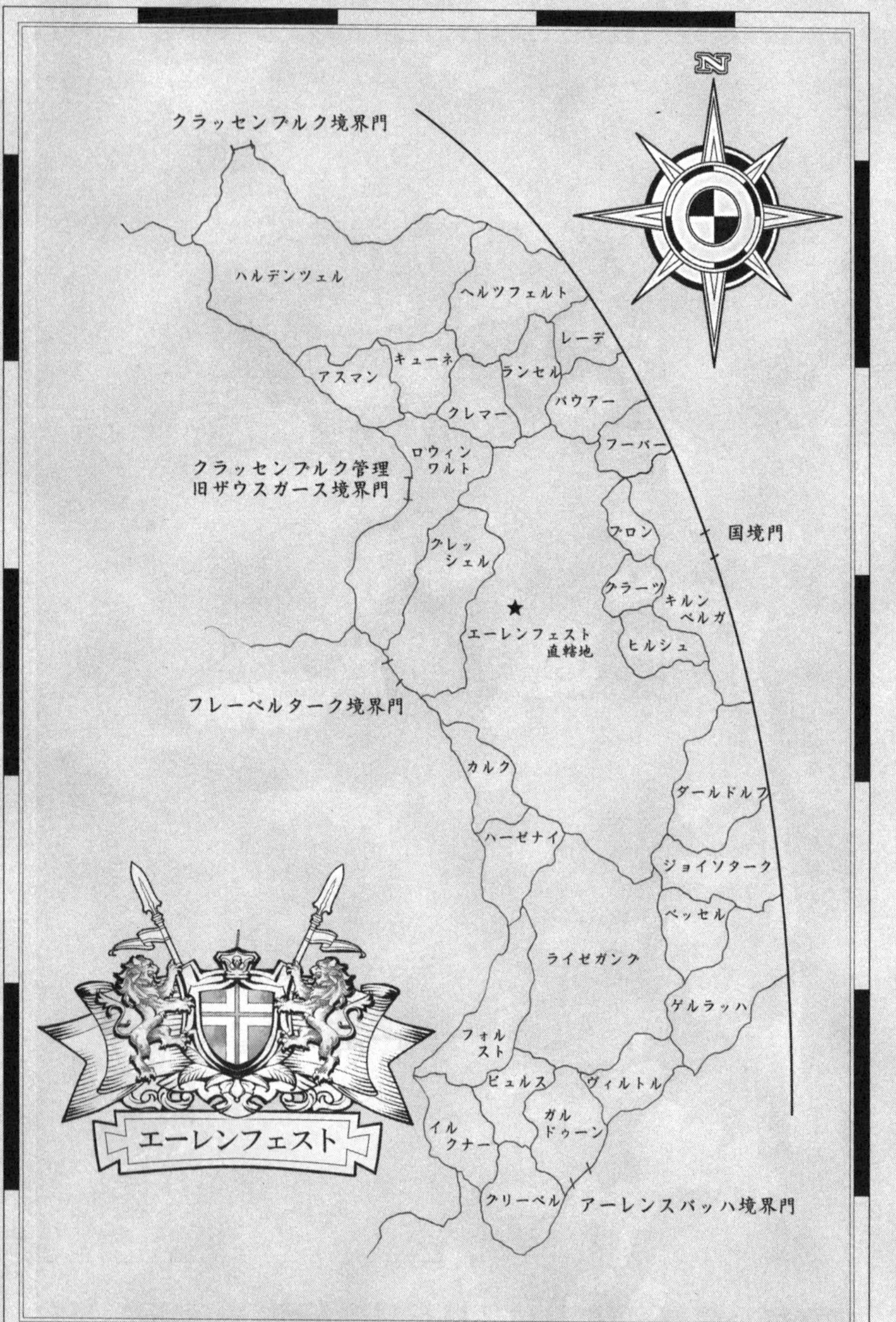
N
クラッセンブルク境界門
ハルデンツェル
ヘルツフェルト
レーデ
キューネ
アスマン
ランセル
バウアー
クレマー
フーバー
ロウィン
ワルト
クラッセンブルク管理
旧ザウスガース境界門
ブロン
国境門
グレッ
シェル
クラーツ
キルン
ベルガ
エーレンフェスト
直轄地
ヒルシュ
フレーベルターク境界門
カルク
ダールドルフ
ハーゼナイ
ジョイソターク
ベッセル
ライゼガング
ゲルラッハ
フォル
スト
ビュルス
ヴィルトル
ガル
ドゥーン
イル
クナー
グリーベル
アーレンスバッハ境界門
エーレンフェスト

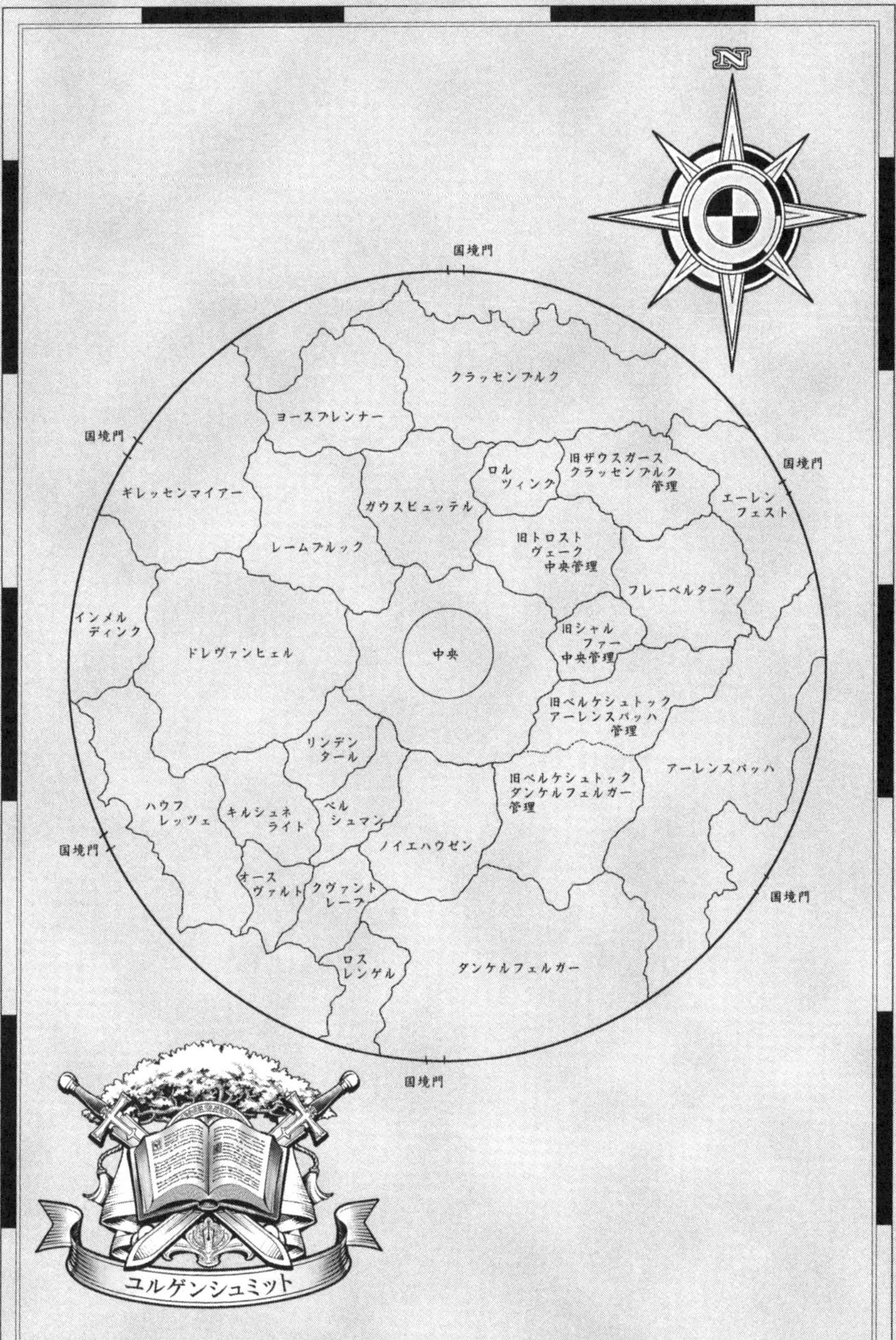
N
国境門
クラッセンブルク
ヨースブレンナー
国境門
ギレッセンマイアー
ガウスビュッテル
ロル
ツィンク
旧ザウスガース
クラッセンブルク
管理
国境門
エーレン
フェスト
レームブルック
旧トロスト
ヴェーク
中央管理
フレーベルターク
インメル
ディンク
ドレヴァンヒェル
中央
旧シャル
ファー
中央管理
旧ベルケシュトック
アーレンスバッハ
管理
リンデン
タール
アーレンスバッハ
旧ベルケシュトック
ダンケルフェルガー
管理
ハウフ
レッツェ
キルシュネ
ライト
ベル
シュマン
ノイエハウゼン
国境門
オース
ヴァルト
クヴァント
レーフ
国境門
ロス
レンゲル
ダンケルフェルガー
国境門
ユルゲンシュミット

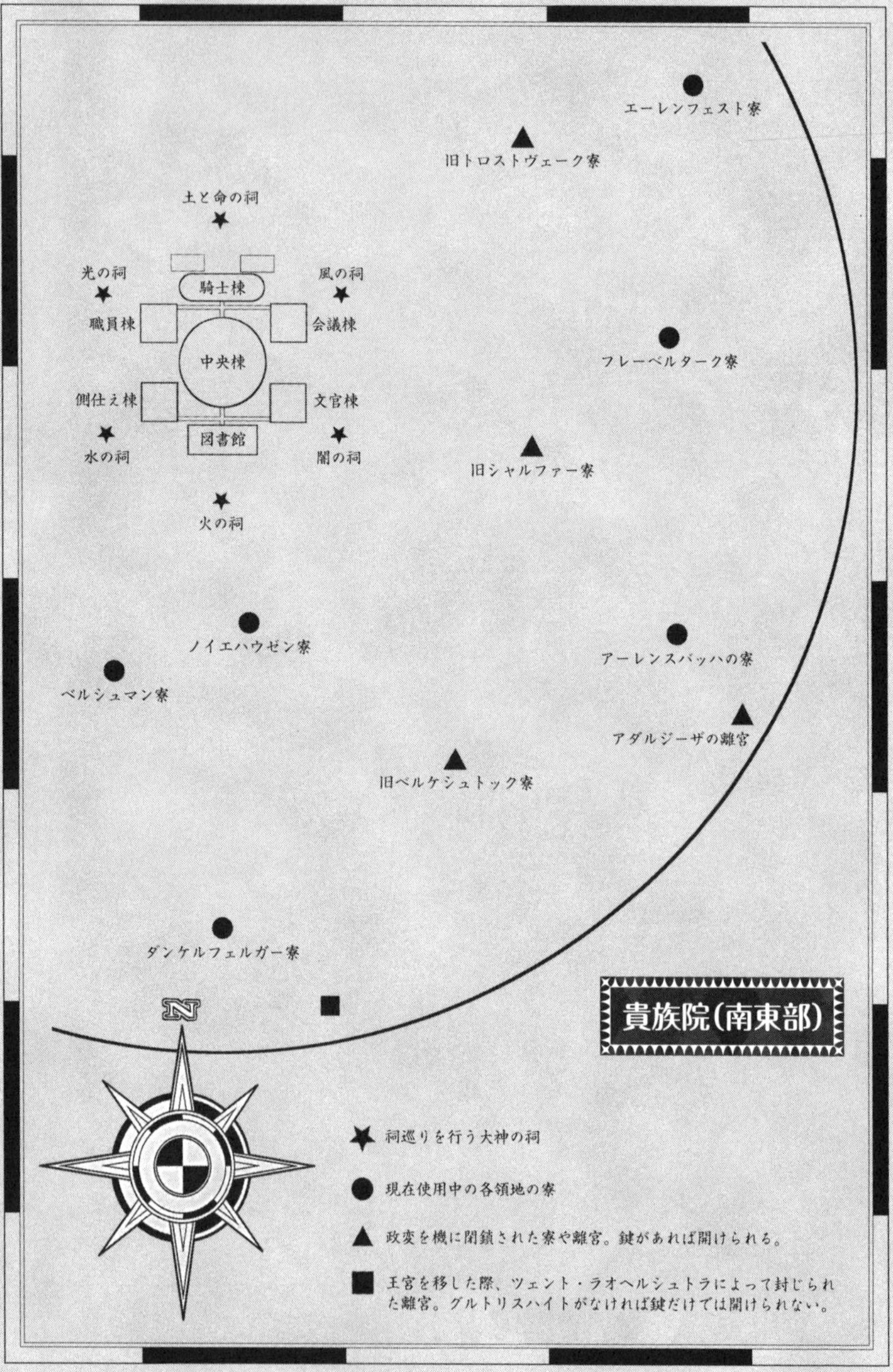
貴族院（南東部）
エーレンフェスト寮
旧トロストヴェーク寮
土と命の祠
光の祠
騎士棟
風の祠
職員棟
会議棟
中央棟
フレーベルターク寮
側仕え棟
文官棟
図書館
水の祠
闇の祠
旧シャルファー寮
火の祠
ノイエハウゼン寮
アーレンスバッハの寮
ベルシュマン寮
アダルジーザの離宮
旧ベルケシュトック寮
ダンケルフェルガー寮
N
祠巡りを行う大神の祠
現在使用中の各領地の寮
政変を機に閉鎖された寮や離宮。鍵があれば開けられる。
王宮を移した際、ツェント・ラオヘルシュトラによって封じられた離宮。グルトリスハイトがなければ鍵だけでは開けられない。

第五部

女神の化身X

イラスト：椎名　優　You Shiina
デザイン：ヴェイア　Veia

登場人物

第四部あらすじ

貴族院におけるローゼマインは、最優秀で問題児。祝福で魔術具の主になったり、大領地とディッターをしたり、王族に恋の助言をしたり、黒の魔物を倒したり、採集場所を癒やしたり……。そんな中、フェルディナンドの出生の秘密を知る中央騎士団長の進言によって、婿入りの王命が出された。それを受け、フェルディナンドはアーレンスバッハへ旅立った。

ローゼマイン
主人公。神様の力で成長して成人前後くらいの見た目になったが、中身は特に変わっていない。本を読むためには手段を選んでいられません。貴族院の四年生。

ヴィルフリート
ジルヴェスターの息子。ローゼマインの兄で貴族院四年生。

エーレンフェストの領主一族

ジルヴェスター
ローゼマインを養女にしたエーレンフェストの領主でローゼマインの養父様。

フロレンツィア
ジルヴェスターの妻で、三人の子の母。ローゼマインの養母様。

シャルロッテ
ジルヴェスターの娘。ローゼマインの妹で貴族院三年生。

メルヒオール
ジルヴェスターの息子。ローゼマインの弟。

ボニファティウス
ジルヴェスターの伯父。カルステッドの父。ローゼマインのおじい様。

フェルディナンド
エーレンフェストの領主一族。王命でアーレンスバッハへ行った。

ローゼマインの側近

オティーリエ
ローゼマインの筆頭側仕え。ハルトムートの母。

ベルティルデ
上級側仕え見習い一年生。ブリュンヒルデの妹。

リーゼレータ
中級側仕え。アンゲリカの妹。

グレーティア
中級側仕え見習いの五年生。名を捧げた。

ハルトムート
上級文官で神官長。オティーリエの息子。

クラリッサ
上級文官。ハルトムートの婚約者。

ローデリヒ
中級文官見習いの四年生。名を捧げた。

フィリーネ
下級文官見習いの四年生。

コルネリウス
上級護衛騎士。カルステッドの息子。

レオノーレ
上級護衛騎士。コルネリウスの婚約者。

アンゲリカ
中級護衛騎士。リーゼレータの姉。

マティアス
中級護衛騎士。名を捧げた。

ラウレンツ
中級騎士見習いの五年生。名を捧げた。

ユーディット
中級護衛騎士見習いの五年生。

ダームエル
下級護衛騎士。

エーレンフェストの貴族

ブリュンヒルデ
元ローゼマインの側近でジルヴェスターの婚約者。

リヒャルダ
元ローゼマインの側近でジルヴェスターの上級側仕え。

カルステッド……騎士団長でローゼマインの貴族としてのお父様。
エルヴィーラ……ローゼマインの貴族としてのお母様。
エックハルト……フェルディナンドの上級護衛騎士。カルステッドの息子。
ユストクス……フェルディナンドの側仕え兼文官。リヒャルダの息子。
ラザファム……フェルディナンドの下級側仕え。
ヴェローニカ……ジルヴェスターの母親。現在幽閉中。

中央の関係者

トラオクヴァール……ツェント。
マグダレーナ……ツェントの第三夫人。
ジギスヴァルト……第一王子。次期王。
アナスタージウス……第二王子。
エグランティーヌ……アナスタージウスの妻。
ヒルデブラント……第三王子でマグダレーナの息子。
ラオブルート……中央騎士団長。
アルトゥール……ヒルデブラントの筆頭側仕え。
ルーフェン……ダンケルフェルガーの寮監。
ヒルシュール……エーレンフェストの寮監。
ソランジュ……貴族院図書館の中級司書。
シュバルツ……貴族院図書館の魔術具。
ヴァイス……貴族院図書館の魔術具。
エアヴェルミーン……元神様。始まりの庭の白い木。
イマヌエル……中央神殿の神殿長。
レリギオン……中央神殿の前神殿長。故人。

ダンケルフェルガーの貴族

ジークリンデ……領主の第一夫人。
レスティラウト……領主一族で次期領主。
ハンネローレ……領主候補生で貴族院四年生。
ハイスヒッツェ……ダンケルフェルガーの上級騎士。

アーレンスバッハの貴族

ゲオルギーネ……先代領主の第一夫人でジルヴェスターの姉。故人。
ディートリンデ……前領主一族。ゲオルギーネの娘。
レティーツィア……前領主一族。先代領主の孫で養女。
アルステーデ……上級貴族。ゲオルギーネの娘でディートリンデの姉。
ブラージウス……上級貴族。アルステーデの夫。
シュトラール……フェルディナンドの上級護衛騎士。元騎士団長。

その他

ジェルヴァージオ……ランツェナーヴェ王。
レオンツィオ……ランツェナーヴェの使者。
ジョルダーノ……ランツェナーヴェの使者。

第五部

女神の化身X

プロローグ

薬草を載《の》せられて、秤《はかり》がキッと小さな音を立てて傾いた。それを文官が真剣な目で見つめ、少しだけ薬草を摘《つ》まんで取り除く。その横では別の文官がメッサーで手早く薬草を刻んでいた。調合鍋をバイメーンで丁寧《ていねい》に掻《か》き回しているのは、ディートリンデの姉であるアルステーデだ。

……退屈《たいくつ》ですこと。

離宮の調合室で姉と自分の側近が調合している様子を見て、ディートリンデはゆっくりと溜息《ためいき》を吐《つ》いた。現在ディートリンデはグルトリスハイトを手に入れるために、貴族院のどこかにある離宮の一つに滞在している。

元々グルトリスハイトを手に入れるためには何日もかかると言われていたし、衣食住にそれほどの不満はない。本来ならばランツェナーヴェからやって来る姫が過ごすための離宮なので、家具や道具は格の高い物が揃《そろ》えられているし、生活に必要な魔術具の数々も揃っている。

食料や料理人はランツェナーヴェの館から運び込んでいるし、下働きの者達も連れてきている。この離宮を準備したラオブルートも自分の館から生活に必要な物や側仕《そばづか》えを連れてきているので、給仕の手は足りている。

離宮に到着した日の夜だったか翌日だったか定《さだ》かではないけれど、何やら不都合なことが起こっ

たようでラオブルートに外出を禁じられた。不安や不満を口に出す者もいたけれど、誰にも文句を言われず好きなように過ごせるので、その時のディートリンデは特に不満を感じていなかった。

……わたくし、皆から頼られて大変でしたわ。

ランツェナーヴェの者達に回復薬の作り方を教えて称賛《しょうさん》を浴びたり、騎獣《きじゅう》の作り方や乗り方を教えて憧れの目で見られたり忙しかったことを思い出し、ディートリンデはフフッと笑った。彼女のおかげでランツェナーヴェの者達は騎獣に乗ったり全身鎧《よろい》を作ったりできるようになったのだ。全身鎧の作り方を教えたのは彼女の護衛騎士だが、側近の功績《こうせき》は自分の功績なので問題ない。

この離宮での生活には、レオンツィオと仲良くしていたところで文句を言う婚約者もいなければ、「お仕事をしてください」と追い回してくる文官もいない。最高の環境だった。

……別にわたくしは離宮でずっと遊んでいたわけではありませんわ。次期ツェントへの道を着々と進んでいますもの。誰も文句をつけられないでしょう。

二、三日するとラオブルートの根回しが成功し、人目を気にしながらではあるが、外出ができるようになった。レオンツィオを始めとするランツェナーヴェの者達がシュタープの石の採取に出かけ、昨日はディートリンデが次期ツェントになるために必要と言われた祠巡《ほこらめぐ》りを行った。ラオブルートが案内しなければ外出できないのは不便だが、味方ではない中央騎士団に見つかるわけにはいかないので仕方ない。

……ラオブルート様が一緒でも見つかりましたけれどね。

最後の祠を清め終えたディートリンデは、高揚《こうよう》した気分でそのまま次期ツェントへの道を突き進

むつもりだった。けれど、不審者《ふしんしゃ》が貴族院に侵入していたらしく、ラオブルートのところへ次々とオルドナンツが飛んでくる事態になってしまった。ディートリンデ達は木立に隠れながら離宮まで戻らなければならず、中央騎士団の動きが落ち着くまで再び離宮に押し込められることになった。

……本当に間が悪いこと。

先日までの外出禁止時期と違って、今日はレオンツィオがシュタープの取り込みをするために自室の寝台に籠《こ》もりきりである。そのせいでディートリンデの相手をしてくれる者がいない。そうなると、彼女は途端《とたん》に離宮での生活を退屈に感じてしまった。仕方なく姉であるアルステーデとお茶をしようとしたけれど、文官達と調合をする予定があると断られたのである。

……お姉様はいつもこうなのですもの。

アルステーデは母親であるゲオルギーネの言うことをよく聞く真面目《まじめ》な優等生で、責任感が強い人だ。その反面、母親に命じられたことを終えるまでは、ディートリンデが何を言っても聞き入れてくれないところがある。

……もうじきアウブ・エーレンフェストになるお母様より、次期ツェントになるわたくしの方が偉くなるのに、お姉様は……。

妹とのお茶より、母親の「離宮では回復薬や魔術具を作って、ラオブルート様やジェルヴァージオ様に協力するのですよ」という言葉を優先するのだ。そういうアルステーデの態度が、ディートリンデには不満で仕方ない。

……ここにお母様はいらっしゃらないのに。

彼女達の母親はエーレンフェストの礎《いしずえ》の魔術を手に入れるために出発してしまった。どうしてエーレンフェストのような片田舎の領地に固執《こしつ》するのかディートリンデは知らない。けれど、母親が欲しいものを手に入れて機嫌《きげん》が良くなるならばそれで良いと思っている。

「お姉様、そろそろ調合を切り上げましょう。夕食に間に合わないかもしれませんわ」

ディートリンデは回復薬や魔術具の作製をしていたアルステーデに声をかけると、椅子からゆっくりと立ち上がった。同じ部屋の中にいたけれど、ディートリンデ自身は調合をしていたわけではない。側仕えに爪を磨かせながら見ていただけだ。

「……まだ早すぎるのではないかしら？」

文官達と顔を見合わせた後、アルステーデは調合している鍋に視線を戻す。やはり調合より扱いが軽い。ディートリンデはツンと顔を逸《そ》らした。

「あら、そのような調合服で食堂へ行くことなんてできないでしょう？　お部屋に戻って着替えなければならないのですもの。そろそろ調合は終わりにしましょう。まだ続けるのでしたら、わたくしの回復薬を多めに作ってくださいませ」

「ディートリンデの回復薬を？　これは皆に配られる物ですから、心配しなくてもディートリンデの分もあります。ねぇ？」

アルステーデが周囲の文官達に同意を求めれば、「その通りです。ディートリンデ様の回復薬もございます」と答えが返ってくる。

「皆と同じではなく、わたくし、あと二つほど余分に回復薬が欲しいのです。ランツェナーヴェの

者達にも配るでしょう？　ここで調合している文官はわたくしの側近ばかりですから、本来ならば作製された回復薬は全てわたくしの物になるのが正しいではありませんか。それを皆に分けるのですもの。わたくしの分を少しくらい多く確保したところで問題ないでしょう？」

アルステーデは困った顔になって、決められた分量しか作っていないので、融通《ゆうずう》することが難しいと言う。

「個人の分を増やしたいならば、ディートリンデも自分で作れば良いでしょうに……。二つ分くらいならば、夕食までに仕上がりますよ」

「あら、それはできませんわ。わたくし、昨日全ての祠を清めて回るのが本当に大変でしたもの。今日は休養日ですし、明日からはまたグルトリスハイトを得るために動かなければならないでしょう？　離宮にいるお姉様が作ってくださいませ」

祠巡りは騎獣を使って回っていたので、足の痛みなどの肉体的な苦痛はない。だが、普段は外で長時間を過ごすことがないため、疲れていたことは事実だ。今日の午前をずっと寝台で過ごしたことで、その疲れはすでに取れている。だからといって、調合をする気はなかった。そもそもディートリンデは細かい作業の多い調合が好きではない。

「明日は外に出られるとラオブルート様がおっしゃったの？」

調合の手を止めないアルステーデにそう問われて、ディートリンデはそっと頬《ほほ》に手を当てる。ディートリンデの知る範囲ではまだ外出の許可はない。それでも、次期ツェントであるディートリンデがお願いしてみれば何とかなると思う。

「許可はありませんけれど、少しでも早くグルトリスハイトを手に入れなければならないし、お姉様も早く帰りたいとおっしゃっていたではありませんか。わたくし、お姉様のためにお願いしてみますわ。そうすれば……」

「今はラオブルート様が騎士団を動かしてくださっているのですから待ちましょう。祠巡りをしている貴女《あなた》達が誰かに見つかったのでしょう？」

勝手に出歩くと捕まる可能性が高いとアルステーデに窘《たしな》められていたディートリンデは、最後の一言を耳にしたところで目を吊《つ》り上げた。

「違います！　見つかったのは不審者ではございませんか。次期ツェントであるわたくしを不審者と間違えるなんて、いくらお姉様でも失敬ですわ」

「……まぁ、そうだったかしら？」

不思議そうに首を傾《かし》げるアルステーデの姿に、ディートリンデは溜息を隠せなかった。まさかそんな勘違いをしているとは思わなかったからだ。自分の姉とは思えない。

「もう、しっかりなさって。それより、お姉様は帰りたくありませんの!?　姉妹で協力してラオブルートにお願いすれば……」

「もちろんわたくしも早くアーレンスバッハに帰りたいと思っています。わたくしもブラージウス様もこちらにいるのですもの。ベネディクタはきっと心配しているでしょう。でも、わたくし達の都合でラオブルート様に無理を言ってはダメですよ。お母様も王族や中央に関することはラオブルート様のご指示に従うように、とおっしゃったでしょう？」

……嫌ですわ。こんな時にもお母様の言いつけが大事だなんて！

ディートリンデは領地に残されているベネディクタに同情した。母を恋しがっているはずの幼い娘より、母親の言いつけを優先するなんて信じられなかった。こういう時は何をおいてもベネディクタのところへ戻れるように、アルステーデは全力を尽くすべきではないか。

ディートリンデと一緒に少しでも早くグルトリスハイトを得られるようにラオブルートに協力を要請したり、ラオブルートが忠誠を捧《ささ》げているジェルヴァージオに頼んでラオブルートに命じてもらったり、少し考えればできることはいくらでもあるはずだ。

「お姉様はお母様のことばかりですわね」

「……。そういえば、今日もお手紙の返事はお母様から届いていないのかしら？　昨日か今日にはエーレンフェストに着いているはずでしょう？」

ディートリンデは離宮に到着してすぐの頃、母親へこちらの現状を知らせるために魔術具の手紙を送った。だが、「エーレンフェスト内に潜入したので、あと五日は何も送ってこないでちょうだい」という返事が来ただけだった。「魔術具の手紙によって潜伏場所を知られる可能性があるから警戒《けいかい》しているのでしょう」とアルステーデには言われたけれど、ディートリンデは自分の想《おも》いを母親に振り払われた気持ちでいっぱいだったし、姉にも自分の悲しみをわかってもらえない苛立《いらだ》ちを感じたものだ。

「お姉様、わたくし達が心配しなくても、お母様は礎の魔術を染めていらっしゃるに決まっていますわ。ハァ、わたくし、お母様を正式なアウブ・エーレンフェストに任命するために頑張っている

のに、お母様はわたくしからの連絡を禁じるし、ラオブルートは外出を禁じるし……」

そこでディートリンデの気持ちはやはり外出を禁じるラオブルートへの不満に戻ってしまった。グルトリスハイトさえ手に入れられれば母親も認めてくれるはずなのに、現実はちっともディートリンデの思う通りに進まないのだ。本当に嫌になってしまう。

「ディートリンデ、ラオブルート様はお忙しいのですよ。離宮だけではなく、中央騎士団にも顔を出さなければならないし、王族から情報を仕入れなければならないのですから」

「あら！　そのくらい、わたくしだってわかっていますわ」

子供に言い聞かせるような口調にディートリンデが反発すると、アルステーデは「そう？」と微笑《ほほえ》んだ。

「ならば、わたくし達が回復薬や魔術具を作りながら外出できる時を待つしかないとわかっているでしょう？　回復薬を作るのは大事なことですよ。そろそろランツェナーヴェの者達がシュタープの取り込みを終えるから、シュタープの使い方を教える時にはたくさん必要になりますもの」

アルステーデに言われてディートリンデはハッとした。自分が取り込みにどのくらいの時間がかかったのか考えると、レオンツィオもそろそろ出てくる頃だとわかる。夕食の頃か、明日の朝食までには終わるはずだ。今日はつまらない時間を過ごすことになったけれど、明日からは楽しくなるに違いない。

「ほら、ディートリンデ。貴女の分の回復薬ですよ」

話をしている間に、アルステーデは回復薬を作ってくれたようだ。ディートリンデの気分がグッ

と上向きになった。

……今日はお茶に付き合ってくださらなかったけれど、特別に許して差し上げるわ。お姉様も大変ですものね。

一昨日《おととい》だっただろうか。こちらで行う役目を終えたアルステーデが領地に帰ろうとしたら、何故《なぜ》かランツェナーヴェの館の扉が開かなかったのだ。誰かに鍵《かぎ》をかけられているようだとアルステーデは言った。仕方なくアーレンスバッハ寮から領地へ戻ろうとしたけれど、寮の扉を開けることもできなかった。

おかしいとラオブルートに訴えて調べてもらったところ、アーレンスバッハの礎の魔術を何者かに奪われたらしいと言われたのである。中央でもまだ詳細をつかめていないようで、ラオブルートにも誰が礎の魔術を奪ったのか、アーレンスバッハの現状がどうなっているのかわからないらしい。

オルドナンツは領地の境界線を越えて飛ばないので、アーレンスバッハの現状を知るためにディートリンデは魔術具の手紙を送った。

いくら礎の魔術を奪われたとはいえ、城にはまだディートリンデに味方する貴族がいるはずだ。手紙を送れば必ず返事が来て、何らかの情報を得られるだろう。もしくは、手紙を読んだ者が礎の魔術を奪った敵だったとしても、次期ツェントである彼女への畏《おそ》れと敬意から敵が手を引くだろうと考えたのだ。

けれど、その手紙に対する返事はまだ味方の貴族からも、敵からも届いていない。まるで自分が無視されているようで腹立たしく思うと同時に、何が何でもグルトリスハイトを手に入れなければ

ならないとやる気が漲《みなぎ》ってくる。

「お姉様、わたくしが次期ツェントになるまでの辛抱《しんぼう》ですわ」

「ふふっ、そうね。さぁ、そろそろお部屋に戻りましょうか」

アルステーデが淡い微笑みを浮かべる。もっと褒《ほ》めてほしいけれど、この姉は昔から感情表現が乏《とぼ》しかった。「さすがディートリンデ！」と盛り上げてくれることはない。


調合室の片付けを文官に任せ、ディートリンデは側仕えや護衛騎士を連れてアルステーデと一緒に自室へ戻る。側仕えが開けた扉を出て、渡り廊下で繋《つな》がっているもう一つの建物へ向かって歩き始めた。

何度見てもこの離宮は不思議な造りをしているとディートリンデは思う。普通の離宮には主《あるじ》が住むための最も大きな本館があり、本館より小さな規模で洗礼式後の子供が使う離れ、第二夫人や第三夫人が使う離れ、騎士の訓練場などがあるものだ。けれど、ここはとても似た建物が二つ並んでいるだけで、他の建物がない。

……この不思議な建て方がわたくしには好都合ですけれど。

最初に離宮へ到着した当初、ラオブルートは片方の建物で皆を生活させる予定だったようだ。けれど、想い合う未婚の男女が同じ建物で寝起きするなんてとんでもないことである。ディートリンデが常識を説いた結果、ジェルヴァージオが「ならば、其方等《そなたら》はあちらの建物を使えば良い」と言った。

「あちらはランツェナーヴェの姫が住むための建物だ。私はこちらの離れで育ったので懐《なつ》かしい自室を使うが、其方等があちらの本館を使いたければ使っても構わぬ」

ディートリンデとしてはランツェナーヴェの館と繋がる転移陣があり、何日も過ごせるように食料や調合用の素材などが運び込まれ、下働きもいる離れで過ごしたいと思っていた。調合室も食堂も離れにある。着替えや寝る時以外の行動は離れでなければできない不便さをディートリンデが我《が》慢《まん》するなんておかしいからだ。だから、ランツェナーヴェの者達に本館へ移るように言ったけれど、ジェルヴァージオは譲《ゆず》らなかった。

「本館は女性のためにある。建物を分けたいならば、女性である貴女が本館へ移動しなさい。どうしても離れで過ごしたいならば、当初の予定通りに同じ建物で過ごせば良かろう。建物を分けたい者が移動しなさい。其方以外は誰も困っておらぬ」

レオンツィオも含めた皆と一緒に離れで過ごすか、本館へ移動するか好きな方を選べと冷たく言われ、ジェルヴァージオは自分の側仕えを連れてさっさと自室へ向かった。こちらの離れで育ったという言葉に嘘《うそ》はないらしく、その足取りに迷いはない。

誰もディートリンデのために離れを譲るべきだとジェルヴァージオに意見してくれなかった。ラオブルートは「共用部分を案内している間に決めてください」とだけ言って、食堂や調合室、騎士の訓練場などを案内し始める。

見知らぬ離宮で元の居住者と争うのは、あまりにもディートリンデにとって分が悪かった。仕方なく本館で過ごすことを選んだが、これで本館の方がみすぼらしかったり、小さかったりしたら移

るのを諦《あきら》めただろう。

……未婚の男女が同じ建物で寝起きすることを誰も指摘《してき》しないし、問題視しないなんて……。

ディートリンデがジェルヴァージオとのやり取りを思い出して憤慨《ふんがい》しているうちに渡り廊下の終わりが見えてきた。側仕えが本館の扉を開ける。

「ディートリンデ様、アルステーデ様、少々お待ちくださいませ。すぐにあちらの扉も開けますね」

渡り廊下から扉を開けて本館へ入ると、最初に到着するのは小さな部屋だ。普通は渡り廊下から廊下や階段のあるホールに繋がるのに、本館ではこの部屋を通り抜けて鍵の付いた扉を開けなければ階段のある広いホールへ出られない。渡り廊下側には窓もなく、本館で普通に生活していると、渡り廊下の存在にさえ気付かなそうだ。

「渡り廊下に出るのにいくつも扉を開けなければならないなんて、日常的に使うには少々使い勝手が悪いと思いませんこと？　まるで渡り廊下を誰かから隠しておきたいように思えますわ」

「まぁ、ディートリンデは面白いことを考えるのですね。誰から何のために隠すのかしら？」

クスクスと笑いながらアルステーデが三階へ階段を上がっていく。本館の三階にはかつてランツェナーヴェの姫が使っていたと言われている三つの大きな部屋がある。今はディートリンデ、アルステーデ、ブラージウスが使っている。

三階の部屋は扉や窓の格子《こうし》に複雑で美しい花の模様が彫《ほ》り込まれているのが特徴で、コラレーリエ、シェンティス、レーヴェライアとそれぞれの部屋で象徴とされている花が違う。その部屋にはランツェナーヴェの姫が使う部屋と言われれば納得できる美しい家具の数々が揃えられていた。男

性であるブラージウスは家具などが女性らしい物ばかりであることに不満を漏《も》らしていたが、ディートリンデは部屋自体には満足している。

自室に繋がる形で側近が使うための部屋もあるが、男性側近には二階の部屋を使ってもらっている。

「では、着替えが終わったら夕食に行きましょうね」

アルステーデはコラレーリエの部屋へ、ディートリンデはレーヴェライアの部屋に入った。


着替えを終えて再び離れの食堂へ移動する。そこで談笑している者達は昼食時に比べて人数が増えていた。レオンツィオの姿もある。

「あら、レオンツィオ様。シュタープの取り込みが終わったのですね」

「ディートリンデ様。たった二日ほどのことなのに、何だかとても久し振りにお顔を拝見《はいけん》した気分です」

「まぁ、そんなにわたくしに会いたかったなんて……」

直接的な口説き文句にディートリンデは少し頬を染める。まさかレオンツィオがシュタープを取り込む間もずっと自分のことを考えていたなんて思わなかった。

「明日からはぜひシュタープの扱いを学びたいと思っています。自在に扱えるようになれば、きっとディートリンデ様のお役に立てることでしょう」

「えぇ、次期ツェントであるわたくしが教えますわ。ご安心なさって」

ランツェナーヴェの者達は魔力が多い。そのため、シュタープの扱いを覚えたら戦力になるはず

だ。貴族院で習った全てを教えるのは時間的に無理だが、戦い方だけに限れば覚えるのにそれほど時間はかからないだろう。

それに、初心者に教えるくらいはディートリンデにもできる。騎獣の作り方を教えていた時のようにランツェナーヴェの者達の称賛に包まれる自分を想像して彼女は楽しくなってきた。

「そういえばジェルヴァージオ王の姿が見当たりませんが……」

ランツェナーヴェの使者の一人で、レオンツィオの背後に従者として控《ひか》えていることが多いジョルダーノが食堂内を見回した。ディートリンデはジョルダーノの言葉につられて、食堂内を見回す。この離宮の主として振る舞っているジェルヴァージオが姿を見せないとは珍しい。

「今夜はいらっしゃいません。皆様だけで食事を済ませてほしいとのことです」

答えたのは、ラオブルートの館から応援に来ている筆頭側仕えだ。彼の最も重要な役目はラオブルートとの連絡係である。城勤めの貴族が仕事の合間に館の筆頭側仕えに帰宅や食事の連絡をすることは珍しくない。それを利用してラオブルートは王宮の様子や命令を筆頭側仕えにオルドナンツで送る。その連絡を受け取って離宮にいる者達に主の意向を伝えたり、逆に離宮の者達の要望や状況を主に送ったりするのが彼の仕事だ。

「昨日ジェルヴァージオ様はわたくしと一緒に祠巡りをしましたもの。途中から囮《おとり》として別行動をしていましたし、お疲れなのでしょうね」

祠巡りを終えたジェルヴァージオは、不審者を捜そうと中央騎士団が動き始める中でディートリンデの代わりに囮としてラオブルートと図書館へ向かった。次期ツェントであるディートリンデの

方が重要なので先に逃げるのは当然だが、負担の多い役割を引き受けてくれたことには感謝している。彼が夕食に同席できないことをディートリンデは寛大な心で受け入れた。

「では、お席へどうぞ」

側仕えの一言でそれぞれが席に着き、給仕の側仕えが動き始めた。和《なご》やかな夕食の中で、どのような順番でシュタープの使い方を教えるのが良いかという話題で盛り上がる。

「まずはシュタープの形を安定して維持《いじ》できるようにならなければ何もできません」

「シュタープはなるべく余計な装飾《そうしょく》をつけない形にした方がよろしくてよ。装飾に凝《こ》ると、美しくても安定させるのが難しいですから」

「それはディートリンデが貴族院の講義で先生に注意されたことではなくて？」

「嫌だわ、お姉様。何をおっしゃるの？　一般論ではございませんか」

夕食の後もランツェナーヴェの者達はシュタープの扱いについて知りたがり、就寝《しゅうしん》時間を知らせる七の鐘が鳴るまで形の安定のさせ方や魔力を放出するコツについて話をすることになった。

「シュタープを安定して出せるようになれば、次は呪文で武器や道具に変形させる方法などを教える予定です。皆様は騎獣や鎧を作る中で魔力の扱いについて訓練しているので、覚えるのも早いと思いますよ」

ブラージウスの言葉に意欲を見せるランツェナーヴェの者達を見回し、ディートリンデは得意満面でシュタープを出した。

「こうして変化させますのよ。メッサー！」

「メッサーは素材の採集や調合でもよく使用します」

ブラージウスの話を真剣に聞き、ディートリンデの見せる手本に「素晴らしい」とレオンツィオ達が歓声《かんせい》を上げる。今日一日をつまらない気持ちで過ごしていたディートリンデは、欲しいものを得られた多幸感で自分の胸が満たされていくのを感じていた。

……明日からまた楽しい日々になりますわね。

退屈だが平和な静寂《せいじゃく》は真夜中に破られる。

ディートリンデの期待する明日が来ることは二度となかった。

夜の貴族院

「ケーシュルッセル　エアストエーデ」

転移陣を動かすための光の奔流《ほんりゅう》や転移特有の浮遊感《ふゆうかん》が消え、わたしはゆっくりと目を開ける。国境門から国境門へ転移するための呪文を使ったのに、到着した場所は今までの国境門と違った。開閉できる屋根がなく階段もついていないし、四方を白い壁に囲まれている部屋だった。白い壁に囲まれていて、出入りするための扉と転移陣しかない部屋という点では、貴族院と領地を繋ぐ転移の間に似た場所だ。ただ転移陣のある床と扉の縁《ふちど》取りだけは、国境門の色彩と同じで淡い虹色をしている。

扉の縁取りが淡い虹色なので、この扉はグルトリスハイトを持っていなければ開けない国境門と同じなのだろうか。それとも、扉自体は普通の木材にも見えるので、鍵があれば誰でも入ってこられるのだろうか。一目では判別できない。

「同じ呪文で移動できる場所なのに、今までの国境門とはずいぶんと様子が違いますね」

わたしと同じ疑問を抱いたレオノーレに、マティアスも同意する。

「ローゼマイン様、ここは本当に貴族院なのですか？」

そんな質問をされても困る。わたしも初めて転移した場所だ。ここが貴族院の敷地内であること

は間違いないけれど、貴族院のどこなのか正確にはわからなかった。

……とりあえず調べてみようか。

この部屋の位置によっては、この先の計画にも変更が必要かもしれない。わたしはメスティオノーラの書で国境門に繋がる転移陣の位置を調べてみる。貴族院の中央棟だった。領主候補生コースの講義が行われる専門区域の更に奥で、普段は学生の立ち入りが禁じられている場所だ。

……うーん、フェルディナンド様は部屋の位置も知っているのかな？

フェルディナンドに声をかけようとしたところで、彼がここにいないことを思い出した。フェルディナンドは残りの騎士達と共にまだアーレンスバッハの国境門で待機している。

「わたくしは残りの騎士達を連れてきます。転移陣を使うので、皆はそこから出てそのまま待機です。この部屋から勝手に出たり外の様子を確認したり騒いだりしないでくださいね」

わたしはアーレンスバッハの騎士達に待機を命じ、騎士達の見張りにコルネリウスを残して他の護衛騎士と転移した。

「ケーシュルッセル　アーレンスバッハ」

国境門に戻ると、待機している騎士達に声をかける。

「では、転移陣に整列してください」

騎士達が整列するのを待つ間、わたしはフェルディナンドに小声で問いかけた。

「これまでの国境門と違って、貴族院の転移陣はお部屋にありました。フェルディナンド様はあの転移の間がどこにあるのかご存じですか？　この先の計画に見直しは必要ですか？」

「見直しは必要ない。以前、少々事情があって入り込んだことがあるからな。……あぁ、整列が済んだようだ。行くぞ」

……どんな事情があれば、立ち入り禁止区域の転移の間に入り込むんだろうね？

相変わらずフェルディナンドの過去は理解不能で、どんな経験をしてきたのか見当も付かない。わたしはそれに助けられていることの方が多いので、文句を言える立場ではないけれど。

計画の見直しが必要なかったことに安堵《あんど》して、わたしはフェルディナンドと並んで転移陣の上に立った。

「ケーシュルッセル　エアストエーデ」

全員が集合すると、フェルディナンドが騎士達を見回す。

「フェアベルッケンの印を持ったか？」

レオノーレの提案で文官達が急遽《きゅうきょ》作ってくれた隠蔽《いんぺい》用のお守りである。騎士達の分は魔石に魔法陣が込められているが、わたしの分は魔紙に魔法陣を描くことでお守り代わりにしている。

「密集しているところに即死毒を使われては困る。なるべく早く建物から出るぞ」

口元は布で覆《おお》っているし、それぞれユレーヴェを持っている。それでも、なるべく即死毒には当たらない方が良い。ランツェナーヴェの掃討戦《そうとうせん》からゲルラッハの戦い、今夜の中央戦まで戦いが続いている騎士の中にはユレーヴェの残量が減っている者も多いからだ。

「建物から出るまで喋《しゃべ》るな。準備は良いか、ローゼマイン？」

フェルディナンドの合図を受けて、わたしはメスティオノーラの書を押しつけながら扉を開ける。ギギッと小さく軋《きし》む音さえ真夜中の貴族院にはよく響いた。沈黙《ちんもく》が広がる中にピリッとした緊張《きんちょう》感《かん》が走る。

は真っ暗だ。部屋は転移陣が光っていたせいでそれほど暗く感じなかったけれど、時間は真夜中で外は真っ暗だ。少しずつ開いていく扉の隙間から闇がゆっくりと進入してくるように見えた。

フェルディナンドが軽く手を動かすと、最前列にいたエックハルトとアンゲリカが音を立てないように外へ出ていく。暗闇に二人の鎧がわずかに浮かび上がっていた。中央騎士団の見回りと鉢合《はちあ》わせないことを神に祈りつつ、わたしは視力を強化しながら二人の後ろ姿をじっと見つめる。

周囲を確認していたエックハルトの手が上がった。近くに見張りの騎士達はいないらしい。それを見たアンゲリカがエックハルトより更に先へ進んだ。

曲がり角で止まったアンゲリカが手を横に振って、こちらへ戻ってくる。どうやら曲がり角の先には人影があるようだ。そちらは寮や離宮への転移扉が並ぶ回廊と繋がる廊下なので、中央騎士団の騎士達が見張っていても不思議ではない。

「会議棟の方から出られるか?」

フェルディナンドがボソリと呟《つぶや》くより先に、アンゲリカの動きを確認したエックハルトが彼女と反対側の通路へ進んでいく。会議棟の方向には中央騎士団の姿は見当たらないようだ。手が上がって手招きするように指が動いた。

「ユストクス」

小声で指名されたユストクスが窓の鍵を開けるためにエックハルトのところへ向かう。少しする

と、エックハルトが手を振った。

「なるべく音を立てず、順番に行け」

部屋から騎士達が整列して出て行く。ここの扉を閉める役目のあるわたしは最後まで残らなければならない。騎士達が出て行く背中を見ていると、フェルディナンドが小声で呼びかけてきた。

「ローゼマイン、君はもう護衛騎士と戻っても構わぬ」

この期《ご》に及んで何を言い出すのか。わたしはフェルディナンドを睨《にら》んだ。ダンケルフェルガーにはわたしがグルトリスハイトを出すことでこちらの正当性を示すように言われている。確かに魔石さえ碌《ろく》に扱えないわたしでは足手まといだけれど、フェルディナンドが持っているメスティオノーラの書の隠れ蓑《みの》になるくらいはできるはずだ。

帰るように指差された転移陣を見た後、わたしは首を横に振って廊下へ出ることで同行するのだと無言で主張する。仕方なさそうにフェルディナンドも転移の間を出た。わたしはグルトリスハイトを使って扉を閉めると、騎士達の後ろについて歩き始める。

足元のカーペットに見覚えがあったことで、貴族院の中央棟だと実感した。メスティオノーラの書を得られる場所であり、国境門へ移動できる転移陣がある。間違いなくここがユルゲンシュミットの聖地なのだと今更のように思い知った。

誰も声を発さず、静かに月明かりを反射するだけの白い建物の中を進む。夜の校舎だと思うと、何だかどこかの教室から理科室の骨格標本のような変な物が飛び出してきそうなスリルがある。緊張で手足が震えていた。意味のないことを叫びたくなるような緊迫《きんぱく》した沈黙の中、騎士達が一つだ

け鍵を開けられた窓から外へ飛び出していき、騎獣で次々と木立の中へ姿を消していく。

「本当に戻らなくても良いのか？」

「行きます」

「ならば、叫ばぬように」

それだけ言うと、フェルディナンドはわたしを抱えて窓から外へ飛び降りた。わたしはひぃっと叫びそうになって、慌てて口を手で塞《ふさ》ぐ。落下する感覚にあわあわしているわたしと違って、フェルディナンドはさっさと騎獣を出し、わたしを自分の前に座らせて飛び立った。

……こんなことを当たり前にできている騎士達、すごいよ。

フェルディナンドの騎獣の動きに合わせ、木立の中で待機していた他の皆も出てきて騎獣で夜空を駆け始める。

「ローゼマイン、ダンケルフェルガーに連絡を」

すでにダンケルフェルガーの騎士達は貴族院の寮で待機しているはずだ。わたし達が国境門からの転移で貴族院に到着したら知らせるように言われている。

「はい。……アウブ・ダンケルフェルガー、ローゼマインです。こちらは中央棟を出ました」

わたしはハルトムートが作ってくれた、オルドシュネーリの魔法陣が刻まれた魔紙に早速《さっそく》声を吹き込み、宛先をスティロでダンケルフェルガー寮の多目的ホールと書いた。

……中央棟がこれで、あれが貴族院図書館だから……。

わたしは魔紙を紙飛行機に折ると、ダンケルフェルガー寮がある方向を確認してすいっと飛ばす。

夜空を切り裂くように白い紙飛行機が飛んでいった。

　今わたし達が向かっているのはアーレンスバッハ寮だ。ダンケルフェルガーの騎士達も連絡を受けたらそちらへ移動することになっている。敵がアダルジーザの離宮にいるため寮内が無人だし、距離を考えてもダンケルフェルガー寮と中央棟から離宮へ向かう時の合流場所として最も適していると判断されたからだ。合流した後で、隠蔽の神フェアベルッケンに隠されたアダルジーザの離宮を捜すことになっている。

「フェルディナンド様は離宮へ行っても大丈夫なのですか？　その、嫌な気分になるのでしたら、外から指示を出すだけでも良いですよ？」

　わたしが聞いた範囲だけでもフェルディナンドにとって良い思い出がある場所ではないはずだ。離宮の中に踏み込むようなことはしたくないだろう。嫌な場所にわざわざ赴《おもむ》く必要はない。わたしがそう言うと、フェルディナンドは大きく溜息を吐いた。

「戦いが嫌いで行きたくなくてもアウブとしてここにいる君の前で私に逃げろ、と？　余計な気を遣《つか》う必要はない。私はむしろあの離宮を粉々にしてやりたいと思っている」

「ちょっと待ってくださいませ。アーレンスバッハを更地にするとか、ランツェナーヴェと王族のどちらかが片付いていればよかったとか、離宮を粉々とか……最近のフェルディナンド様は何だか思考が物騒《ぶっそう》ですよ」

　少し休んだだけでは取れない疲れのせいで、思考回路が危険な方向に向かっているのではないだ

ろうか。わたしがそう心配するとフェルディナンドは苦笑した。

「わざわざ口にしなかっただけで、元々の思考が物騒なのだ。最近のことではない。案ずるな」

「そこで案ずるなっておかしいですよね!?」

「では、君が勝手に案じていれば良かろう」

……そんな面倒臭そうに言わないで！　自分のことだよ！

ひとまずフェルディナンドの思考が物騒なのは元々で、アダルジーザの離宮を忌避《きひ》しているわけではなく破壊したいと思っていることはよくわかった。ジェルヴァージオについて話をした時の表情や口調がひどいものだったのでかなり心配していたのだけれど、本人は行く気のようだ。

「そういえばフェルディナンド様は離宮の位置がわかりますか？　地図ではアーレンスバッハ寮の右斜め下ですけれど、真っ暗な上空から見てもどこがどこだか全然わかりませんね。わたくしにはアーレンスバッハ寮の方向さえわかりませんもの」

中央棟や専門棟などが集まっている貴族院の中心部にいれば、自分と建物の位置から方角がわかる。けれど、そこを抜けると、ポツンポツンと各領地の寮とほのかに光っている円柱状の採集場所があるだけで、それ以外は真っ暗で広大な森が続いているだけだ。わたしには本当に今アーレンスバッハ寮へ向かっているのかどうかさえわからない。先頭を駆ける騎士達はこの夜空と黒い森しかない中でよく方向がわかるものだと感心してしまうくらいだ。

「……もしや君はアーレンスバッハ寮の場所さえ把握《はあく》できないくらいに地図が理解できていない状態で、離宮のおおよその場所がわかるとアウブ・ダンケルフェルガーに向かって得意そうに言って

いたのか？」

「おおよその場所ですから嘘は言っていません。地図と実際の土地が結びつかないだけでわからないわけではないのですよ。地図の右斜め下ですから南東へ向かえば良いのです」

「それで南東へ向かえない者をわかっているとは言わぬ。グルトリスハイトを手に、指示を出す君がそのような状態でどうする？」

フェルディナンドから地図を理解できていないと言われたけれど、そんなことは大して問題ではないのだ。わたしがわからなくてもわかる人がいるのだから。

「フェルディナンド様にお任せしておけば良いと知っていますから、わたくしに南東がわからなくても良いのですよ。フェルディナンド様は貴族院の二十不思議研究で祠の位置を調べていたでしょう？　ヒルシュール先生の研究室に資料がありました。実際に祠を調べていたようですから、おおよその位置をご存じでしょう？　グルトリスハイトの有無なんて全く関係ないですよ」

わたしが振り返って言うと、フェルディナンドはものすごく嫌そうな顔になって「前を向きなさい」と言った。仕方がないので言われるままに前を向く。

貴族院の上空には夜でも魔法陣が見えた。

遠目にアーレンスバッハ寮が見えてきた。アーレンスバッハ寮で間違いないと確信を持ったのは、ダンケルフェルガーの騎士達が上空にいるからだ。たくさんの騎獣がほのかに光っているし、寮を囲む森の木々が揺れて魔力差のある者の襲来《しゅうらい》に驚いた鳥が飛び立ち、小動物系の魔獣が逃《に》げ惑《まど》って

騒いでいることからもその存在感は圧倒的だった。

「ダンケルフェルガーに隠密《おんみつ》行動は無理か」

「フェアベルッケンの印を持っているわたくし達と一緒にはなりませんよ。それに、ダンケルフェルガーは存在自体がうるさ……いえ、とても存在感がありますから。ほほほ……」

思わず本音が零《こぼ》れてしまった。口元を押さえて笑って誤魔化《ごまか》していると、オルドナンツが飛んできた。わたしの腕に降り立って口を開く。

「ローゼマイン様、ダンケルフェルガーです。こちらはすでにアーレンスバッハ寮の上空に到着しました。アーレンスバッハの騎士達はどの辺りにいらっしゃいますか？」

オルドナンツが三回喋り終わる前に、「視線をどこかに向けておきなさい」と言いながらフェルディナンドの手がオルドナンツを鷲掴《わしづか》みにした。わたしがそっぽを向いている間にフェルディナンドは魔石から再びオルドナンツにして返事を吹き込む。

「フェルディナンドだ。フェアベルッケンの印を持っているため、そちらからは見えぬようだが、こちらからは見えている。すぐに着く」

フェルディナンドの言葉を伝える白いオルドナンツが夜空を飛んでいくのが見える。上空で待機していたダンケルフェルガーの集団が、わたし達を探すように寮の上空で旋回《せんかい》し始めた。

……なんか蜂《はち》っぽい。

普通に待機していてくれれば良いのに、まるで蜜蜂が餌場《えさば》を見つけて仲間に知らせるような動きをダンケルフェルガーが見せ始めた。

「じっとしていられないのはハイスヒッツェだけではないようだな。領地の特色か？　これだけダンケルフェルガーが騒いでいれば隠密行動も何もあったものではないぞ」

呆《あき》れたような口調で言いながら、フェルディナンドは身につけていたフェアベルッケンの印を外し、アーレンスバッハの騎士達の最前列に出ていく。フェアベルッケンの印は転移陣がある中央棟で中央騎士団と戦闘状態になるのを避けるための物だった。これから先は同士討ちを防ぐためにも外した方が良いだろう。

「皆、フェアベルッケンの印を外せ！」

フェルディナンドの号令によって一斉に印が外される。ダンケルフェルガーの騎士達が突然姿を現したわたし達に興奮の声を上げた。

「おぉ、ここまで来ていたのか！　全く気付かなかったな！」

「フェルディナンド様、離宮はどこですか？　早速向かいましょう」

「何故ハイスヒッツェがここにいるのだ？　ずいぶんと人数が多いように思えるが……」

聞き覚えのある声がしたと思えばハイスヒッツェがいるらしい。アーレンスバッハやゲルラッハの戦いに参加していたので、今回はお留守番だと思っていた。もしかすると無理を言って参加したのではないだろうか。

「ローゼマイン様、離宮への案内を頼みます」

どうやらダンケルフェルガーの先頭はアウブ・ダンケルフェルガーのようだ。わたしは騎獣の上で挨拶しようとしたが、手を振って断られた。

「このような戦いの場で普段通りの挨拶は不要。それより早く離宮へ案内してください」

わくわくしている様子を隠そうともしていないアウブ・ダンケルフェルガーの弾《はず》んだ声音《こわね》に、わたしは振り返ってフェルディナンドを見た。離宮に到着してからではなく、先に注意が必要な気がする。離宮を見つけた瞬間に飛び込んでいきそうだ。

わたしの視線を受けたフェルディナンドが注意事項を述べ始める。

「アウブ・ダンケルフェルガー、これから離宮へ移動し、助言の女神アンハルトゥングの魔法陣を使ってフェアベルッケンによる隠蔽を暴《あば》きます。結界の有無を確認後、突入。外患誘致《がいかんゆうち》の罪を犯した者達をできるだけ捕獲《ほかく》してください」

犯人が生きているのといないのでは、その後のアーレンスバッハの負担に差が出る。要は今回の騒動の責任を負う者が必要なのだ。

「特に、ディートリンデ、アルステーデ、レオンツィオの三名は首謀者《しゅぼうしゃ》です。簡単に殺してしまわないようにお願いします。それと、敵は中和や解毒《げどく》などの手段を持っているため、躊躇《ためら》いなく即死毒を使ってくる可能性が高いと考えられます。対策はしていらっしゃいますか？」

「もちろんだ。ハンネローレ達が持ち帰った情報から、即死毒への対策は強化している」

「それから、こちらが把握している敵の情報です。ディートリンデとその側近で十名前後、アルステーデ夫妻は側仕えを連れているだけとのこと。ランツェナーヴェの者達は正式に挨拶をした者が十二名。その内、魔石の指輪を持っている者が八名。ですが、ここにジェルヴァージオという名のランツェナーヴェ王は含まれません」

王族がいればその側近が一緒だ。それはユルゲンシュミットもランツェナーヴェも同じらしい。レオンツィオもランツェナーヴェの王族らしく数人と行動を共にしていたとフェルディナンドから聞いた。ジェルヴァージオがやって来た船に何人の者が乗っていたのか、何人を連れて離宮へ向かったのかは、毒で倒れていたフェルディナンドにも、敵に連れ去られていたレティーツィアにもわからないことだった。

「現在、離宮にランツェナーヴェの者達が何人いるのか不明ですが、敵はアーレンスバッハの前領主一族とその側近、及びランツェナーヴェの王族とその側近です。光の帯で縛《しば》っても騎士の魔力量によっては逃げられる可能性があります」

「強敵。大いに結構」

アウブ・ダンケルフェルガーは満足そうにそう言ったけれど、わたしとしては強敵なんて出てほしくないし、できるだけ戦わずに捕縛《ほばく》してさっさと終わらせてしまいたい。

「ローゼマイン、グルトリスハイトと派手に唱えてあちらの方向を示せ」

わたしは背後から聞こえる小声の指示に従ってシュタープを高く掲《かか》げて「グルトリスハイト」と唱え、フェルディナンドが示した方向に光るメスティオノーラの書を動かしていく。彼が何を見て方向を判断しているのかよくわからないけれど、あちらが地図の右斜め下で南東らしい。

「あちらにわたくし達の捜している離宮がございます。参りましょう」

「おぉ！」

騎士達が興奮した声を上げる中、フェルディナンドはさっさと騎獣で先頭を駆け出した。

アダルジーザの離宮

何かを確認するように上空をちらちらと見ながら移動していたフェルディナンドが騎獣のスピードを緩《ゆる》めたのは、一見何も見当たらない黒い森の上だった。

「この辺りだ、ローゼマイン。助言の女神アンハルトゥングの……」

「わかっています。お任せくださいませ」

わたしはハルトムートやクラリッサと一緒に作製した魔法陣が描かれている魔紙を取り出した。シュタープを握り、紙に描かれている魔法陣へ魔力を注ぎ込んでいく。

「光の女神の眷属《けんぞく》たる助言の女神アンハルトゥングよ　隠蔽の神フェアベルッケンに隠されし物を示し給《たま》え」

暗闇を明るく照らす光の魔法陣がふわりと空へ上がっていき、一点を照らし出す。黒い森の中に今までは見えなかった優美《ゆうび》な離宮の姿が白く浮かび上がった。エーレンフェスト寮とはかなり建築様式が違う。そこに見えるアダルジーザの離宮は双子のように似ている二つの建物からできていて、渡り廊下で繋がっている。

手入れをする者がいなくなって荒れているけれど、この離宮には前庭、噴水、池があり、花壇《かだん》の名残《なごり》もたくさんある。住人がいた頃はとても華やかで美しい場所だったに違いない。冬と領主会議

の時期しか使用しないエーレンフェスト寮とはずいぶん違う。寮に花壇や噴水はない。冬は雪に埋もれてしまうし、領主会議の時期のためだけにそれらを設置すると、整備するために通年で下働きや貴族を寮に向かわせなければならないからだ。

……ここでフェルディナンド様が育ったのか。

わたしはそっと背後のフェルディナンドの様子を窺《うかが》う。面倒臭そうに眉間《みけん》に皺《しわ》を刻んでいるのが見えた。懐かしそうな表情は欠片《かけら》もない。本気でこの離宮を粉々にしそうだ。

「本当に離宮が出たぞ！」

「あそこに余所者《よそもの》がいるのだな！」

突然姿を現した離宮に、周囲から感嘆《かんたん》の声が上がる。そこにアウブ・ダンケルフェルガーからすぐさま指示が出た。

「結界の有無を確認せよ！」

乗り込み型の騎獣に乗っていたダンケルフェルガーの騎士が青く光る物を騎獣から投げ捨てた。重力と共に落下していくそれは、青く光る騎獣のようにも、青く光る子供が乗っているようにも見える。一体何だろうと目を瞬《またた》いていると、それはくるりと旋回し、自分で意志を持っているように動き始めた。

「え？　勝手に動いて……？」

「魔力で動かしているのだ。バカみたいな大きさだが、あれはゲヴィンネンの駒《こま》ではないか？」

フェルディナンドの言葉に、わたしは魔力で駒を動かすゲームの存在を思い出した。騎士コース

の座学をアンゲリカに理解させるために使った記憶が蘇《よみがえ》る。同時に、同じような物がダンケルフェルガーのお茶会室にあったことも思い出した。

「ダンケルフェルガーのお茶会室にあった青い置物と同じ物でしょうか？　まるで貴族院の二十不思議にあるディッター勝負を始めるゲヴィンネンですね」

「まるで、ではなくダンケルフェルガーが実際にやったのであろう。あの不思議話ができたのは、それほど昔の話ではない」

フェルディナンドの言葉にわたしは目を瞬いた。

「ハンネローレ様はご存じないようでしたよ？」

「貴族院に来る前のことならば、周囲が口を噤《つぐ》めばわからぬ」

「確かにそうですね」

洗礼式を終えた子供くらいの大きさがあるゲヴィンネンの駒が魔力を帯びて青く光り、離宮を目指して飛んでいく。バリーン、ガシャガシャン！　と硬質な音を響かせて離宮の窓に突っ込んだ。

「結界はない！　突撃！　私は上から行く。ハイスヒッツェは下から来い！」

「はっ！」

アウブ・ダンケルフェルガーが先頭に立って離宮へ突っ込み始める。手近なところから攻めるつもりなのか、手前の建物の三階にあるバルコニーに降り立ち、掃き出し窓を破壊して飛び込んでいった。アウブに負けじとダンケルフェルガーの騎士達の約半分が三階へ飛び込んでいき、もう半分が二階のバルコニーの窓を破壊しながら中へ飛び込んでいく。

「……指示を出す立場の人が一番に突っ込むのはどうなのですか？」

アウブという立場は普通後ろで悠然《ゆうぜん》と構えているようなイメージだが、アウブ・ダンケルフェルガーは一番乗りで突撃している。フェルディナンドは「何故外に見張りを残さぬ。全てこちらに押し付ける気か？」と嫌そうに呟いた。

「シュトラール、一班の騎士を連れ、中央騎士団の動向を探ってくれ。これだけの騒ぎになっているのに何の動きもないことが気になる」

「はっ！」

「全ての手柄をダンケルフェルガーに奪われるわけにはいかぬ。我々はもう片方の建物を攻める。二階のバルコニーから入り、二班から七班は女性の部屋がある三階を重点的に攻めろ！　捕虜《ほりょ》を確保したら前庭へ集めるように！」

「はっ！」

「八班は捕虜の監視《かんし》だ。ランツェナーヴェのレオンツィオの確認は其方等にしかできぬ」

「はっ！」

フェルディナンドの指示を聞いていたわたしは、何故ダンケルフェルガーのように三階のバルコニーから入らないのだろうかと疑問に思った。直後、フェルディナンドが指差した建物にはバルコニーが三階に全くないことに気付いた。全ての窓に植物や動物を模した、素敵だけれど頑丈《がんじょう》そうな格子がはまっている。思わずもう片方の建物と見比べた。

「あちらは三階にバルコニーがないのですね。よく似た建物なのに、どうしてでしょう？」

「住む者が違うからだ。傍系王族《ぼうけい》になった者と、ユルゲンシュミットに貴族としての登録のない者が同じ建物に住むと思うか？」

フェルディナンドによると、離宮の管理をする傍系王族の夫婦がいて、その子供として登録されるのはランツェナーヴェの王となる者、それから、ユルゲンシュミットの姫として育てられる女子だそうだ。ランツェナーヴェの姫達と彼女達が産んだいずれ魔石となる子供達は生活する建物さえ別らしい。侵入も逃亡も許さないと言わんばかりの格子の存在で、そこの住人がどのように扱われていたのか察せられる。

「……フェルディナンド様がこの離宮を粉々にしたくなる気持ちがよくわかりました」

「ゲルラッハの夏の館を壊した君の騎獣が使えないのは至極《しごく》残念だ。この離宮も簡単に破壊できたであろう」

からかうように言われ、わたしは思わずフェルディナンドを振り返った。

「わたくしのレッサー君を破壊用の道具のように言わないでくださいませ！　たまたま偶然が重なってしまっただけで、わたくしはゲルラッハの館を破壊するつもりなんてなかったのですよ！」

クッとフェルディナンドが笑った時、光の帯でグルグル巻きにされた捕虜一号が窓から放り出された。「まるであの時のマティアスだな」と言いながら、フェルディナンドが騎獣を離宮の前庭に降ろす。後を追ってわたしの側近達とフェルディナンドの側近達も降りてきた。

「ローゼマインはここにいろ。私は中で指示を出してくる」

「フェルディナンド様、わたくしも……」

「歩くのも走るのも遅いのに邪魔だ。君はここで捕虜の監視を行え。光の帯を破られたら、君が縛り直すのだ。ここにいる中では君が最も魔力が多い」

自分の騎獣も出せないわたしは足手まといでしかない。その中でも、わたしにできる役目を与えながらフェルディナンドがわたしの護衛騎士達に指示を出していく。

「クラリッサ、捕虜をこちらに連れてくるようにダンケルフェルガーへ指示を出しておけ」

「はい！」

「護衛騎士達はローゼマインを守れ。傷一つ付けるな」

「はっ！」

フェルディナンドはエックハルトとユストクスを連れると、騎士達の後を追って建物の中へ入っていく。わたしは前庭で待機だ。

クラリッサがオルドナンツを飛ばした後は、ダンケルフェルガーの騎士達が捕虜を連れてくるようになった。光の帯でグルグル巻きにされているのは若い男女が三人だ。誰も彼も寝込みを襲われることを想定していなかったようで、寝間着姿の者がほとんどである。魔法陣による光やゲヴィンネンの駒がぶつかった音で不寝番が気付いたとしても着替える余裕《よゆう》はなかっただろう。

「ダンケルフェルガーの騎士達が入った建物にはランツェナーヴェの者達が多いようです」

アーレンスバッハの騎士が連れてこられた捕虜を見下ろしてそう言った。三人ともレオンツィオと共にやって来て、アーレンスバッハで正式に挨拶をしたランツェナーヴェの使者らしい。彼等は無言でじっとこちらを見ているだけだ。口を開こうともしない。

「もう一人、連れてこられますね」

指差された先にわたしが視線を向けると、こちらに向かって連れてこられている捕虜の姿が目に入った。だが、その捕虜は光の帯を引きちぎってダンケルフェルガーの騎士から逃げ出した。彼を捕らえた騎士より魔力量が多いようだ。

「レオンツィオだ！」

捕虜の監視を任されていたアーレンスバッハの騎士達が声を上げ、十人いる八班のうちの半数がレオンツィオを捕らえようと騎獣に乗って駆け出した。

「邪魔はさせない。私はランツェナーヴェの王になるのだ！」

そう叫んだレオンツィオは騎獣に乗っていて、その手にはシュタープが握られている。

……え？　なんでシュタープを持ってるの？　レオンツィオって人はランツェナーヴェの使者で、王として育った人じゃないよね？

ランツェナーヴェの者にシュタープは与えられない。シュタープを得られるのはユルゲンシュミットに登録されている貴族だけだ。だからこそアダルジーザの離宮へランツェナーヴェから姫が送りこまれてくるし、次期王はユルゲンシュミットで成人まで育てられる。

フェルディナンドから聞いた範囲だが、ランツェナーヴェ王として育てられた男の名前はジェルヴァージオだった。レオンツィオではなかったし、フェルディナンドが生まれるより前にランツェナーヴェへ渡ったのだからかなり年上のはずだ。

……あの人、シュタープをどうやって手に入れたの？

即死毒と銀色の武器や防具に関しては警戒していたけれど、まさかランツェナーヴェの者がシュタープを持っているとは思わなかった。

予想外の展開にわたしが眉を顰《ひそ》めていると、おとなしく転がっていた捕虜の三人が光の帯を破ってゆらりと立ち上がった。その三人の手にもシュタープがある。こちらに向かって飛びかかるように駆け出しながら一斉にシュタープを振り下ろして魔力を打ち出してきた。わたしが神殿の青色巫《み》女《こ》見習いの頃にビンデバルト伯爵から受けたことがある魔力の攻撃と同じだ。

「ローゼマインッ！」

コルネリウスの鋭い声に、わたしはすぐさまシュタープを出して「ゲッティルト！」と叫ぶ。ビンデバルト伯爵の攻撃よりもずいぶんと威力が大きい。それでも恐怖は全く感じなかった。今までに自分へ向けられた攻撃の中では最も対応が簡単なものだし、わたしの周囲には護衛騎士達が何人もいるからだ。

コルネリウスの声に反応したレオノーレとラウレンツも即座に盾《たて》を展開し、同時に駆け出したアンゲリカとマティアスとコルネリウスがそれぞれの剣を振り下ろした。それだけで捕虜達が繰《く》り出した魔力弾は切り払われて、軌道《きどう》を変えて飛んでいく。

……まぁ、そうなるよね。

魔力差が圧倒的にあった上級貴族のビンデバルト伯爵の攻撃であっても、下級騎士のダームエルや戦い方さえ知らなかった青色巫女見習い時代のわたしが何とか対処できたくらいだ。相手が盾を出しても防げないと確信が持てるくらいに絶対的優位にある格上が格下を嬲《なぶ》る時や、不意打ちでな

ければ効果がない攻撃である。わたしの護衛騎士達が同じように魔力の塊《かたまり》を打ち出すか、盾を出せば簡単に防げる。魔力攻撃の中では最弱で、当たる確率が低い。ユルゲンシュミットの貴族ならばこんなに効率の悪い攻撃をしないはずだ。おそらく彼等はまだシュタープの使い方を知らない。

「くっ！」

悔しそうに顔を歪《ゆが》めた捕虜達が再びシュタープを振ろうとしたが、その時にはアンゲリカが身体強化をした素早い動きでシュティンルークと共に敵の懐《ふところ》に飛び込んでいた。

「アンゲリカ、ここで死なせないように気を付けて！」

レオノーレが怒鳴るように注意しながら、わたしの視界を塞ぐためにマントを広げる。直後、アンゲリカが少し焦《あせ》った声で「急いで癒《いや》しを！」と言った。どうやらちょっとだけレオノーレの注意が遅かったらしい。

「交代だ、アンゲリカ！」

水の属性を持っていて、多少癒しを使えるコルネリウスとアンゲリカが交代する。コルネリウスによって癒しが施《ほどこ》されたのか、レオノーレのマントが下ろされた。死なない程度の癒しがされたようで、一人の捕虜が光の帯ではなく、普通の紐《ひも》で縛られてコルネリウスに押さえられていた。

「ハルトムート、シュタープを封じる手枷《てかせ》を！」

コルネリウスの声にハルトムートが準備していた手枷を取り出して駆け寄る。これで敵はシュタープを使えなくなる。

残った二人の捕虜の動きを見れば打ち出す魔力が大きく、肉弾戦もまあまあ強いことがわかった。

けれど、シュタープから繰り出される攻撃は魔力を打ち出すだけだし、護衛騎士達に比べると鍛《きた》えられているわけでもない。寝ているところを襲撃されたせいか、ダンケルフェルガーによって武装解除がされたのか、彼等は銀色の武器や防具も持っていなければ、即死毒も持っていない。アンゲリカとマティアスによって、残りの二人もあっという間に取り押さえられた。すぐに動けないように手足の骨を折ってから縛り上げられている。

「クラリッサ、オルドナンツをダンケルフェルガーへ。敵がシュタープを持っていることを知らせてほしいのです。もう知っているでしょうが……」

レオノーレの指示を聞いて、わたしはダンケルフェルガーの騎士達が飛び込んでいった建物へ視線を向ける。窓が魔力の打ち出しによってあちらこちらで光っているのが見えた。窓が吹き飛んだところもある。「その程度で私の攻撃を防げると思うな！」というアウブ・ダンケルフェルガーの高揚した声も聞こえてきた。

そうこうしている間にもダンケルフェルガーの騎士達によって捕虜が連れてこられる。光の帯で縛られている捕虜に関しては、レオノーレが「アーレンスバッハを荒らしていた魔力がないランツェナーヴェの兵士と違って、敵は多大な魔力とシュタープを持っています。相応の対応をお願いします」と指示を出した。

そう説明された騎士達は逃亡を防ぐために手足の骨を折ってからシュタープを封じる手枷をつけて縛り上げていく。ゲッティルトの盾を構えたままレオノーレは厳しい目で苦痛に呻《うめ》く捕虜をじっと見つめる。

「……捕まったふりをして状況を確認しつつ、こちらの人数が減った途端、一斉に動き出すのですから彼等は全く訓練を受けていないわけではないようです。それなのに、どうしてこれほど魔力効率の悪い攻撃をするのでしょうか？　騎士達の縛《いまし》めを解ける魔力があればもっと色々なことができるでしょうに……」

レオノーレが不思議そうにそう言うのを聞いて、わたしは「ランツェナーヴェ王になる！」と叫んでいた男の方へ視線を向ける。レオンツィオという名前だっただろうか。彼もやはり寝間着姿で長い髪を少し乱しながら戦っていた。戦っているというよりは逃亡しようとして騎士達に追い回されているように見えるけれど。

レオンツィオもやはりシュタープから魔力を打ち出す以外の攻撃はできないのか、シュタープを振って魔力を何度も打ち出しながら騎獣で逃れようとしている。魔力は多いようで、騎獣の動きはやたら速い。だが、七人もいる騎士達の包囲網から逃れるのは容易ではない。じりじりと追い詰められていくのが遠目にもわかった。じきに捕まるだろう。

「まだ慣れていないのではありませんか？　シュタープを手に入れて日が浅いのだと思います」

騎獣は当たり前のように使えるし、魔力の打ち出しもできる。けれど、シュタープを武器に変換して戦ったり、ロートを上げたりすることはできないらしい。それは貴族院入学前のわたしと同じだ。わたしも貴族院に入る前から素材採集のために騎獣を作る練習をしたし、指輪で魔力を放ったりお祈りで祝福をしたりしていた。けれど、シュタープは扱い方を教えられるまで使えなかった。

「手に入れたばかり、ですか？」

「えぇ。貴族院で最初に習うロートさえ上がっていません。彼等が本当に中央騎士団と繋がっているならば一番に助けを呼んだはずです」

わたしの言葉にレオノーレが納得したように頷《うなず》いた。すると、レオノーレと一緒に盾を構えたまま周囲を警戒していたラウレンツが今度は疑問を口にした。

「ランツェナーヴェの王になりたければ勝手になれば良いのに、何故あの男はユルゲンシュミットの、しかも、貴族院までやって来たのでしょうか？　ランツェナーヴェの者達がユルゲンシュミットの貴族の証《あか》しであるシュタープを欲しがる理由がわかりません」

「ランツェナーヴェの王になるために必要なのかしら？　仮にそうだとすれば、これだけの人数がシュタープを得て、王の資格を得るのは不都合だと思うのですけれど……」

詳しい事情を知らないレオノーレにも不思議で仕方がないのだろう。ランツェナーヴェやアダルジーザの離宮に関しては貴族院の講義でも詳細を習わないし、わたし達がここに来たのは外患誘致の罪を犯したアーレンスバッハの前領主一族と協力者であるランツェナーヴェの者達を捕らえるためだ。わたしは側近達にもアダルジーザの離宮に関する情報を伝えていない。

「詳しい事情は本人達に語ってもらった方が早そうですね。ほら、捕まったようですよ」

わたしがダンケルフェルガーとアーレンスバッハの騎士達によって捕らえられたレオンツィオを指差すのと、フェルディナンド達が突入していった建物の三階でバン！　という爆発音がするのは同時だった。

ビクッと体が震えて、わたしは思わず視線を建物へ向ける。一瞬で空気が緊張し、皆がわたしと

同じように振り向いた。窓が割れてバラバラとガラスが降ってくる。建物の周囲を取り巻く白の石《いし》畳《だたみ》に当たって硬質な音を立て、砕けた。

「これは一体どういうことですの、フェルディナンド様⁉」

ガラスの音を掻き消すようなディートリンデの高い声が響く。他の騎士が捕らえることを期待していたけれど、フェルディナンドが彼女の部屋に到着してしまったらしい。物騒な思考の持ち主であるフェルディナンドと対峙《たいじ》するディートリンデを、わたしは少しだけ心配したが、続いて聞こえてくる声にその気持ちは消し飛んだ。

「いくら死の縁から這《は》い上がるほどわたくしの愛を求めていても、このような深夜に寝室へ乱暴に入ってくるなんて恥知らずにも程が……」

怒りの籠もったヒステリックなディートリンデの声がぷつっと途切れた。その後はもう何も聞こえない。それ以上喋れないようにされたことは嫌でもわかる。

「フェルディナンド様に対してあの言い様……。同行しているエックハルト兄上が暴走していなければ良いのだが……」

首謀者は殺さずに捕らえよという命令に違反するのではないかとコルネリウスが心配している。毒を放って殺そうとしたフェルディナンド相手にあの言い様である。あの場にいたらわたしが先に暴走していたかもしれない。

「大丈夫ですよ、コルネリウス。フェルディナンド様がエックハルト兄様を止めるでしょうし、癒しをかけることができます。ディートリンデ様が死んでいることはないでしょう」

首謀者には生きていてもらわなければ困ると言ったのはフェルディナンドだ。殺すはずがない。彼のそういう無駄に理性的で合理的なところを、わたしはある意味で信頼している。

アーレンスバッハの騎士達によって次々と縛られた者達が運び出されてくる。ユストクスによって光の帯でグルグル巻きにされ、ずるずると引きずられながら連れてこられたディートリンデは気を失っていた。

寝間着姿で縛られていて、豪奢《ごうしゃ》な金髪は引きずられたせいで全体的に薄汚れている。このような公衆の面前で成人女性が髪を下ろしているというのはあり得ないので、ディートリンデが目を覚ましたら大騒ぎしそうだ。

「ユストクス、死んでいませんよね？」

「エックハルトの攻撃を受けて気を失っているだけです。残念ですが、この後のことを考えて生かしています。引きずってきたので多少頭を打っていますが、これ以上頭が悪くなることはないので問題ないでしょう」

ニコリと微笑んでいるけれど、ディートリンデを見下ろすユストクスの茶色の瞳には軽蔑《けいべつ》と憎悪《ぞうお》がはっきりと表れている。全く隠れていない。

それに、怒りを見せているのはユストクスだけではない。アーレンスバッハの騎士達もまたディートリンデを前に怒りを堪《こら》えきれないような顔になっている。当然だろう。ディートリンデの行動で何人もの貴族達が犠牲《ぎせい》になり、アーレンスバッハは反逆の領地となったのだから。

「この辺りにいるのはアーレンスバッハの貴族ですか？」

ディートリンデの後からどんどんと連れ出されてくる。ランツェナーヴェの者達とアーレンスバッハの貴族の区別がつかないわたしは、周囲の騎士に問いかける。

「はい、ローゼマイン様。ディートリンデ様の側近達です」

ディートリンデの側近は報告を受けていた通り十人いる。まだこれから連れてこられるかもしれないけれど、誰も彼もどうしてこんなふうに縛られて転がされているのかわからないというような顔をしていた。何も言わないのは猿轡《さるぐつわ》をされているからだ。自分達を捕らえたアーレンスバッハの騎士達を反抗的に睨みつけている者も何人かいる。

ディートリンデの側近の中で、わたしが見てすぐにわかったのはマルティナだけだった。けれど、わたしが急成長したせいでマルティナはすぐに記憶の中のわたしの姿と今の姿を結びつけられなかったようだ。彼女は怪訝《けげん》そうな顔になった後で、大きく目を見開いた。

……それにしても、ランツェナーヴェとアーレンスバッハで完全に建物を分けて使っていたみたいだね。

フェルディナンド達が入っていった建物から連れ出されてくるのはアーレンスバッハの貴族ばかりだ。一人の女性がディートリンデの隣に転がされた。ゲオルギーネやジルヴェスターとよく似た色合いの髪で、明るい緑色の瞳をしている。その目が周囲の様子を窺ってあちらこちらに動くせいでおどおどとした雰囲気に見えた。それからすぐに縛られていても偉そうな表情を崩していない赤い髪の男性が連れてこられた。彼は紫色の瞳でじっとわたし達を見つめている。

「ローゼマイン様、こちらがアルステーデ様とブラージウス様です」

……あぁ、この二人が……。

ゲオルギーネの第一子でディートリンデの姉のアルステーデとその夫のブラージウス。ブラージウスは確か政変後に処刑された第二夫人の息子で、次期アウブ候補の片割れだったはずだ。

「こちらは制圧完了だ。ダンケルフェルガーの方はどうなっている？」

そう言いながらフェルディナンドが出てきた。ラウレンツがすぐにオルドナンツを送って状況の確認をする。スイッとオルドナンツがラウレンツのところへ飛んできた。

「こちらも制圧完了。目につく敵は全て捕らえた。現在は隠し通路や隠し扉の有無を確認中だ」

「……目につく敵は全員捕らえた、だと？」

オルドナンツの声にフェルディナンドが軽く目を見張って捕虜達を見回す。探す者がいないような仕草に嫌な予感がした。

「フェルディナンド様、どうされたのですか？」

「……ジェルヴァージオの姿がない」

「え？」

「ここにいるランツェナーヴェ人は若い者ばかりだ。使者として正式に目通りした者がほとんどで、ジェルヴァージオがおらぬ」

フェルディナンドが生まれた時にはランツェナーヴェに渡っていたのであれば、年齢的にはもう四十代ではないだろうか。そう思って見回すと、確かにその年代の者はいない。ジェルヴァージオ

本人も、おそらくその側近達も。

フェルディナンドがアルステーデの猿轡を取り、「ジェルヴァージオはどこだ?」と問いかける。恐怖に目を見張っている彼女はフェルディナンドの質問に答えるのではなく、パニックを起こしたように震える声で叫んだ。

「何故フェルディナンド様が生きているのです⁉ アーレンスバッハの騎士がわたくしに剣を向けるのです⁉ 一体何のためにダンケルフェルガーの騎士達がこのような……ぐふっ」

ガッとエックハルトがアルステーデを踏みつけた。突然踏みつけられて咳《せ》き込むアルステーデをエックハルトは敵意でギラギラとした目で睨みながら「フェルディナンド様はそのようなことを尋ねておらぬ。さっさと答えろ」と答えを迫る。

思いも寄らない暴力と敵意をぶつけられたアルステーデは、ひっと顔を引きつらせた。彼女はアーレンスバッハの領主候補生として育ち、婚姻《こんいん》によって上級貴族となった女性である。今までこのような暴力に晒《さら》されたことはないはずだ。エックハルトに髪をつかまれた彼女は泣きながら「存じません!」と叫んだ。

「ランツェナーヴェとアーレンスバッハで建物が別でしたもの。ジェルヴァージオ様がどのように夜を過ごされているかなど、わたくしは存じません!」

悲鳴のような声が響く。必死に頭を左右に振っている姿からは本当に知らないのだと思う。彼女達にどこまで情報が与えられているのか定かではない。知らない者を責めても、回答があるとは思えない。「もうその辺で……」とわたしが声をかけようとしたところで、フェルディナンドがわた

しの顔の前に手をかざして一歩前に出た。

「アルステーデ、其方は何やら被害者のような顔でわめきたてているが、何故かと問いたいのはこちらの方だ。何故次期アウブと定められたディートリンデではなく、其方が礎を染めた？　礎を染めて実質的にアウブとなったにもかかわらず、何故ディートリンデの横暴を止めなかったのだ？外患誘致として領地丸ごと危険に晒すにもかかわらず、何故ランツェナーヴェの者を連れて貴族院へやってきたのか？」

「わ、わたくしはお母様の命令で……」

冷たく見下ろしながら問いかけられたアルステーデは真っ青になって、ゲオルギーネの命令だったと言い始める。だが、その言い訳をフェルディナンドは鼻で笑った。

「礎を染めたアウブとして其方がランツェナーヴェの者達をアーレンスバッハの貴族として登録し、ランツェナーヴェの館にある扉を開けて転移陣を使い、貴族院の最奥《さいおく》の間を開け、愚かにも彼等にシュタープを与えたのであろう？　それがどれだけの罪かわからぬとは言わせぬ」

「……お、お母様のおっしゃることに間違いはありませんもの。そ、それに、わたくしの独断専行《どくだんせんこう》ではございません。ランツェナーヴェの者達にシュタープを与える際に最奥の間を開けたのは王族ですから」

フェルディナンドは眉を寄せただけだったが、周囲の騎士達が「何⁉」と驚きの声を上げた。外患誘致の罪を犯したアーレンスバッハの前領主一族を捕らえに来たら、王族がランツェナーヴェの者達に協力していると言われたのだ。当然の反応だろう。

「シュタープを採りに行きたくても、ツェントからアウブとしての承認を受けていないわたくしでは最後の扉が開けられませんでした。そのため、中央騎士団の騎士団長がお願いし、王族にご協力いただいたのです」

……王族がランツェナーヴェに協力!?　どういうこと!?

協力者

中央騎士団の騎士団長が危険であることはわかっていたけれど、そこに王族が関わっているとは思わなかった。どこにどれだけ裏切り者がいるのかわからない。周囲がざわめき始めたことでアルステーデは自分に非がないことを主張する。

「え、えぇ、そうです。これは王族もご存じのことなのです。わたくし達ではなく、こうして貴族院へ攻め込み、離宮を襲った貴方達《あなた》こそが反逆の罪に問われる可能性もございます。そ、それはご存じですの!?」

緑色の目を潤《うる》ませて真っ青になって震えながら必死に言い募《つの》るアルステーデの隣で、彼女の夫のブラージウスが猿轡をされたままフェルディナンドを紫色の目で嘲《あざけ》るように見上げ、フンと馬鹿にするように鼻を鳴らした。少なくとも彼はアルステーデと同じ考えのようだ。

フェルディナンドが眉間の皺を深くした。アーレンスバッハの騎士達に動揺が走る。即死毒の対

策もできているし、数でも圧倒的に有利だと楽観視し、制圧も時間の問題だと思っていたところで嫌な雰囲気になってきた。

そこにアウブ・ダンケルフェルガーからオルドナンツが飛んでくる。

「王宮にて中央騎士団の同士討ちが起こっているらしい。ダンケルフェルガーに救援の要請があったそうだ。我々はそちらへ向かう！」

オルドナンツが三回アウブ・ダンケルフェルガーの言葉を繰り返しているうちに、あちらの建物からは騎獣が次々と飛び出し始める。素早い動きや統率力は素晴らしいが、こちらは完全に放置である。ひくっと頬を引きつらせたフェルディナンドは、まだ喋っているオルドナンツを放置して、急いで新しいオルドナンツを形作った。

「アウブ・ダンケルフェルガー、王宮へ向かう前にそちらの状況の報告をお願いします。お急ぎでしたら報告と連絡のために一班分の騎士を残してください」

途中で放り出していくな、とフェルディナンドが文句を言いつつオルドナンツを飛ばすと、離宮から駆け出していた騎獣の団体からほんの一部が空中で止まり、舞い戻るようにして再び離宮へ入っていった。

「ユストクスと二班、三班の者はアーレンスバッハの者達の尋問《じんもん》を、ハルトムートと四班、五班の者はランツェナーヴェの者達の尋問を行え。アーレンスバッハから貴族院へ移動してからの行動と、今現在ここにいないジェルヴァージオについてできるだけ多くの情報が欲しい。時間がないことを念頭に置き、手早く行うように」

「はっ！」

フェルディナンドが軽く手を振ると、騎士達が捕虜達を動かし始めた。そこに背を向けて彼は残りの騎士達に視線を向ける。

「六班はアルステーデを連れて、あちらの建物に移動して警戒を。七班、八班はダンケルフェルガーが残した探索の続きを行う。九班、十班はこちらの建物の探索を続けるように。ローゼマインとその護衛騎士はこちらへ同行せよ」

尋問と探索についての分担を指示すると、フェルディナンドはわたしを騎獣に同乗させてダンケルフェルガーの騎士達のところへ向かい始めた。六班の騎士の一人に宙吊りにされながら一人だけ運ばれるアルステーデが悲鳴を上げている。騎獣で宙吊りは怖い。わたしはちょっとだけアルステーデに同情しつつ、フェルディナンドに尋ねた。

「フェルディナンド様、どうしてアルステーデ様だけを連れていくのですか？　可哀想《かわいそう》になるくらい怖がっていますけれど……」

「強者に従うことに慣れているため捕虜の中で最も情報を引き出しやすいし、味方のいない場所の方が聞き出しやすい。それに人知れずアウブになっていた彼女ならば、ディートリンデと同程度の情報を持っているはずだ。捕虜の中で事情を聞き出す対象として最も適していると判断した」

ディートリンデでは会話が成立しなくてまともな情報が得られないし、ブラージウスはのらりくらりと言い逃れをしそうだが、アルステーデはまだ扱いやすいらしい。

……何、その基準。合理的すぎて怖い。

「そこで宙吊りになっている愚か者が境界門を開けなければランツェナーヴェの船が入れなかったことを考えると、彼女こそが全ての元凶《げんきょう》と言える。ランツェナーヴェの者達を引き入れ、何人もの貴族が死に、レティーツィアが心に深い傷を負った。宙吊りなど何の罰にもならぬ。アルステーデはどれほど危険で愚かなことかわかっていながら、抗《あらが》えずにディートリンデやゲオルギーネの無茶な要求に従うのだ。知っている情報を全て吐き出せという私の要望に従うくらいは簡単であろう」

……フェルディナンド様が味方で良かった。敵に回しちゃダメだ。

宙吊りで移動させられた後、バルコニーに放り出されたアルステーデは恐怖で歯の根も合わない状態になっていた。フェルディナンドの質問に答えようと口を動かしているけれど、歯がガチガチと鳴っているだけで声になっていない。

「ふむ。先にダンケルフェルガーの話を聞くか」

六班に周囲の警戒とアルステーデの監視を任せ、フェルディナンドはダンケルフェルガーの騎士を手招きする。ここに残っているハイスヒッツェと他九名の騎士がバルコニーに集まってきた。

「一斉に全員が飛び立つとはダンケルフェルガーは一体何を考えているのだ？」

「ダンケルフェルガーの第一目的は王族の救助と貴族院の守りです。ツェントからの救援要請ですから仕方がありません」

ハイスヒッツェはキリッとした顔で言っているが、いきなり完全に手を離されるのは困る。フェルディナンドはハイスヒッツェからどの辺りまで探索が済んでいるのか尋ねながら離宮の中へ入り、

七班と八班のアーレンスバッハの騎士達に地階を中心に探索を行うように命じた。

「そういえば、彼等の部屋にはよくわからぬ道具がたくさんありました。こちらに集めています」

ハイスヒッツェに案内された部屋には魔術具や回復薬、銀色の筒を始め、見たことのない道具がたくさん持ち込まれていた。「即死毒などが入っているはずなので不用意に触るな」と注意されつつ、わたしはぐるりと見回す。

「これらの道具は後で文官棟にでも運び込むとしよう。ランツェナーヴェの者達が貴族院へ持ち込んだ物を私がアーレンスバッハへ持ち帰り、独占すると他領からの風当たりが強くなる可能性が高くなるからな」

見知らぬ道具を研究もせずに手放すなんてマッドサイエンティストが珍しいと思った直後、「これらの道具の研究を餌にいくつの領地が釣れるか……」という悪魔のような呟きが聞こえた。個人的には聞かなかったことにしたいけれど、悪いことを企《たくら》んでいる時のイイ笑顔で「政治的な取り引きに使いたい」と明確に言っている。

……マッドサイエンティストな発言の方がマシって気分になるなんて思わなかったよ。

政治的な駆け引きに引き込まれる領地の方々に心の中で「ご愁傷様《しゅうしょうさま》です」と手を合わせつつ、わたしはフェルディナンドの後ろをついて離宮の中を歩く。

離宮の中はどこもきちんと整えられている。政変の後、たくさん処刑される者がいた頃に閉鎖《へいさ》された離宮であれば、もう十年以上前に閉められたはずだ。それなのに布製品や家具がずいぶんと綺《き》麗《れい》に見える。ランツェナーヴェの姫は受け入れないとツェントが決めていたのに、ここまで整えら

れているなんて不思議だ。

「この離宮はまるで新しい住人が入るために整えられたように見えますけれど、どなたが準備したのでしょうね？」

「別に誰が準備した物でもよい。それより気になることが多々ある。アウブ・ダンケルフェルガーのオルドナンツでは情報が全く足りぬ。ハイスヒッツェ、王宮で一体何が起こった？」

フェルディナンドは報告に来る騎士達に次々と指示を出しながら、ハイスヒッツェに尋ねる。ハイスヒッツェは騎士らしくビシッと姿勢を整えて報告を始めた。

「王宮に詰めているダンケルフェルガー出身の中央騎士団の者からルーフェンに連絡が入ったそうです。王族の護衛の交代時に突然切りかかってきた騎士がいたようで、完全な不意打ちの上、敵と味方の区別がつかない混戦状態に陥《おちい》っているそうです」

ハイスヒッツェの説明によると、どうやらツェントは隠し部屋のように魔力的に切り離された場所に避難していて、それ以外の場所で中央騎士団が同士討ちをしている状態らしい。

「なるほど。それで確実に見分けのつく青いマントのダンケルフェルガーに救援を依頼したということか。だが、今まで王宮と連絡がつかなかったのは封鎖されていたからであろう。王宮は元々暗殺防止のために許可を得た者しか入れぬようになっているはずだが、封鎖すると中央所属の者でも離宮を経なければ出入りできなくなる。ツェントは本気でその封鎖を解いてダンケルフェルガーの騎士を受け入れるつもりか？」

「あの、もし扇動者《せんどうしゃ》が誰かを王宮に引き入れることを目的にしているならば、うってつけの状況に

なると思うのですけれど……」

　他領の騎士を受け入れるためには王宮全体の警戒レベルを下げることになる。ダンケルフェルガーを引き入れるのに乗じて、他の者を入れる計画があるのではないか。わたしの意見にフェルディナンドは軽く肩を竦《すく》めた。

「それほど単純ではあるまい。むしろ、敵側はダンケルフェルガーの者達をおびき寄せ、一カ所に集めたいのではないか？」

「え？　一カ所に集めることが目的なのですか？」

「戦力の分散だ。中央騎士団で同士討ちが起こっているならば、中央騎士団長に付いている騎士ばかりではない。アダルジーザの離宮を取り戻すには数が足りないのであろう。ダンケルフェルガーを王宮に隔離《かくり》できれば、こちらの戦力は半減以下になる」

　よほど張り切っているのか、ダンケルフェルガーの騎士の人数はアーレンスバッハからわたし達が連れてきた人数より多い。おまけに個々の戦力が高いのだ。彼等を王宮に隔離できれば、貴族院に残る戦力が激減するのは間違いない。

「敵に見つかっていたということですか？」

「当然だ。ダンケルフェルガーがあれだけ騒いでいたのだぞ。ランツェナーヴェの者達と共にいた中央騎士団長一派に気付かれぬはずがない。離宮が襲われたことを誰かが連絡していたり、遠くで見張っている者がいたりすれば、今回の主力がダンケルフェルガーであることは筒抜けだ」

「それに加えて、ダンケルフェルガーの騎士を王宮に引き入れて即死毒を何度か使えば、邪魔な者

をまとめて片付けられるであろう」

いくら対策を練っているとはいえ、口元を布で覆い、ユレーヴェで手当てをするくらいしか即死毒に対処する手段がない。個人が持ってきているユレーヴェの量などたかが知れている。何度も使われたら大変な痛手になるだろう。それなのに、敵側は中和や解毒の薬を持っている。

「す、すぐにアウブ・ダンケルフェルガーに注意を……」

自分では全く思い浮かばなかった悪辣《あくらつ》さと、即死毒が使われた時の惨状《さんじょう》を想像するだけで血の気が引いた。わたしがハイスヒッツェを見ると、彼は少し考え込んで首を横に振った。

「もちろん私から注意を促《うなが》しますが、アウブが止まることはないでしょう」

「さもありなん。注意しても全員が突っ込んでくるのだ。罠《わな》を張る方にとっては実に簡単であろう。突っ込んできたところでおとなしく罠にかかってくれるとは限らぬが」

付け加えられたフェルディナンドの言葉に、わたしはスッと冷静になった。

……あぁ、わかる。アウブ・ダンケルフェルガーは真正面から突っ込んで罠にかかっても、力業《ちからわざ》で罠を破壊して何事もなかった顔で戦ってそうだもん。

「こちらの探索を完全に終えたら合流しましょう。色々な手段を思いつかれるフェルディナンド様がいらっしゃると王族も心強いでしょう」

ハイスヒッツェは少々暑苦しさの残る爽《さわ》やかな笑顔でそう言ったけれど、フェルディナンドは「王族が倒れていてくれたら面倒がない」と言っていた人である。合流したところで王族が心強く思えるだろうか。フェルディナンドがどさくさ紛《まぎ》れに色々と暗躍《あんやく》しそうに思えて、わたしはどちら

かというと不安になった。

「王からの救援要請はダンケルフェルガーにされたことだ。アーレンスバッハに向けて要請がない限り、勝手な真似《まね》はできぬ。だから、アウブ・ダンケルフェルガーはローゼマインに号令を出してほしいと言ってきたのではないか」

勝手に助けに行けるのであれば、不穏《ふおん》な空気が見えた時点でアウブ・ダンケルフェルガーが突っ込んでいただろう。要請があったという建前《たてまえ》が大事なのだ。

「それに、アーレンスバッハは外患誘致の罪に問われている領地だ。我々が向かったところで本当に味方なのかどうかわからず、受け入れる王族の方が困るであろう」

「ローゼマイン様とフェルディナンド様がいらっしゃるのに、受け入れないはずがございません」

ハイスヒッツェは断言したけれど、王族がアーレンスバッハの騎士達を簡単に受け入れるとは思えない。むしろ、受け入れたら問題だと思う。「もっと疑え、この馬鹿者！」とフェルディナンドにハリセンで叩《たた》かれるくらい馬鹿なことだとわたしでもわかる。

「王からの救援要請がないままダンケルフェルガーに合流して妙な疑いを持たれるよりは、姿の見えないジェルヴァージオを捜す方が先だと思います」

ディートリンデやランツェナーヴェの者を捕らえるのはアウブ・アーレンスバッハの仕事の内だと思うけれど、中央騎士団の同士討ちはわたしが手を出すことではない。エーレンフェストの騎士団が同士討ちを始めたところで王族が助けてくれるとは思えないので、困った時はお互い様とも思えないからだ。エーレンフェストのことはエーレンフェストで何とかしろと言われたこともあるし、

中央騎士団のことは中央が何とかすれば良い。

「ハイスヒッツェ、わたくしはダンケルフェルガーの強さを信じております。頼りになるダンケルフェルガーの騎士達が助けに向かった王族よりも、連絡が取れないソランジュ先生の方がよほど気になります。フェルディナンド様、少し明るくなったら図書館の様子を見に行きたいです」

「こちらの処理が終わったら図書館へ向かおう。先にアルステーデの話を聞かねばならぬ」

アルステーデの話

最初の部屋に戻ってフェルディナンドが軽く手を振ると、部屋の隅に転がされていたアルステーデが騎士達によって引きずってこられた。

「ローゼマイン、君は文官として問答を書き留めろ。いくらでも書き込める便利な道具を持っているであろう?」

紙はもったいないのでグルトリスハイトにスティロで書き込めとフェルディナンドは言った。何だかフェルディナンドはずいぶんと便利にメスティオノーラの書を使っている気がする。

「さて、話してもらおうか」

アルステーデは最初母親に命じられていると黙秘しようとしていた。だが、そのゲオルギーネの

死を知らされ、彼女が犯した罪に加えて、アルステーデ自身の罪を一つ一つ数え上げられ、アーレンスバッハに残されている洗礼式前の幼い娘の救済を取り引き材料に出され、次々と心を折られていった結果、おとなしく話し始めた。

「この離宮の鍵を持っているのは中央騎士団の騎士団長ラオブルート様で、ランツェナーヴェの館と離宮間の行き来は去年の秋が初めてでした」

先代のアウブ・アーレンスバッハのお葬式の時にラオブルートは転移陣で行き来できることを告げたらしく、礎を染めたアルステーデは転移陣のある扉を開けるためにランツェナーヴェの館へ行くようにディートリンデやゲオルギーネに言われたことが何度かあったらしい。

「ラオブルートが離宮の鍵を持っているなんておかしくないですか？　離宮の鍵は王族が管理している物だと思うのですけれど……」

「正面玄関の鍵は王族が管理しているはずだ。だが、側仕えが持つ裏口の鍵を誰が持っているのかはわからぬ。君の図書館もラザファムが出入りするための鍵を持っているであろう？　同様にこの離宮の筆頭側仕えが持っていた鍵もあるはずだ。全てが同じ場所で管理されていれば良いが、閉鎖時に全ての鍵を回収できているかどうかわからない。ここは本館と離れで管理系統が異なっていたからな」

どういうルートで手に入れたのかわからないが、ラオブルートは離宮の鍵を手に入れた。その後、ゲオルギーネが立てた計画通りにレティーツィアがフェルディナンドへ毒を放ち、ディートリンデが死亡を確認したことで全てが動き始めたそうだ。ゲオルギーネはエーレンフェストへ向かい、デ

ィートリンデがグルトリスハイトを得るため、そして、ランツェナーヴェの王族がシュタープを得るために離宮へ移動した。

「事前にわたくしはお母様とディートリンデに頼まれて、シュタープを得たいと願うランツェナーヴェの王族をアーレンスバッハの貴族として登録しました」

離宮へ移動するとラオブルートが案内してくれたそうだ。ディートリンデがグルトリスハイトを得るまで、またランツェナーヴェの者達がシュタープをきちんと取り込むまでの数日間を過ごすことになると説明されたらしい。

そこで「結婚前の男女が同じ建物にいることは外聞上よくない」と言い張って、ディートリンデはレオンツィオと離れた部屋を希望したため、アーレンスバッハとランツェナーヴェで建物を分けることになったようだ。

「あれだけ常に一緒にいれば外聞も何もあったものではなかろう」

フェルディナンドは今更何を言っているのかと顔を顰《しか》めたが、わたしも同感だ。

「わたくし、ディートリンデ様が外聞を気にする人だったなんて初めて知りました。お茶会での振る舞いやピカピカ奉納舞《ほうのうまい》の姿からは全く想像ができませんでしたもの。きっとディートリンデ様なりの何か基準があるのでしょうね」

わたしの言葉をアルステーデが困ったような微笑みで受け流し、話を続ける。

「各自が部屋を確認した後、シュタープを採るために最奥の間へ向かおうとしました。わたくしはアウブとして扉を開ける役目を負っていました」

けれど、それはできなかったそうだ。ラオブルートが先行して扉の外の様子を窺ったところ、ジギスヴァルトが自分の側近を連れて回廊を歩いていたらしい。

「ジギスヴァルト王子が祠巡りをするのであれば、ランツェナーヴェの者達が見つかる可能性が高いとラオブルート様が判断し、その日は取り止《や》めになりました」

……それって祠巡りじゃなくて、養父様《とうさま》と話し合いをするためにジギスヴァルト王子がエーレンフェストのお茶会室へ行った時の話じゃない？

無意識のうちにラオブルート達の計画を挫《くじ》いていたジルヴェスターの強運に驚きつつ、わたしは続きを聞く。

「その夜にラオブルート様は王族から緊急事態だと呼び出され、離宮にいたわたくし達に詳細が知らされたのは次の日でした。フェルディナンド様の側近が貴族院へ移動し、アウブ・エーレンフェストにフェルディナンド様の状況を伝えたことや、わたくし達の動向が王族に伝わったと教えられました」

アーレンスバッハからの襲撃があるかもしれないということで、王宮は他者が入れないように封鎖され、中央棟の扉付近とアーレンスバッハ寮の周囲には中央騎士団が配置されたらしい。

中央騎士団が転移扉の前で待ち構えていたけれど、ラオブルートから報告されているのでアルステーデ達は離宮に籠もったまま動かない。中央や王族にとっては敵の動きが全く見えないまま、時間だけが過ぎていくことになったようだ。

「わたくし達は騎士団の警戒が薄れるまで離宮で回復薬の作製をしていました。何に巻き込まれて

も必要ですから。ランツェナーヴェの者達は騎士の鎧の作り方を練習していました」

魔石の扱いは慣れているようで、ランツェナーヴェの者達が鎧を作るのはそれほど苦労しなかったらしい。彼等は他にも騎獣を作る練習をしたり、魔石でできることや戦うための道具の確認などをしたりしていたそうだ。

……深夜の奇襲ではほとんど役に立たなかったみたいだけどね。

「王族も隠し部屋のような避難場所に隠れている完全警戒態勢をいつまでも続けられるわけがありません。次第に見張りの騎士の数は減り、ラオブルート様の協力者だけが貴族院の警戒に当たるようになったことで、わたくし達はようやく動けるようになりました」

焦《じ》れたのは王族だけではないようだ。いつまで離宮に籠もっていなければならないのかとディートリンデからも不満が上がっていたらしい。

「シュタープを得るために最奥の間の扉を開けようとしましたが、わたくしでは開けられませんでした。おそらくツェントの承認を得ていなかったからでしょう」

……うーん、どうだろう？　時系列的に最奥の間の扉を開けようとした時にはわたしが礎を染め替えていて、アウブの資格を失っていたからじゃないかな？

同じことを考えたのか、フェルディナンドがフンと馬鹿にするように鼻を鳴らした。

「けれど、わたくし達はそれほど困りませんでした。わたくしが開けられなかった時のためにラオブルート様が先に手を打っていたからです。中央神殿から神殿長と青色神官がやってくることになっていました」

祈念式《きねんしき》に必要だから最奥の間を開けるように、という要請が中央神殿から毎年あり、今年はその時期にランツェナーヴェの者達の来訪を合わせるように予《あらかじ》め計画されていたそうだ。当日はアナスタージウスとヒルデブラントが、中央神殿の神殿長イマヌエルや青色神官達を連れて貴族院にやって来たらしい。

「イマヌエルが神殿長ですか？　神官長ではなく？」

わたしが知っている肩書きと違うことに驚いたが、アルステーデは少し首を傾げただけだった。

「最近神殿長に就任したのではございませんか？　ブラージウス様は同行しましたが、わたくしは離宮にいたので詳しくは存じません」

本当は扉を開けることができなかった時点で、アルステーデはもう帰りたかったらしい。離宮にいたところで自分は役に立たないし、娘の様子も気にかかる。けれど、ランツェナーヴェの者達にシュタープを与えて、これから先のランツェナーヴェと上手《うま》く付き合うことはアウブとして必要だと言われていたから我慢していたそうだ。

「中央神殿の者達がやってくる日、ランツェナーヴェの者達は練習した通りに魔石で鎧を作り、ラオブルート様が持ち込んだ黒い布をマントにして中央騎士団の振りをしながら最奥の間へ同行しました。神官達が小聖杯や神具を並べているのをしばらく見ていたアナスタージウス王子は、貴族院の他の場所も確認してくると、騎士団の一部を連れて出ていったそうです」

アナスタージウスには中央神殿の監視だけではなく、ツェントの生活を普段通りに戻しても問題ないのか貴族院を確認する役目もあったようだ。

「アナスタージウス王子が出ていった後、ヒルデブラント王子によってシュタープを得るための扉が開かれた、と聞いています」

全属性の者が御加護《ごかご》を得る儀式を行えば、祭壇から直接始まりの庭に行くこともできる。けれど、ヒルデブラントがそのルートを使ったならば周囲の者達がもっと別の反応をしていたはずだ。ならば、ヒルデブラントが開けた扉は祭壇の横側だろう。貴族院の実技で学生がシュタープを得るために入ったルートを使ったに違いない。

「ヒルデブラント王子が望むならばシュタープを得ても良いとツェントは許可したそうです」

「そんなはずはありません。幼い時にシュタープを得る弊害《へいがい》をわたくしが王族に伝えたのです。ヒルデブラント王子が後々《のちのち》困ることになるのに、ツェントが許可を出すはずがございません」

わたしは思わず首を横に振ってアルステーデの言葉を否定した。早くにシュタープを得た後で魔力圧縮で魔力を増やし、お祈りで神々の御加護をたくさん得ると、後で魔力の扱いに困る。ヒルデブラントは地下書庫に入って王族らしい手伝いができるように、と魔力圧縮や古語の勉強などの努力を重ねていた。これから先、成長に従って魔力はどんどん増えるだろう。それがわかっていながら父親であるツェントが許可を出すとは思えない。

「落ち着きなさい、ローゼマイン。本当にツェントが許可を出したかどうかは、アルステーデの話からわからぬ。アルステーデ自身もそこにいたわけではなく伝聞なのだ。わかっているのは、そのようにラオブルートが王子を唆《そそのか》して扉を開けさせたことだけだ」

フェルディナンドの言葉にわたしはラオブルートに怒りを募らせていく。ラオブルートは騎士団

長だ。エーレンフェストで考えるならばカルステッドと同じ立場である。メルヒオールが望んでいてもジルヴェスターに却下《きゃっか》されていたのに、騎士団長のカルステッドが「やっとアウブの許可が出ました」と言うのと同じだ。

「……あまりにもひどい裏切りではありませんか」

わたしの護衛騎士達でもカルステッドから「私が口添《くちぞ》えした結果、アウブの許可が出た。問題ない」と言われれば一体何人が疑うだろうか。「カルステッド様の言葉はとても信用できません。アウブに直接確認しましょう」なんて言う側近はほとんどいないと思う。そのくらいアウブの筆頭護衛騎士でもある騎士団長は信用されているのだ。それはツェントの筆頭護衛騎士である中央騎士団長ラオブルートも同じだろう。

「確かにひどい裏切りとは思うが、唆されたということは王子が元々シュタープを望んでいたのであろう。望んでいないことをいくら唆しても意味がない。何を理由に欲したのか知らないが、ヒルデブラント王子がシュタープを得たいと望んでいたからこそ付け込まれたのだ」

フェルディナンドは全く思い入れがないようで、幼い王子に対する言葉はとても素《そ》っ気《け》ないものだった。

「幼い時分にシュタープを手に入れるのは馬鹿の所業だ。それを知っていて尚《なお》、ヒルデブラント王子がそれを望んだならば本人の希望が叶《かな》っただけだ。ランツェナーヴェの者達にまでシュタープを与えたことも含めて、後で存分に本人が苦労すればよかろう」

その言葉にわたしはきつく目を閉じた。ヒルデブラントは悪い大人に唆されて貴族院入学前の魔

力量や属性値に応じたシュタープを手にしただけではなく、ランツェナーヴェの者達にシュタープを与えた責任まで取らされるということだ。

「君が思い悩むようなことではない。他人の行動の何もかもを背負い込もうとするな、馬鹿者」

フェルディナンドはヒルデブラントについての話を打ち切ると、アルステーデを見下ろしながらフンと鼻を鳴らした。

「明らかに王族を騙《だま》しているだけではないか。このような状態ではとても王族の協力があるとは言い難《がた》い。適当な嘘を吐くのではない」

アルステーデは紫に近い青の髪を揺らして首を横に振った後、口を噤んで一度下を向いた。

「わたくし達と協力関係にある王族は、ヒルデブラント王子ではありません。ジェルヴァージオ様です」

「なるほど。王族は王族でもユルゲンシュミットの王族ではなく、ランツェナーヴェの王族ということか……」

「……ジェルヴァージオ様はすでにユルゲンシュミットの王族です」

アルステーデの思わぬ言葉に場の雰囲気が一瞬で変わった。「どういうことだ？」と護衛騎士達から声が上がり、緊張が走る。フェルディナンドの表情が険《けわ》しくなった。眉間に皺が深く刻まれていく。それから、こめかみを指先でトントンと叩き始めた。

「すでに……？　ランツェナーヴェへ渡った者はメダルの登録場所を移されるはずだが、戻ったということか？　管轄《かんかつ》は……。あぁ、そちらが本来の狙《ねら》いか」

小さな声で独り言を零しながら、フェルディナンドはパズルのピースがはまったようなスッキリした顔になった後、ものすごく面倒臭そうに息を吐いた。

「勝手に納得して終わらせないでくださいませ、フェルディナンド様」

アダルジーザ関連の記述はわたしのメスティオノーラの書にほとんどないので、フェルディナンドが何に納得しているのか全くわからない。わたしにも説明してほしい。腕を軽く叩いて説明を求めると、フェルディナンドは仕方がなさそうに口を開いた。

「ラオブルートにとって一番重要だったのは、ランツェナーヴェの者達がシュタープを得ることではなく、ヒルデブラント王子とその側近達をその場から追い出すことだったのだ。ヒルデブラント王子がシュタープを採りに行っている間に中央神殿の者がメダルの確認や移動をしたのだな？」

最後の言葉はアルステーデに向けられたものだった。ほぼ断定しているフェルディナンドの口調にアルステーデが「何故わかるのですか？」と恐怖に強張《こわば》った顔になる。

「やはりそうか……」

「全く説明が足りていませんよ、フェルディナンド様！」

「メダルを完全に廃棄《はいき》されればどうなる？　それは知っているな？」

高学年の範囲だけれど、領主候補生の講義で習う内容だ。わたしは卒業までの講義内容の全てを叩き込まれたので知っている。

「メダルの登録された領地にいる場合は死亡します。管轄の領地から逃れていた場合は命までは失われず、シュタープを扱うことができなくなります」

グラオザムがそうだった。ジルヴェスターはメダルによる処刑をしたつもりだったが、それより先に彼がアーレンスバッハに逃れていたことで死を免れ、彼はシュタープを失った。

　わたしの答えにフェルディナンドは満足そうに頷き、更に続けて講義のような口調で説明を始めた。わたしは何となく背筋を伸ばして生徒気分でスティロを握る。

「勝手にメダルを廃棄されればシュタープを使用できなくなる。そのためランツェナーヴェへ行った者のメダルは、彼等がユルゲンシュミットを去った後も保存される。その際、傍系王族として登録されていた場所から外国へ出た者のメダルが保管されている場所へ移されるのだ」

　アルステーデが震えながらフェルディナンドを見る。ゲオルギーネの計画によって供給の間というアーレンスバッハの領主一族以外には入れない場所で即死毒を食《く》らい、皆に死んだと思われていたにもかかわらず生きていて、まだ自分が口にしていないことを見通されているのだ。アルステーデにとってはものすごく怖い存在だろう。

「フェルディナンド様は何故ランツェナーヴェのメダルについてご存じなのですか？　そのような内容は貴族院でも習いませんでした」

「其方が不勉強なだけだ。私は古い資料で読んだことがある」

　……古い資料ってメスティオノーラの書ですよね？

　メスティオノーラの書を持っていないことを不勉強の一言で片付けるのはどうかと思うが、ずっと最優秀だったフェルディナンドに言われればアルステーデも納得するしかないだろう。ちなみに、わたしはメスティオノーラの書を持っていても記述が欠けているので調べてもわからない。

「話を戻すぞ。ジェルヴァージオのメダルも中央神殿で保管されていたはずだ。傍系王族からランツェナーヴェへ渡った者として」

「中央神殿で保管されるというのが不思議な感じですね。エーレンフェストでは貴族のメダルを城で管理するので、王宮で管理しているのかと思いました」

「彼等が生まれ育つ離宮はここで、所在地は貴族院だ。王宮とは管轄が違う」

フェルディナンドはそれ以上言わなかったけれど、アダルジーザの離宮で生まれた者は普通の傍系王族登録とは少し違うことが感じ取れた。

「とにかく、重要なのはラオブルートが中央神殿のイマヌエルと組んで、ジェルヴァージオをユルゲンシュミットの傍系王族に戻したということだ。狙いはおそらくグルトリスハイト……」

王族が情報共有する際にどの程度の人払いをしているのか、わたしにはわからない。けれど、祠巡りや地下書庫で起こったこと、わたしの養子縁組予定とその理由をラオブルートが知っていれば、王族登録によってグルトリスハイトを得られると考えるはずだ。

「メダルがあれば登録されていた魔力で本人確認ができますし、イマヌエルからもジェルヴァージオが全属性だと一目でわかりますよね？」

「あぁ。それに加えてラオブルートが王族を通じてグルトリスハイトの獲得法を知っていると確認できれば、聖典原理主義者のイマヌエルは諸手《もろて》を挙げてジェルヴァージオを歓迎《かんげい》するはずだ。何と言っても、中央神殿は選別の魔法陣を少し光らせただけでディートリンデを次期ツェント候補だと認定する馬鹿揃いだからな」

中央神殿によるメダルの移動により、ジェルヴァージオはランツェナーヴェの者ではなく、グルトリスハイトに最も近いユルゲンシュミットの傍系王族になった。

「以上は私の推測だが、大きく外れてはいないはずだ。どうだ？」

視線を向けられたアルステーデは小さく震えながらコクリと頷いた。フェルディナンドの推測が当たっていることに、わたしは今更ながら感嘆の息を吐く。

「ジェルヴァージオ様のメダルで本人確認をした後、元の傍系王族のところへメダルを戻す、とイマヌエルが約束したそうです。ジェルヴァージオ様がグルトリスハイトを得て正式にツェントになったら、何やら褒賞《ほうしょう》を中央神殿へ贈るお約束になっているようですけれど、それはラオブルート様とイマヌエルの間の約束のようで、わたくし達は詳しく知らされていません」

「ジェルヴァージオにグルトリスハイトを取らせるなど、よく言えるものだ。ディートリンデが了承するはずがない。其方は自分の妹も騙しているのだな」

家族にも騙されて都合良く扱われているディートリンデを少し不憫《ふびん》に思うと同時に、フェルディナンドに対する言動を思い出して怒りを爆発させたくなる。感情的になりたくなくて、わたしはラオブルートの暗躍具合に思考を向けた。離宮の鍵を手に入れてアーレンスバッハと繋がり、少々の不都合があってもリカバリーできるように計画を立てるなんて、まるでゲオルギーネのようだ。

「中央神殿もラオブルートの管理下だなんて……。予想外に根が深くて、気の長い計画だったようですね。わたくし、イマヌエルとラオブルートが協力関係にあると思いませんでした。わたくしの聖典を検証する場ではとても仲が悪く思えたのですもの」

「その後、何かしら利害の一致があったのであろう」

フェルディナンドは「ディートリンデを次期ツェント候補だと認定した馬鹿」とイマヌエルを評したけれど、わたしの脳裏《のうり》に浮かんだのはシュタープで作る神具を見て気持ち悪い目をした姿だ。あの男がラオブルートと組んだかと思うと一層恐怖感が増す。

「……ローゼマイン、君はイマヌエルに何か思うところがあるのか？」

「貴族院で行う儀式で何度か会っているのですけれど、イマヌエルはシュタープで神具を作ったり、古い儀式を蘇らせたりすることに強い関心があるようですよ。わたくし、あの人の目が怖くて、気持ち悪くて、嫌いなのです」

ハルトムートとは全く方向性の違う狂信《きょうしん》的な光を帯びた灰色の目が嫌だ。貴族院で儀式を行った時はもうフェルディナンドがいない時期だったので、フェルディナンドにはほとんどイマヌエルの印象がないようだけれど、わたしの記憶には彼の不気味さがこびりついている。

「神具や儀式に強い執着を持つ、考えなしで面倒臭い聖典原理主義者はグルトリスハイトこそが重要で、それさえあればランツェナーヴェの者でもツェントにするのを躊躇わぬということか」

フェルディナンドが何かを考えるように目を伏せて、ゆっくりと息を吐いた。

「それで、メダルを確認した後はどうなった？」

ヒルデブラントがシュタープの元になる「神の意志」を採取して戻ってきても、アナスタージウスはまだ戻らなかったらしい。他の者に触れられないように、ラオブルートはヒルデブラント達に自分の離宮へ先に戻った方が良いと勧めたそうだ。

ヒルデブラントの側近がアナスタージウスに「先に戻ります」とオルドナンツを送り、役目を終えた中央神殿の者達と共に帰る。それを確認すると、ランツェナーヴェの者達も離宮に急いで戻り、シュタープの取り込みを始めたそうだ。

「アナスタージウス王子が貴族院を見て回った後、貴族院は通常状態に戻りました。ランツェナーヴェの者達がシュタープを得たことで役目を終えたわたくしは、早くアーレンスバッハへ戻りたいと思いました」

けれど、ランツェナーヴェの館の扉は開かなかった。仕方なくアーレンスバッハ寮から戻ろうとしたけれど、寮にも入れなくなっている。ラオブルートにおかしいと訴えると、アーレンスバッハの礎が奪われたようだが、誰に奪われたのか、現在のアーレンスバッハがどうなっているのか詳細はわからないと言われたそうだ。

「ディートリンデが怒って手紙をアーレンスバッハへ送っていました。そして、わたくし達を再びアウブに戻すためにもグルトリスハイトを得なければならないと張り切って……」

「張り切って頭に花を盛って祠を回るようになったのですね」

ディートリンデの名前を聞くだけでフェルディナンドが瀕死《ひんし》の状態で倒れていた様子を思い出して何とも言えない怒りが湧き上がってくるので、わたしはどうでも良いことを考えながら意識を逸らしてニコリと微笑む。口調が少々刺々《とげとげ》しいものになったかもしれないけれど、それくらいで済んでいる自分を褒めてあげたいくらいだ。

わたしの言葉を聞いたアルステーデが困ったように眉尻《まゆじり》を下げる。

「え、えぇ。わたくし達が作った回復薬をジェルヴァージオ様やディートリンデに持たせて祠を巡るようになりました。少し考えが足りなくて自己中心的なところがありますけれど、わたくし達のために頑張っていたのです。ディートリンデも根は悪い子ではないのですよ」

それは妹を弁護する姉の台詞《せりふ》としては普通だったかもしれないし、わたしは姉妹としてアルステーデとディートリンデがどのような交流をしていたか知らない。けれど、その一言はわたしの逆鱗《げきりん》に触れた。血が沸騰《ふっとう》するような怒りを感じる。体が熱くなってくるのに、頭の方は冷えてくるような感覚は久し振りだ。わたしは笑顔に魔力を込めて、アルステーデを真っ直《まっす》ぐに見つめた。

「アルステーデ様はずいぶんと面白いことをおっしゃるのですね。まだ幼いレティーツィア様を陥《おとしい》れるためだけに彼女の筆頭側仕えを攫《さら》って殺したり、即死毒では死ななかったフェルディナンド様に痺《しび》れ薬を盛ってシュタープを封じる手枷をはめた上で、魔法陣を起動して魔力枯渇《こかつ》を狙ったりするような方の根が悪くないなんて……。さすがゲオルギーネ様の娘で、ディートリンデ様のお姉様だと思います」

「……な、そ……」

アルステーデが大きく目を見開き、胸元を押さえて苦しそうに口をパクパクさせ始めた。その苦《く》悶《もん》の表情を見ながら、わたしはゆっくりと魔力による威圧を強めていく。

「ローゼマイン、抑えなさい！　魔力が漏れている！」

わたしの周囲にいた護衛騎士達が動くより早く、フェルディナンドがわたしの腕をつかんで引き寄せた。それでも、わたしは視線の先をアルステーデから逸らさない。

「安心してくださいませ、フェルディナンド様。わたくしも成長しているのです。威圧する対象は選べるようになっていています」

「君の怒りは理解したが、アルステーデを殺してはならぬ。それはこれから先に必要だ」

これ以上威圧させないようにフェルディナンドはもう片方の手でわたしの視界を塞ぐ。アルステーデが咳き込むのがわかった。わたしの護衛騎士達が「ローゼマイン様！」と声を上げるのが聞こえる。

「私がローゼマインの魔力を抑えておくので、すぐにアルステーデを前庭へ連れて行け。ローゼマインの前に出すな！」

「はっ！」

マティアスとラウレンツの声がした。アルステーデの姿が見えなくなって、わたしは行き場のない魔力と怒りを持て余す。

「フェルディナンド様、わたくし、悔しいですし、腹が立ちますし、許せません」

「わかったから魔石を直接肌に当てられたくなければ、自力で魔力を押さえ込みなさい」

全然わかっていないそうな口調だけれど、こんな時までわたしが魔石を忌避していることに配慮《はいりょ》してくれている。それがわかると、すぐにわたしの怒りは霧散《むさん》していった。ここでフェルディナンドを相手に怒っていても仕方がない。

わたしの魔力が押さえ込まれていくのがわかるようで、わたしの腕をつかんでいたフェルディナンドの手から力が抜けた。

「君は昔から精神的に全く成長していないな」

「神の祝福で肉体的に急成長しましたから、お祈りをしていれば精神的にも急成長するかもしれませんよ」

「ユルゲンシュミットで一番祈っていて、その成長率では全く期待できぬ」

視界は塞がれたままだけれど、そんな言い合いができるようになった頃には、わたしはずいぶんと落ち着いてきた。

フェルディナンドが手を退《ど》けて、このまま放しても問題がないかどうか魔力の確認を始めた。護衛騎士達が何か言いたいけれど呑《の》み込んでいるような顔で、手を上げかけたり下ろしたりしている。けれど、アルステーデの姿はもうないので魔力が暴れることはないと思う。

「ディートリンデの性根など、今更どうでも良いことだ。重要なのはジェルヴァージオが祠を巡っていたという情報ではないか。君は何を聞いていたのだ、まったく」

体調を確認しながらそう言ったフェルディナンドの目には少しばかり焦りがあるように見える。耳に留める部分が違うと言われたわたしは、そこでようやく気が付いた。

……祠を巡るのって、ほとんど時間がかからなかったよね？

大量の魔力が必要だけれど、回復薬さえあって魔力の回復ができれば、祠の中にどれだけ長時間いても、外の時間は全く経過していなかったはずだ。わたしの場合は祠巡りまでに貴族院で儀式をして魔力の奉納をしていた。そのおかげで石板の形成に必要な魔力が少なかったせいもあるけれど、一日もかからずに祠巡りを終えた。

……もしかして、ジェルヴァージオってもう祠巡りが終わってる？

ヒルシュールから連絡があった際、不審人物の姿を見たと言われていたのは文官棟付近だったはずだ。あの近くに祠がある。見られた時が祠巡りの途中であれば、すでにジェルヴァージオが祠巡りを終えている可能性は高い。それに気付いて、頭が冷えていく。

「行方不明のジェルヴァージオが暗闇に紛れて祠を回っているのであればまだ良い。だが、全てを終えてグルトリスハイトを得られる段階に来たからこそ中央騎士団が裏切りを明らかにしたのであれば？　ラオブルート達が次期ツェントと仰《あお》ぐジェルヴァージオは今どこにいると君は思う？」

フェルディナンドの言葉にわたしは一気に血の気が引いた。グルトリスハイトを得たいと望む者が全ての祠に祈りを捧げ終わったら、次に行く場所は一つしかない。

「ソランジュ先生と連絡が取れなかった。そのようにヒルシュール先生は言っていなかったか？」

フェルディナンドの冷静な声が脳内で何度もこだました。

ソランジュの救出

供給の間で瀕死状態だったフェルディナンドと同じように、貴族院図書館でソランジュが倒れている様子が脳裏に思い浮かんだ。それだけでわたしの呼吸は荒くなって全身が震えてくる。

「い、急いで図書館へ行かなくては……」

わたしが自分の護衛騎士達を振り返ると、一緒にフェルディナンドの言葉を聞いていた護衛騎士達はコクリと頷いた。突然のことにも狼狽《うろた》えず、すぐさま対処してくれる側近達の姿がとても心強い。そう思ってわたしはコルネリウスに向かって足を踏み出した。

「待ちなさい。誰をここに残し、誰を連れて行くのか、誰を先行させるのか、決めなければならぬことはいくつもある」

腕をつかんで引き留められて、わたしはフェルディナンドを睨みながら振り返った。

「そのように悠長なことを言っている場合ではありませんよ、フェルディナンド様。わたくし、今すぐに図書館へ行ってソランジュ先生の……」

「悠長なことを言っている時間がないことは私にもわかっている。だが、闇雲に突っ込む前に情報の共有と捕らえた捕虜をどうするのか考えておかねばならぬ。この離宮の鍵は誰が持っている？我々が図書館へ向かっている間にジェルヴァージオ達が戻ってくる可能性もないわけではない」

祠を回っているかもしれないし、図書館にいるかもしれないし、王宮で同士討ちに参加して王族を始末しようと思っているかもしれない。ジェルヴァージオがどこで何をしているのかは全て想像でしかない、とフェルディナンドは言う。

「捕虜からあちらの狙いや動きに関する情報が得られれば、前もって対応できることがあるかもしれない。ここの見張りに残した者が少なすぎれば、彼等が戻ってきた際、こちらがやられて捕虜が解放される可能性もある。もし押収《おうしゅう》した道具を取り返されて相手に武装された場合、こちらは圧倒的に不利だ」

フェルディナンドは色々な可能性を挙げながら厳しい目でわたしを見た。

「今回離宮を楽に制圧できたのは、離宮全体にかけられている隠蔽の神フェアベルッケンの守りを過信して敵が無防備に寝ている深夜に、ダンケルフェルガーの協力を得て圧倒的に人数で勝《まさ》った状態で我々が奇襲したからだ。作戦が上手くいっただけで、我々が圧倒的に武力で勝っているわけではない。そこを勘違いするな。彼等が警戒し、武装した状態で対峙すればどうなるかわからぬ」

騎士達の光の帯を簡単に破る魔力量、魔力攻撃を通さない銀色の武器や防具、即死毒などランツェナーヴェ特有の見知らぬ道具や武具、それだけでも充分に手強いのに、敵は今やシュタープを得ている。いくら捕らえたとはいえ、楽観視はできないとフェルディナンドは言う。

「特に今はダンケルフェルガーの者達が王宮に行っていて当てにならない。今の時点ではラオブルートに賛同して行動を共にしている中央騎士団の者がどれだけいるのか不明だ。それを考えると、貴族院で起こっている騒動であっても、中央騎士団に協力を要請することはできぬ。我々はアーレンスバッハから連れてきた騎士達だけで中央騎士団やジェルヴァージオ達の反撃を警戒し、捕虜を管理しなければならないのだ」

アウブであるわたしがアーレンスバッハ寮へ入るために必要な認証のブローチを作製できていないため、捕虜や道具を安全な場所に移動させることも難しいとフェルディナンドは言う。

「貴族院図書館へ入るにも、地下書庫へ向かう扉を開けるにも、司書であるソランジュ先生は必要だ。だからこそ、オルドナンツが飛んでいくのに連絡がつかないのであろう。オルドナンツが飛び立たないとはヒルシュール先生もルーフェン先生も言わなかった。まだ殺されたわけではない。少

しで良いから指示を終えるまで待ちなさい」

「でも、待っていて手遅れになったらどうするのですか⁉　ほんの少しの時間差で取り返しのつかない事態になることは多々あります。ソランジュ先生の危険に可能な限り早く対処したいと思うのは当然ではありませんか。わたくしだけでも行かせてくださいませ」

腕をつかんだまま放してくれないフェルディナンドに、わたしは必死で訴える。冷静な顔で全ての采配《さいはい》が終わるまで待っているなんて、とてもできない。フェルディナンドは「その勢いで君はアーレンスバッハへ突進したのか」とわたしの護衛騎士達に同情めいた視線を向けた。

「どうしても待てないならば、君に名を捧げていない騎士を向かわせ、様子見をさせなさい。君だけは敵の有無が確認できるまで決して図書館へ近付いてはならぬ」

「何故ですか⁉」

行かなければならないと強く思っているのはわたしなのに、どうしてわたしだけは近付いてはならないのか。わたしが食ってかかると、フェルディナンドは静かにわたしを見ながら「興奮しすぎだ。落ち着きなさい」と頬をつねる。

「君だけが近付いてはならない理由は一つ。図書館の魔術具が主である君の接近を感じ取るからだ。君の魔力の影響を受ける名捧げ済みの者はどうなるのかよくわからぬが、避けておいた方が無難《ぶなん》だと思われる」

シュバルツ達が「ひめさま、きた」と出迎え準備をすることで、図書館に敵がいれば相手に接近を気付かれて待ち伏せをされたり、ソランジュを人質に取られたりする可能性が高いと言われて、

わたしは目を見開いた。

「ソランジュ先生を人質に取られたら、こちらが身動きできなくなる。救いたいと願っているはずの君がソランジュ先生を窮地《きゅうち》に陥れることになりかねない。騎士達を遣わして内側を探るのが先だ。地下書庫へ行けるのは上級貴族以上で、入れるのは王族と領主候補生のみ。君が行かなければならない時は必ず来るし、魔術具の主である君でなければできないこともある。少し待ちなさい」

理路整然と諭《さと》されると、わたしは受け入れるしかなかった。自分が勢いで行動してソランジュを危険な目に遭《あ》わせることはできない。

「ローゼマイン様、マティアスとラウレンツは名捧げをしているので、私とアンゲリカが何人かの騎士を連れて図書館の様子を見てこようと思います」

「お願いします、コルネリウス」

アルステーデを連れ出していたマティアスとラウレンツが戻ってくると、入れ替わるようにコルネリウスとアンゲリカが一緒に出ていった。レオノーレではなくアンゲリカを連れて行くのは、素早さとシュティンルークの存在を考慮したためだそうだ。

わたしが二人を見送っている間もフェルディナンドは次々と指示を出して動き回っていた。彼が魔力を登録した隠し部屋にランツェナーヴェの道具を入れていけとハイスヒッツェ達に命じている。

「一目で何かわからぬ道具が多い。何度も即死毒を食らっては堪《たま》らぬし、初見の道具や武器は危険だ。銀色の武器や防具も全て封じておけ」

「この備えを見ると、寝込みを圧倒的多数で襲って正解でしたね。ランツェナーヴェの者達が活動

している時間であれば、道具を使って反撃されてダンケルフェルガーには決して少なくない被害が出たでしょう」

ハイスヒッツェが道具の山を次々と隠し部屋に放り込みながらそう言った。銀色の武器や防具がたくさん運び込まれていることからも敵の本気が伝わってくる。

「フェルディナンド様、わたくしに何かできることはございませんか？　じっとしているのが辛《つら》いのですけれど……」

「王族と傍系王族の違いについて調べてくれないか？　傍系王族に戻ったジェルヴァージオに何ができて、何ができないのか把握しておきたいと思っている。私の知らないことも君のグルトリスハイトには載っているであろう」

さらっと課題を与えられたわたしは、グルトリスハイトを出して傍系王族について調べていく。傍系王族に登録された時点で、司書による登録がなくても図書館の出入りは可能になること、けれど、直系王族ではないので地下書庫の更に奥へはわたしと同じように行けないことがわかった。

「ふむ。ならば、ジェルヴァージオがすでにグルトリスハイトを手に入れているということはなさそうだな」

少し肩の力を抜いたフェルディナンドが、ユストクスとハルトムートに聴取《ちょうしゅ》の状況を問うオルドナンツを飛ばし、騎士達を捕虜の見張りと図書館へ向かう者に分けていく。わたしはじりじりとした気分で采配が終わるのを待っていた。

主であるわたしではなく、フェルディナンドに宛てて飛んできた白い鳥がコルネリウスの声で貴族院図書館の様子を語る。

「この時間ですから、図書館は完全に施錠《せじょう》されて誰も立ち入れないようになっています。潜入の跡がないかと考えて建物の外を回ったところ、潜入の跡はありませんでしたが、執務室の窓にうっすらと明かりが見えました」

そろそろ一の鐘が鳴るくらいの時間だ。ソランジュがいくら早起きな人だったとしても、側仕えがまだ起きていない時間に自室ではなく執務室にいるというのは考えられない。

「窓を破って潜入することも可能ですが、仮に敵がいた場合のことを考えると援軍なしに行動するのは危険の方が大きいと思われます」

「今から援軍と共に向かう。潜入跡がないならば其方等は潜入してはならぬ。図書館の魔術具に問答無用で排除されるぞ。主であるローゼマインの到着を図書館の南側にある木立の中で待て」

シュバルツ達がどのように作られているのか研究しまくったフェルディナンドが、不正な手段で潜入した者の末路についてオルドナンツに吹き込み始める。聞きたくないよ、と泣きたい気持ちで耳を塞いでいると、返信を終えたフェルディナンドがわたしに手を差し伸べた。

「行くぞ、ローゼマイン」

「はい」

暗闇の中を約六十騎の騎獣が駆けていく。ハルトムートとユストクスは捕虜の見張り側に残されたが、それ以外の側近達は一緒に図書館へ向かっている。

「ハルトムートが残念がっていましたよ。図書館はローゼマイン様の起こす奇跡が詰まっている場所だから、と」

クラリッサは指を折りながらわたしがした祝福について挙げていく。初めての図書館に興奮して祝福を行い、シュバルツ達の主になった時の様子を神様表現たっぷりに述べられて、わたしは必死にクラリッサを止めた。忘れたことにしておきたい昔の所業をアーレンスバッハの騎士達にまで知られたくはない。将来的にアーレンスバッハを図書館都市にしようと狙っているわたしは、できることならば皆に尊敬される司書になりたいのだ。

貴族院図書館の南側の木立で待機している騎士達と合流する。様子見をしていたコルネリウス達によると、図書館周辺に中央騎士団の姿はないけれど、時折中央棟の方へオルドナンツが飛んでいく様子が見られるそうだ。到着した時も寮への転移扉が並ぶ辺りに見張りの姿があった。

「図書館の入り口は中央棟から渡り廊下で丸見えになるため、正面から入るのは難しいと思います。窓から入るのであれば、目立ち難《にく》い閲覧室の方が……」

「いや、別に窓から侵入する必要はない。こちらには魔術具の主がいる。裏口から入れてもらえば良いだけだ」

フェルディナンドはそう言って、司書寮の庭と第二閉架《へいか》書庫に繋がる外階段を指差した。その指先を視線でたどれば、去年の領主会議の時、わたし達をディートリンデから隠して逃がすためにソランジュが開けてくれた扉が見える。

「鍵がかかっているはずですよ？」

「図書館の魔術具に呼びかけて開けてもらえば良いではないか」

簡単に言うけれど本当に大丈夫かな？　とわたしは不安に思いつつフェルディナンドの騎獣に同乗させてもらう。扉の前に降り立つと、外からシュバルツとヴァイスに声をかけてみた。

「シュバルツ、ヴァイス。ここを開けてくれますか？」

しばらくすると、カチリと音がして扉が開いた。

「ひめさま、きた」

「ひめさま、ひさしぶり」

フェルディナンドが言った通り、わたしは難なく図書館の扉を開けることができた。中に入ればシュバルツ達がいつも通りに出迎えてくれる。

……うわ、本当に開けてくれたよ。

呼びかけるだけで簡単に鍵を開けてくれて侵入を歓迎してくれるならば、誰を図書館の魔術具の主に任命するのかはとても重要なことだ。一年生でわたしが主になった時にエーレンフェストには任せられないと取り上げようとする者がいたり、王族や彼等が認めた中央貴族でなければ主を任せられないと考える者がいるのは当然だった。

……わたしが主である現状を黙認されてるってことは、もしかしてそういう機能に関しても知識が共有されてないのかも？

防犯上、事情を説明して魔術具の主を王族に返上した方が良いと思うけれど、今回は助かったの

で良しとする。

「シュバルツ、ヴァイス。ソランジュ先生はどこにいるのかしら？」

わたしの質問にシュバルツ達はひょこひょこと動き始めた。

「ソランジュ、しつむしつ」

「ソランジュ、うごけない」

わたしが思わず駆け出そうとした瞬間、フェルディナンドがわたしを止めた。

「君は後だ。ハイスヒッツェ！」

「はっ！」

癒しの得意な騎士を連れたハイスヒッツェが警戒しながら執務室へ入っていく。一人の騎士が「罠等《など》はありませんが、ソランジュ先生が倒れています」と声を出した。その瞬間、今までわたしを止めていたとは思えないような速さでフェルディナンドが歩き始めた。足が長い上に大股《おおまた》なので、わたしは咄嗟《とっさ》について行けない。

「あっ……」

「すまぬ」

バランスを崩しかけたのを支えてもらい、無様に転ばずに済んだことに胸を撫《な》で下ろしていると、フェルディナンドは溜息混じりに「後から来なさい」と言い置いて、スタスタと歩いて執務室へ入っていく。一人で先に行くなんてひどい。

「待ってくださいませ、フェルディナンド様」

できるだけ速く歩いて追いかけようとしたら、レオノーレが軽く手を挙げてわたしを止めた。

「優雅にゆっくりと歩いて向かいましょう、ローゼマイン様」

「え？」

「これまでの気遣いを見ていればわかります。フェルディナンド様は恐らくローゼマイン様が到着する前にソランジュ先生の状態を確認し、必要ならば癒しを与えるおつもりだと思われます。殿方《とのがた》の配慮はありがたく受け取っておきましょう」

レオノーレが藍色《あいいろ》の瞳を優しく細めてそう言いながら、わたしに手本を示すようにゆっくりとした優雅な足取りで歩き始める。わたしがレオノーレと執務室の入り口を見比べていると、フェルディナンドがルングシュメールの癒しをかける声が聞こえ、緑色の光が見えた。

「……レオノーレの言う通りでしたね」


「ソランジュ先生、大丈夫ですか？」

騎士達に助け起こされるようにしてゆっくりと体を起こしているソランジュに声をかける。彼女はわたしを見て「どなたかしら？」と少し首を傾げた。

「ローゼマインです、ソランジュ先生」

「まぁ、ローゼマイン様？　ずいぶんと大きく成長されたのですね。一目ではわかりませんでした。喜ばしいこと」

ニコニコと微笑むその顔には疲労の色が濃い。早く休ませてあげたいけれど、何が起こったのか

確認しておかなければならない。

「ソランジュ先生、一体何があったのですか？」

「……ラオブルート様がジェルヴァージオ様という方を連れてこちらへいらっしゃいました。皆様はご存じないと思われますが、傍系王族の方でグルトリスハイトを得ようとしていらっしゃいました。昔も今も変わっていらっしゃいません」

「ソランジュ先生はジェルヴァージオをご存じなのですか？　彼は離宮で教育を受けていて、貴族院へは行っていなかったはずです」

フェルディナンドの厳しい視線と言葉に、昔を懐かしむように目を細めていたソランジュが驚いたように目を丸くした。

「わたくしこそフェルディナンド様がご存じだとは思いませんでした。ずっと昔に遠くへ行ってしまった方ですから。わたくしが貴族院の図書館に配属されたばかりの頃によく出入りされていて……。領主会議を終えて上級司書達がいなくなる春の終わりから秋の終わりまでの間、図書館を訪れていらっしゃいました」

「昔話は結構です。それで今ジェルヴァージオはどこに？」

フェルディナンドの言葉と騎士達の緊迫した雰囲気をゆっくりと見回して、ソランジュは首を横に振った。

「お役に立てず申し訳ございませんが、わたくしは存じません。昨日の夕方のことです。オルタンシアが来たとシュバルツ達が言ったので、わたくしは出迎えに向かいました」

けれど、やって来たのはオルタンシアではなく、ジェルヴァージオとラオブルート、それから、中央騎士団の者達だったそうだ。

「オルタンシアは看護の甲斐《かい》なくはるか高みに上がっていったそうです。ラオブルート様は司書寮にある彼女の自室を引き払うために足を運んだとおっしゃいました」

ラオブルートはオルタンシアの魔石を持って、執務室の奥にある扉から司書寮へ入り、部屋を開けに行った。その間、ソランジュは機会があって久し振りにこちらを訪れたと言うジェルヴァージオと執務室で昔話をしていたそうだ。

「オルタンシアの部屋へ行っていたラオブルート様はすぐに戻ってきました。そして、わたくしに地下書庫へ向かう鍵を出すように、と言いました。武器を突きつけられ、側仕えを盾に脅《おど》されたわたくしは上級司書が染める鍵や地下書庫へ向かう扉を開ける鍵を差し出したのです」

昔馴染《なじ》みにひどいことはしたくない、とジェルヴァージオが言って、外と連絡が取れないようにシュタープを封じる手枷をはめられ、縛られて転がされたそうだ。彼等は騎士団の者達に鍵を染めさせて、地下書庫へジェルヴァージオと共に向かったらしい。

「ジェルヴァージオ様がグルトリスハイトを手にしたら、わたくしの縛めを解きにくるとおっしゃいましたが、執務室へは戻っていらっしゃらず、彼等は図書館を施錠して出ていきました。大股で感情的になっていた足音から考えると、おそらく入手はできなかったのでしょうね」

ソランジュは悲しそうに「昔馴染みと言いながら、ずいぶんとひどい扱いでしたよ」と自分を縛っていた紐や手枷を見つめた。

「では、ジェルヴァージオはどうしているのかしら？」

地下書庫でグルトリスハイトを得られなかったのならば、今はどこにいるのだろうか。わたしはちょっとした疑問を口にしただけだった。けれど、それに答えが返ってきた。

「ジェルヴァージオ、ひめさまといっしょ」

「ジェルヴァージオ、じじさまのところへいった」

顔を強張らせたフェルディナンドがザッと音を立てて踵《きびす》を返し、執務室を大股で出ていく。側近と半数の騎士達が急いでその背中を追いかけた。

「ローゼマイン様、ジェルヴァージオ様は……」

貴女の昔馴染みは外国の勢力としてユルゲンシュミットに攻めてきました。グルトリスハイトを手に入れてツェントになることを狙っているようです。中央騎士団長のラオブルートがトラオクヴァール王を裏切っています。図書館の司書である貴女は彼等に鍵を渡したことを責められるかもしれません。

オロオロと不安そうなソランジュにどこまで本当のことを言っても良いのかわからない。

「ソランジュ先生はもうお休みくださいませ。お疲れでしょう？　図書館を脅かす者がないように、シュバルツ達に守ってもらいますから」

わたしはレオノーレにソランジュを司書寮の自室へ連れて行ってもらえるようにお願いする。少し経《た》って戻ってきたレオノーレは顔を顰めていた。

「何かあったのですか？」

「ソランジュ先生の部屋が魔術具で封じられていました。側仕えが出てこられないように。……部屋から出られず、主は戻ってこず、側仕えもかなり怖い時間を過ごしていたようです」

……ラオブルートめっ！

「シュバルツ達を戦闘状態にしておきます」

わたしは目を閉じるとレオノーレに頼んで、わたしの手をシュバルツ達の魔石へ誘導してもらった。シュバルツとヴァイスに魔力を補充し、衣装のボタンにも魔力を流して戦闘モードにしておく。二度とラオブルート達を図書館に入れるつもりはない。

「シュバルツ、ヴァイス。わたくし達が全員出たら鍵を閉め、図書館の司書であるソランジュ先生を守ってくださいませ。もし協力者として登録されていないのに、図書館の鍵を持つ者が入ってきたら必ず鍵を取り返して追い出してくださいね」

「ソランジュ、まもる」

「かぎ、とりかえす」

わたしはシュバルツ達にお願いすると、閲覧室《えつらん》へ行ってフェルディナンドのいる二階を見上げた。すぐにフェルディナンドが駆け下りてくる。その表情と足の速さから懸念《けねん》が当たっていたようだ。ジェルヴァージオはすでに始まりの庭にいるらしい。

「ローゼマイン、君は騎士達と離宮へ戻れ」

指示を出しながら階段を下りてくるフェルディナンドを見上げ、わたしは首を横に振った。

「嫌です。一緒に行きましょう」

「危険だ。離宮で待っていなさい」

わたしの前を通り過ぎてフェルディナンドは閲覧室を出ていこうとする。その背中が一瞬アーレンスバッハへ向かうフェルディナンドの姿と重なった。喉《のど》がひくっとなって、思わず手が伸びる。

「待ってください！　わたくしを置いて行ったら、フェルディナンド様の秘密を皆に暴露《ばくろ》しますからね！」

「この緊急時に何を言っているのだ、君は⁉」

顔を引きつらせたフェルディナンドが振り返る。

「待っていられるわけがありませんし、魔力は多い方が良いでしょう？」

「魔力？　何を言っている？」

「え？　フェルディナンド様が昔やったことではありませんか。大魔力をぶつけて最速で突っ込むのですよね？」

エアヴェルミーンからお行儀《ぎょうぎ》が悪くて不敬だと嫌というほど叱《しか》られるかもしれないけれど、最速で始まりの庭へ行くにはそれが一番だと思う。空中の魔法陣に大魔力を叩きつけて起動させて突っ込むのだ。

「何という過激なことを考えているのだ……」

「えぇ⁉　すでにやっちゃったフェルディナンド様だけには言われたくないですよ」

頭を抱えていたフェルディナンドが諦めたように溜息を吐くと、大股で近付いてきて、わたしを

肩に担《かつ》ぎ上げた。そのまま早足で歩き始める。呆気《あっけ》に取られていた護衛騎士達が慌てた様子でついて来た。

「言っておくが、私は何とか魔法陣を起動させようと思っただけで、あの場に突っ込むつもりはなかった。結果がわかっていて突っ込む君と一緒にするな」

「訪問される側から見れば一緒だと思いますけれど？」

正規ルートではないところから突っ込んできた者の思惑《おもわく》など、エアヴェルミーンには関係ないと思う。不慮の事故でも故意でも叱られるものは叱られるのだ。

「……それもそうだな」

クッと笑ってフェルディナンドが第二閉架書庫を通って図書館を出る。騎獣を出して、わたしを乗せた。

「最速で行くぞ、ローゼマイン」

「はいっ！」

始まりの庭への道

「フェルディナンド様、どちらへいらっしゃるのですか⁉」

特に説明もなく、というか、詳細に説明できるはずもない。コルネリウスに問われても、フェル

ディナンドは無言でそのまま空へ向かって駆け出した。独走するフェルディナンドの騎獣を追って、わたしの護衛騎士やハイスヒッツェが大慌てで追いかけてくる。上空から大きな魔力を放つ予定なので、このままついてこられる方が危険だ。フェルディナンドは振り返って彼等を止めた。

「危険だから白の建物よりも下で待機せよ！　どうしても同行するならば、私より速く上空にいけ！　中途半端《ちゅうとはんぱ》な位置にいると死ぬぞ」

そう怒鳴りながらもフェルディナンドは護衛騎士達を振り切って、高速でぐんぐんと上空へ駆けていく。ついて来ている者達がいるのかどうか、わたしには振り返る余裕もない。ただ落ちないように必死で手綱《たづな》を握っていた。

上空へ向かう途中で一の鐘が鳴り始めた。カラーン……と図書館、中央棟、文官棟、騎士棟、側仕え棟、それぞれの寮から澄んだ鐘の音が、まだ日の差さない貴族院に鳴り響く。

「君はライデンシャフトの槍《やり》を使え」

貴族院全域が見渡せるほど上空へ駆け上がったフェルディナンドが自分のシュタープを出しながらそう言った。魔力をたっぷり込めろと言いながらフェルディナンドは片手剣に変化させて、魔力を注ぎ込んでいる。

「ライデンシャフトの槍ですか？」

「そうだ。私が合図をしたら、目を閉じて槍に変化させて落とすのだ。どれだけ投擲《とうてき》が下手くそで、飛距離がなくても落とすだけならば君にもできよう。あれは貴族院をすっぽりと覆う魔法陣だからな。当たらぬということはないはずだ」

あまりにもひどい言い草であるが、間違ってはいない。ライデンシャフトの槍にいくら魔力を込めたところで、わたしの槍の腕前は敵に当てるのが難しいレベルのへっぽこだ。

……わかってるけど！　真実は時に人をより深く傷つけるということをフェルディナンド様にはぜひ覚えてほしいよ。

「フェルディナンド様、何をなさるおつもりですか⁉」

「ローゼマイン様、フェルディナンド様をお止めください！」

完全に魔力を蓄《たくわ》えた剣をフェルディナンドが構えた瞬間、そんな声が聞こえた。必死でついてこようとしていた護衛騎士達がようやく追いついてきたらしい。ほとんどがわたしの護衛騎士で、青いマントも少し見えた。

フェルディナンドが彼等を見下ろしながら「エックハルトと違って聞き分けがない」と嫌そうに呟いた。だが、フェルディナンドの言葉には絶対服従の護衛騎士と同じ行動など、他者にできるわけがないと思うのはわたしだけだろうか。

「私は危険だと言ったはずだ。何故私より下にいる？　死にたいのか？　さっさと上空へ上がれ」

顔色を変えた護衛騎士達が次々とわたし達より上へ向かう。それを待っているフェルディナンドが「時間がないというのに……」と苛立たしそうに文句を言った。その様子から彼がかなり切羽詰《せっぱつ》まっているのがわかる。

「フェルディナンド様、せめて彼等が安全な位置へ行くまで攻撃は待ってくださいね。わたくしの護衛騎士達に攻撃を仕掛けるのは、さすがに全力で阻止《そし》しますよ」

「私もそこまで非道なことはせぬ」

駆け上がってきたハイスヒッツェが「何をされるのですか？」と尋ねてくるが、フェルディナンドはそれに答えず、剣を振りかぶった。

「其方に答える義務はない。できるだけ上空で離れていろ。……ローゼマイン、やるぞ」

「はい！」

わたしはフェルディナンドに言われた通りに目を閉じてシュタープを出し、「ランツェ」と唱えた。手の中に槍の形を感じる。できるだけ魔力を込めるように、と言われていたので、どんどんと魔力を送っていった。目を閉じていてもわかる。バチバチと魔力の火花が飛んでいるような音がしている。

「もう十分だ。落とせ」

「フェルディナンド様⁉」

「ローゼマイン様、待ってください！」

上の方から焦りと制止の声が聞こえるけれど、こうして魔法陣を起動し、始まりの庭へ向かわなければジェルヴァージオがメスティオノーラの書を手に入れることになる。アーレンスバッハで貴族達を殺して魔石を奪い、若い女性貴族を攫っていこうとしたランツェナーヴェの者をユルゲンシュミットのツェントにするわけにはいかない。

……絶対に阻止するんだから！

そのままパッと手を離してライデンシャフトの槍を落とす。その途端、グンと騎獣が動き、バラ

ンスを崩しかけたわたしは驚いて目を開けた。

真っ暗な貴族院へ向かって青い流星のようにライデンシャフトの槍が落ちていく。それがわたしの視界に見えたのは、重力に任せて落ちていく槍を追いかけるようにフェルディナンドが騎獣を操っているせいだ。落下するような勢いで駆け下りながらフェルディナンドは剣を振り抜いた。

虹色に光る魔力の塊が剣から放たれ、わたしが落とした槍を追い抜くようなスピードで魔法陣に接触《せっしょく》した。魔力と魔力がぶつかって弾《はじ》き合うような大きな音がした。直後、それまでは薄《うっす》らとしか見えなかった貴族院を覆う魔法陣が、眩《まばゆ》い光を帯びて浮かび上がる。同時に、その魔法陣の中心に空と貴族院を繋ぐ光の柱が見えるようになった。

……風の貴色《きしょく》！　メスティオノーラ⁉

わたしが始まりの庭でメスティオノーラの書を授《さず》かった時も光が降ってきた。あの光ではないか、と妙な確信を持つ。

……できるだけ早く行かなきゃ！

わたしと同じ焦りをフェルディナンドも感じているのだろう。わたしのお腹《なか》に回されている腕に力が籠もった。光の柱の下にある始まりの庭へ飛び込むために、わたし達は魔法陣へ騎獣ごと突っ込む。その瞬間、魔法陣から強力な風が吹き出し、突っ込んでいった勢いそのままにわたし達は思い切り弾き飛ばされた。

「きゃっ⁉」

予想外の反撃にわたしは思わず声を上げる。風に弾かれただけなので痛みはない。けれど、衝撃《しょうげき》

が強すぎたのか、身につけていたお守りがいくつか弾ける。フェルディナンドが舌打ちしながら騎獣を操り、魔法陣から少し離れたところで体勢を整えた。

「シュツェーリアの盾と同じ効果だ。あそこにいる者に敵意を持つ者は入れぬようだな」

まだ光っている魔法陣と光の柱を睨みながらフェルディナンドがギリと悔しそうに奥歯を噛《か》みしめた。「前に入った時には中に誰もいなかったので通れたようだ」という呟きが聞こえる。

「つまり、上からは侵入不可能ってことですね」

アーレンスバッハを蹂躙《じゅうりん》したジェルヴァージオにも、フェルディナンドを殺せと言ったエアヴェルミーンにも親しみなんて持てない。このまま何度挑戦しても弾かれるだけだろう。

「あぁ。別の方法を考えねばならぬ。……一旦《いったん》離宮へ戻って銀色の衣装を着て再挑戦してみるか、最奥の間から繋がる入り口を開けるか、どちらかだな」

「シュツェーリアの盾を通り抜けようと思えば、全身を完全に銀の布で覆う必要があると思います。中へ入った時にすぐにシュタープが使えないのは危険ですよ」

エアヴェルミーンは魔力で相手を判別していると言っていた。ならば、ジェルヴァージオは魔力の判別ができる状態でいるはずだ。こちらが銀色武装をしていれば、相手の魔力攻撃は効かない。けれど、相手がどのような武装をしているのかわからない以上、シュタープを使えない状態になるのはあまり良いとは思えない。

「……ジェルヴァージオは今まさにメスティオノーラの書を手に入れている最中ですよね？」

「間違いなくそうであろう」

わたしは光の柱を睨む。巨大な魔法陣を確実に起動させるためにライデンシャフトの槍にかなり魔力を使ったのに、突入することもできずに弾かれた。ジェルヴァージオがメスティオノーラの書を手に入れている最中だというのに、何かできることがないだろうか。

……中に入れなくてもいいから、せめて、外から邪魔ができれば……。

「フェルディナンド様。わたくし達、魔法陣には弾かれましたけれど、光の柱の中には入れましたよね？」

「……何をする気だ？」

身構えるフェルディナンドの前で、わたしは「リューケン」を唱えてどこかへ落ちていったライデンシャフトの槍を解除して回収し、「フィンスウンハン」で闇の神具であるマントを作り出す。

「ローゼマイン、それは最後の手段にするように、と言ったはずだが？」

「フェルディナンド様は嫌な顔をしますけれど、今は最後の手段を使っても良いくらいに追い詰められていると思うのです」

ジェルヴァージオはすでに始まりの庭にいてメスティオノーラの書を授かっている最中だし、魔法陣を起動して最速で入る手段は通用しなかった。フェルディナンドが思いつく範囲でも銀色の衣装を着こんで再挑戦するか、中央騎士団の同士討ちが起こってどこかに隠れている王族に頼んで最奥の間を開けてもらうくらいしか始まりの庭には到達できない。

「これであの光を遮《さえぎ》ったら、最速でジェルヴァージオの邪魔ができるのではないかと考えたので、今の時点では最後の手段だと思っています。銀色の布を取りに行って着替えたり、王族に頼んで最

奥の間を開けてもらったりするよりよほど早いと思いませんか?」

わたしの主張にフェルディナンドが「また突飛《とっぴ》なことを……」とこめかみを軽く叩いた。

「悪くないと思うが、他にも余計なことを考えているであろう? そちらも白状しなさい」

「魔法陣を起動するために大量の魔力を使ったので、中に入れないなら魔力だけでも返してほしいと考えました。あの貴色の光は魔力の塊でしょう?」

「考えたのはそれだけではないという顔をしている」

「うぐっ……」

……どうしてバレるかな⁉

お貴族様仕様で取り繕《つくろ》っているはずなのにバレている。おかしい。顔に出ていただろうか。顔を触りながら、わたしはむぅっと唇を尖《とが》らせた。

「あの光を吸収したら、わたくしの方にメスティオノーラの英知が流れ込んでこないかな? という下心がたっぷりあります。成人までなんて待てませんもの」

コピペを拒否《きょひ》されたわたしの一番の本音を聞いて、フェルディナンドは面倒臭そうに顔を顰めたけれど、仕方なさそうに騎獣を光の柱に向けてくれた。

「不慮の事態で元々一つの物を私と君が分け合っている状態になっているとエアヴェルミーンは言ったのであろう? そうでなければエアヴェルミーンは私達にお互いを殺して完成させよとは言うまい。ならば、他人に与えられる知識を君が得られるとは思えぬが……」

「ダメで元々。できたら『ラッキー』ですよ。やってみます」

「ラッキーとは一体何だ？　言葉遣いが乱れているぞ。このような状況で君は気を抜きすぎだ」

……こんな状況で貴族らしさにこだわるフェルディナンド様に言われたくないけど。

わたしは心の中で反論しつつ、「以後気を付けます」とお小言を聞き流した。

光がはるか高みから降り注ぐ。それが始まりの庭に届かないように、光の柱の中でわたしは大きく大きく闇のマントを広げていく。それと同時に闇の神具の特性である魔力吸収が行われ、自分の中に一気に魔力が流れ込んできた。先程大量に使った魔力があっという間に回復してくる。激マズ回復薬と違ってのたうち回る苦痛もなく、よほど早く、完全に回復した。

……でも、フェルディナンド様が言った通り、メスティオノーラの英知は入ってこないみたい。しょんぼりへにょんだよ。

「リューケン」

「もう回復したのか？」

闇のマントを解除したわたしを見て、フェルディナンドが驚いた声を出した。闇のマントは自分の魔力容量の最大値までしか魔力を吸収してくれない。完全回復した時点で終了である。だが、ライデンシャフトの槍に使った魔力量を考えると、驚きの魔力回復である。わたしは振り返ってフェルディナンドを見上げた。

「一番欲しかった知識は入ってきませんでしたが、魔力回復に関してはフェルディナンド様の作った激マズ回復薬よりすごかったです。さすが神様ですね。たっぷり魔力、ごちそうさまでした」

フェルディナンドに報告すると、ぐにっと頬をつねられた。ひんやりとした空気と嫌そうな顔か

ら察するに、どうやらフェルディナンドは神様にも対抗心を持っているらしい。ちょっと理想が高すぎると思う。

「あぅち。……でも、本当にすごいのです。今度はフェルディナンド様の番ですよ。ジェルヴァージオの邪魔もしなければなりませんし、フェルディナンド様もどーんと魔力を使ったでしょう？　神様に魔力を回復してもらったらいかがですか？　こんな経験、滅多《めった》にできませんから」

わたしに闇のマントの使い方を教えたのはフェルディナンドだ。本人が使えないとは思えない。わたしが勧めると、フェルディナンドは何とも複雑そうな顔になった。

「他の者に経験できるわけがなかろう。神々から魔力を吸収しようなどと考えるのは君くらいだ。日常的に何かあれば祈りを捧げているくせに、信心深いのか罰当たりなのかわからぬ」

わたしに対する文句を言い、「ジェルヴァージオの好きにさせるわけにはいかぬからな」と建前を述べてから、フェルディナンドは闇のマントを出してわたしと同じように広げていく。

「ほぅ……。これはなかなか」

ぶつぶつ文句を言っていたが、素早く魔力が満たされていくのがわかるのだろう。フェルディナンドが満足そうに唇の端を上げた。

「む？」

フェルディナンドが「リューケン」を唱えるより先に、まるで電源が落ちたようにふっと光の柱が消えた。魔力回復の柱が消えると同時に光っていた魔法陣も消えてしまう。

「あれ？　終わっちゃいましたね」

「私はまだ完全に回復していないのだが……。もしや、君が吸収しすぎたのではないか？」

「えぇ？　わたくしのせいですか？　元々もう少しで終わるところだったのかもしれないのに、不満そうに文句を言われても困りますよ」

わたしが睨むと、フェルディナンドは「ならば、次を考えねばならぬ」と騎獣を上空に向けた。

「君の言う通り、元々もう少しで終わるところだったならばジェルヴァージオはほぼ完成された聖典を持っていることになる。出口はどこだと思う？　図書館から始まりの庭へ到達した時、君はどこへ出た？」

探るような声音でそう言ったフェルディナンドに、わたしは首を横に振った。

「わたくし、図書館へは戻れませんでした。最奥の間に出たのですけれど、フェルディナンド様は違ったのですか？」

「……私は妙なところへ飛ばされるのが嫌だったので、入ったところから出た」

つまり、フェルディナンドはメスティオノーラの書を手に入れた時、無礼にも上空から飛び込んだ上に、せっかく開けてくれた出口を無視して、再び上空へ向かって騎獣で飛び立ったということだ。王族と連絡が取れなければ最奥の間から出られないので、間違っていない選択をしたと思う。

……でも、そういうことをするからエアヴェルミーン様に嫌われるんじゃないかな？

上空で心配そうにわたし達の動きを見ていた護衛騎士達だったが、一旦やることが終わったのを察したようだ。騎獣で皆が駆け下りてくる。

「何をどうするおつもりだったのですか？　あの光の柱は何ですか？」

「説明する義務はないし、其方等が知る必要はない。何度も言わせるな。それよりハイスヒッツェ。王族の様子はどうなっている？　これから急いで最奥の間へ行かねばならぬ。最奥の間を開けるため、一人でいいので王族を捕獲して送ってほしいとアウブ・ダンケルフェルガーに頼んでくれ。中央騎士団を抑えるのにアウブ・ダンケルフェルガーは必要だが、王族はそこにいても大して役に立たぬであろう？」

フェルディナンドの言い分にはさすがのハイスヒッツェも顔を引きつらせた。

「王族を捕獲ですか。敬意の欠片も感じられませんが……」

「外患誘致について事前に連絡をもらい、まさに今侵略を受けているというのに対策も練れず、我が身を守るはずの中央騎士団から造反されている王族に、最奥の間を開ける鍵としての役目以上の価値があるのか？」

取り付く島もなければ反論の余地もない。だが、真実を述べる必要がない時もあるのだ。

「あまり王族が役に立っていないのは確かですけれど、フェルディナンド様を助けるための許可証をいただいたのですよ。もうちょっと取り繕いましょう」

「ローゼマイン様も取り繕ってくださいませ」

レオノーレにニコリとした笑みと共に叱られた。ハイスヒッツェもレオノーレに同意している。

「さすがにそのようなオルドナンツは送りかねます」

「そうか。ならば、私が送るので構わぬ。ローゼマイン、目を閉じていろ」

わたしが目を閉じると、フェルディナンドの手が動くのがわかった。オルドナンツの魔石を手にしてシュタープで軽く叩いている。

「アナスタージウス王子、フェルディナンドです」

……え？　アナスタージウス王子？

どうしてここでオルドナンツを送る相手がアナスタージウスなのか。わたしは首を傾げるが、フェルディナンドは淀《よど》みなくオルドナンツに声を吹き込んでいく。

「ランツェナーヴェからの侵略者にユルゲンシュミットの礎を奪われることを防ぐためには、最奥の間を開けられる王族が必要です。政変で王族が行った後始末を考えれば明白なように、礎を奪われた瞬間、今の王族は処分対象となります。直《ただ》ちに最奥の間まで来てください」

フェルディナンドがブンとシュタープを振ったのがわかった。

「これでよかろう。中央棟へ向かうぞ」

「フェルディナンド様、何故アナスタージウス王子なのですか？　この場合はトラオクヴァール王に送るべきでは？」

ハイスヒッツェの問いかけはここにいる全員の疑問を代弁したものだった。フェルディナンドはぞっとするような魔王の微笑みを浮かべる。

「弱点が明確で、最も身軽で早く動けそうな男だからに決まっているではないか。エグランティーヌ様が処刑される事態になるのをアナスタージウス王子が黙って見ていると思うか？」

……思いません。

アナスタージウスの嫁馬鹿っぷりは身に染みている。エグランティーヌに迫る危機を見過ごせるような人ではない。

「でも、フェルディナンド様。わざわざ王族を呼ばなくても、最奥の間を開けるのはわたくしではできませんか？　承認は受けていませんけれど、一応アウブですよ」

「正式なアウブではない以上、君ができなかった時のために保険は必要であろう？　開けられなかったとわかってから呼んでは更に時間がかかるではないか」

フェルディナンドは何食わぬ顔でそう言いながら騎獣を中央棟へ向けた。

……王族を保険扱いしたよ、この人！

ツェントの責任

貴族院に到着した時に出入りした窓から再度侵入するつもりなのか、フェルディナンドは中央棟の近くの木立へ向かいながらオルドナンツを飛ばすように命じる。

「中央棟の転移扉が並ぶ辺りには中央騎士団の姿があった。彼等と対峙しても問題ないように、まずは今すぐに動ける戦力の確保を行う。ハイスヒッツェはダンケルフェルガーに、コルネリウスはエックハルトに連絡を取り、戦力を合流させるように頼んでほしい」

それから、わたしに目を閉じておくようにと言って、フェルディナンドもオルドナンツを飛ばす。

一つはシュトラールへ。一班を率いて中央騎士団の動きを探るように命令を受けていた彼には合流を命じる事務的で簡素なオルドナンツだった。

もう一つはツェント・トラオクヴァールへ。こちらのオルドナンツは貴族らしく非常に遠回しな言葉を使ったものだった。どんなに遠回しで取り繕った貴族言葉を使っていても、内容は現状報告と「ツェントとしての矜持《きょうじ》があり、他国の者にユルゲンシュミットの礎を奪われたくないと考えるならば、さっさとその場を片付けて信用できる中央騎士団やダンケルフェルガーを率いてこい」という意味の言葉なので、あまり穏便《おんびん》ではない。

「あの、フェルディナンド様。ツェントやアナスタージウス王子がいらっしゃらなかった場合はどうするのですか？」

「……時間がかかって遠回りにはなるが、別の手段を使えば良いだけだ。今の危機を王族がどのように捉えて、どのように行動するのか、私は知っておきたい」

そう言うフェルディナンドの声は不機嫌そのものだ。わたしとしても不機嫌な理由がわからないわけではない。アウブは自領の礎が狙われれば、敵から礎を守るために礎の間に籠もる。そこを守れるのはアウブだけなので当然の行動だ。同様にツェントも国の礎を守らなければならない。それが立場に付随《ふずい》する義務というか、やらなければならない行動である。

「……フェルディナンド様はツェントが礎を守っているわけではなくて、どこかに隠れていらっしゃることが気に入らない点だと思うのですけれど、グルトリスハイトを持たないツェントはもしかすると礎の場所を知らないのではありませんか？」

場所を知らなければ、礎の間には籠もれない。わたしは少しだけツェントを擁護《ようご》してみた。けれど、全く意味はなかった。フェルディナンドに「それが何だ？」と鼻で笑われただけだった。

「礎の場所を知らないならば、奪われる前に騎士団を率いて敵を討ち取ればよかろう。せめて、討ち取ろうとする姿勢くらいは見せてほしいものだ。未成年の女性である君が苦手な戦地に立って騎士団を率いているのに、ツェントを名乗る者が隠れていてどうする？」

「それは過剰《かじょう》評価ですよ。わたくしがここにいられるのはフェルディナンド様や護衛騎士達が一緒で、わたくしを支えてくれて絶対に守ってくれるという安心感があるからですもの。騎士団長に裏切られたトラオクヴァール様には難しいでしょう」

フェルディナンドを助けに行く直前で、わたしがコルネリウスやハルトムートに裏切られていたらアーレンスバッハへは行けなかった。

「側近の裏切りなど然程《さほど》珍しくもなかろう。敵の息のかかったものが味方面《づら》をして近付いてくることなど日常的に起こることだ。側近の動向に注意を払って裏切りを早期発見したり、忠誠を得られるように努めたり、側近を信用せず常に警戒したり、自衛するのが当然ではないか」

「わたくし、そのような日常を過ごしていませんけれど……？」

思わず息を呑んだ。それはわたしが知っている日常と違う。領主の養女になってから、わたしはそこまで殺伐《さつばつ》とした日常を過ごしていない。

「当たり前ではないか。君に近付ける相手は領主夫妻、私、カルステッド、エルヴィーラ、リヒャルダが吟味《ぎんみ》していたからな。隠さなければならない秘密が多い割に視野が狭く、迂闊《うかつ》で間が抜けて

いる君に近付く危険は最初から排除してある。それに、私にとってのヴェローニカのように排除の難しい明確な敵がいないというのも大きい」

……言い方は相変わらずひどいけど……。

下町との接触を制限され、面会相手は保護者によって決められ、お仕事がいっぱいで神殿と城を行き来しなければならない窮屈《きゅうくつ》で大変だと思っていた自分の環境が、実は危険から遠ざけるために丁寧に整えられていたものであることを知った。目から鱗《うろこ》がボロボロ落ちたというか、理解できていなかった自分にがっかりする。

「……わたくし、自分で思っていた以上に過保護に守られていたのですね」

「製紙、印刷業を興《おこ》し、神事によって収穫量を増やし、子供達の成績を上げ、ヴィルフリートやシャルロッテの救済を行った君にそれだけの価値があったというだけの話だ。騎士団に造反されたということは、ツェントは彼等から価値を認められなかったのであろう。だが、そのような評価はどうでも良い。ユルゲンシュミットの国民にとって重要なのは、これから先の行動だ」

木立の中に降り立ちながらフェルディナンドが言った。

「王命を発して他者を動かしておきながら、国の命運がかかっている時に王として当然の行動も起こさず無責任に逃げ出すような者を、私は上に立つ者とは認めぬ。その場合はランツェナーヴェにユルゲンシュミットの玉座を明け渡そうとした腑抜《ふぬ》けの愚か者で、グルトリスハイトの有無にかかわらずツェント失格だと判断するより他あるまい」

冷え冷えとした空気と普段より饒舌《じょうぜつ》な毒舌に、わたしは身震いする。立場を振りかざしておきな

がら、それに見合った責任を果たさない者を嫌う姿は、ヴィルフリートを廃嫡《はいちゃく》しろと言っていた時と同じものだ。このままではツェントが引きずり下ろされるかもしれない。

……うわぁ、ツェント、頑張って！

わたしは心の中で応援の言葉をツェントに向けて送っておいた。


木立の中で待機する間に、ハイスヒッツェのところへアウブ・ダンケルフェルガーからのオルドナンツが飛んできた。

「ダンケルフェルガーは順調に中央騎士団を捕らえているそうです。礎を守ることに関してはグルトリスハイトを持つローゼマイン様に任せるとのことでした」

「馬鹿馬鹿しい。礎を守るのは王族の役目で、アウブ・アーレンスバッハの仕事ではないと反論しておけ。こちらに余計な責任を押しつけるな」

中央騎士団内の同士討ちを収めるのは大変らしく、アウブ・ダンケルフェルガーも苦戦しているようだ。特に、敵と味方を判別するのが難しくて全員を殺すわけにもいかないので、手当たり次第に捕らえているということだった。

……手当たり次第ってところがダンケルフェルガーだなぁ。

おそらくツェントがいる王宮の中はダンケルフェルガーと中央騎士団が入り乱れて大変なことになっているのだろう。まだ収拾《しゅうしゅう》の目途が立たないようで、こちらへ応援に来るのは難しいそうだ。

フェルディナンドはそれを聞いて苦い顔をしていた。

「お待たせいたしました、フェルディナンド様」

フェルディナンドの命令通りに図書館前で待機していたエックハルトや、中央棟の様子を探っていたシュトラール達が合流してきて、すぐに報告が行われる。エックハルトによると、図書館が見えるところに二人の監視役を置き、図書館に近付く者がいれば連絡が来るようになっているらしい。シュトラールからは中央棟の様子が報告された。

「各寮へ繋がる転移扉がある回廊を守っていた中央騎士団の騎士達は、南方から飛んできたオルドナンツによって講堂へ入っていきました。我々が確認した人数は八名。しかし、講堂の扉が内側から開いたことを考えても、中にはそれ以上の人数がいると予想されます」

最奥の間へ繋がる扉は講堂にある。そこで待ち構えている者がいるということだ。

「見張りをしていた中央騎士団の者達が隠れるように講堂へ入った後、アウブ・ダンケルフェルガーの率いる騎士団が王宮へ繋がる扉をくぐっていきました。こちらの動きを知られていると判断するべきでしょう」

シュトラールはそう言った。アダルジーザの離宮が手薄になった途端、捕虜を取り返される恐れもあるため、ランツェナーヴェの者がいる離宮からはあまり人数を減らすべきではないと考えているそうだ。フェルディナンドもその意見に同意する。

「シュタープを得たランツェナーヴェの者達は扱いに慣れていないだけで、ここへ来た騎士の半数よりも魔力量が多い者がほとんどだ。彼等が解放されて見知らぬ道具や武器を使われれば脅威《きょうい》となる。決して解放させてはならぬ」

「はっ！」

シュトラールが離宮へ向けて指示を出すためにオルドナンツを飛ばし始める。その時、暗がりの中、中央棟へ向かって飛んでいくオルドナンツが見えた。

「エックハルト、其方はこの魔術具を付けて、こちらを監視している者を探してくれ。こちらの動きはすでにある程度知られているようだが、突入のタイミングや奇襲まで知られると面倒だ。騎獣を使わず、身体強化で近付け」

「フェルディナンド様、これはアンゲリカの分もありますか？　時間短縮のためにも身体強化のできる者、何人かで当たった方が良いと思われます」

何やら魔術具を渡されたエックハルトがそう言って、もう一つ魔術具をもらうとアンゲリカと共に木々の間を駆け出した。空中を滑《すべ》るように飛ぶように二人の姿が木々に消えていく。

「速っ……。あれは何の魔術具なのですか？」

「体重の軽減と消音が主な効果だ。あの二人ならば手早く密偵《みってい》を仕留めて戻ってくるであろう。それまでに君は自分のなすべきことを覚えよ」

フェルディナンドが次々と指示を出して着々と準備を進めているところへ中央棟からオルドナンツが飛んできた。

「トラオクヴァールだ」

そう名乗ったオルドナンツに周囲の空気がピリッとした緊張を帯びた。中央の貴族や領主会議中の領主夫妻でなければ、ツェントから直々にオルドナンツを受け取ることなどない。今がどれだけ

特殊な状況かよくわかる。その場にいる皆が白い鳥に注目した。

そのオルドナンツは少々回りくどい貴族言葉で「グルトリスハイトを持たぬ私はツェントではない。真のツェントこそがユルゲンシュミットに必要なのだ。私は正当なツェントを望む」と三回繰り返した。トラオクヴァールは先頭に立ってジェルヴァージオやランツェナーヴェの者達を排除する気はないという返事だった。頑張ってほしいと願ったわたしの応援は無駄だったようだ。

……うぅ、フェルディナンド様の反応が怖いよぉ……。

恐る恐る様子を窺うと、何やら魔術具を握っていたフェルディナンドの目が半眼になっている。よくよく見てみればその目の色が揺らいでいた。

「ほぅ？　つまり、自分はグルトリスハイトを持たぬ偽者《にせもの》のツェントだから礎を守るために戦うつもりはない。グルトリスハイトさえ持っていればジェルヴァージオがツェントになっても構わぬ、と。……そういう答えか、これは？　どう思う、ハイスヒッツェ？」

「は、はっ！……そうですね。私にもそのように聞こえました。グルトリスハイトを手に入れた者がいれば、その者にツェントを譲る、と。それがどのような者であっても……」

「なるほど。其方もそう受け取ったのであれば、私の解釈に間違いはないようだな」

……怖い。怖いよ、フェルディナンド様。目がヤバいから。何かほんのりと体の周りに靄《もや》っぽいものが見えるから。

怒りの感情と共にフェルディナンドからほんのりと魔力が漏れている。暗い中にいるせいで、彼自身が光っているようにも見えた。直視できる怒りの感情に、周囲の騎士達がゴクリと唾《つば》を呑む。

ごく軽いものだが、無意識の威圧を受けているのだ。空気が圧力を増していて少し息苦しい。

「フェルディナンド様、落ち着きましょう。ね？　微妙に魔力が漏れて、ちょっぴり威圧状態になっています。フェルディナンド様のお気持ちはわかりますが、グルトリスハイトを持つ者こそがツェントというお言葉は間違っていないと思いますよ。ほとんどの仕事ができないわけですから」

フェルディナンドがじろりとわたしを睨んだ。目の変化は収まっているが、その内には抑えがたい怒りが渦巻《うずま》いていることがわかる。

「トラオクヴァール様はグルトリスハイトを手に入れるならばディートリンデ様でもツェントを譲ろうとしていらっしゃった方ですよ。トラオクヴァール様はご自分とその一族がその後どんなふうに扱われるのか覚悟の上でツェントを譲ろうとしていらっしゃるのですから、一応筋は通っているではありませんか」

「君は馬鹿か？　どこまでおめでたい頭をしているのだ？」

フェルディナンドの怒りの矛先《ほこさき》がわたしに向かってきた。どうしよう。失敗したらしい。余計なことを言わずにツェントに対して怒らせておけばよかった。わたし、マジ迂闊。

「自分一人、王族だけの犠牲で済むことならばまだしも、グルトリスハイトも持たぬ偽者の愚かなツェントの決断によってユルゲンシュミット全体がランツェナーヴェの支配下に置かれるのだぞ。筋が通っているかいないかは全く関係がない。明確なのは、あの者がユルゲンシュミットのツェントとして失格だということだ」

フェルディナンドはそう言いながら周囲の騎士を見回した。

「自分達に従わぬ者には即死毒を与え、魔石や若い女性貴族をランツェナーヴェに送ろうとした彼等の所業は報告したはずだ。実際に家族が被害に遭った者もいるだろう。ジェルヴァージオに礎を奪われたらどうなるか、アーレンスバッハにおける行いを聞いても未《いま》だわからぬとは言わせぬ。同じことがアーレンスバッハだけではなくユルゲンシュミット全体で行われる可能性が高いというのに、ユルゲンシュミットを守る気がないトラオクヴァール様はツェント失格だ。違うか？」

この場にいるのはランツェナーヴェの行いを実際にその目で見たアーレンスバッハの騎士達と、騒動を治めるために奔走したわたしの護衛騎士やダンケルフェルガーの騎士達だ。フェルディナンドの言葉にコクリと頷く。

「グルトリスハイトを授け、新しいツェントを任命するメスティオノーラの化身はこちらにいる。ジェルヴァージオを排したところで、グルトリスハイトを持つツェントは誕生するのだ。そのことはアウブ・ダンケルフェルガーにも伝えている。それにもかかわらず、そのような愚かな判断をする者がツェントを名乗るなど許し難い」

ツェント・トラオクヴァールを頭から否定する言葉に、騎士達は躊躇いを見せつつも頷く。

「其方等はユルゲンシュミット全体でアーレンスバッハの悲劇を繰り返すことを望むのか？」

「否《いな》！」

「ジェルヴァージオはユルゲンシュミットのツェントに相応《ふさわ》しいと思うか？」

「否！」

「ツェントの判断を尊《とうと》び、ユルゲンシュミットに危険と混乱をもたらすことを望むのか？」

「否！」

「ならば、この返答は無視し、グルトリスハイトの有無にかかわらず我々は全力でジェルヴァージオを排除する」

「応！」


エックハルト達が戻ってきた。無事にこちらの動向を見張っていた騎士を仕留めたようだ。

「見張りの排除に成功しました。内側にも騎士の姿はありません。今ならば講堂前から入れます。そちらの窓は騎獣で乗り付けるのが難しいでしょう」

中央騎士団やダンケルフェルガーが出入りしていた講堂前の扉から入れるとエックハルトが報告する。飛び降りながら騎獣を出すことは簡単だが、騎獣から窓へ飛び移りながら騎獣を片付けるのは騎士でも大変らしい。

……わたしは飛び降りながら騎獣を出す方も満足にできないけどね。

「見つかりやすくて攻撃を受けやすい点で気は乗らぬが、シュトラールとエックハルトの報告が同じならば、そちらを使う方が負担は少ないか」

襲撃してくる中央騎士団がいないか、よくよく周囲を確認しながら中央棟へ突入していく。不意にどこからか中央の騎士が出てきたり、攻撃を受けたりするのではないかと緊張していたが、報告通り中央騎士団は講堂へ入ってしまったらしく、講堂の近くに人影はない。

渡り廊下や寮への転移扉が並ぶ回廊を警戒しつつ、フェルディナンドが手を動かすだけで騎士達

が次々と動いてそれぞれ決められている配置につく。大まかな作戦内容はわたしも教えられているけれど、わたしの役目は扉の前でシュツェーリアの盾を張って、怪我人の癒しを行うことだ。中での作戦の詳細や戦闘時の合図などは知らない。

不意に少し遠くから複数の足音が近付いてくるのが聞こえた。転移扉の回廊の奥に誰かがいる。騎士達が即座に武器を手にして構え、警戒する。

姿を現したのは、護衛騎士に周囲を守られたアナスタージウスだった。予想以上に早い到着に驚いているわたしと違って、フェルディナンドは「音を立てるな」と騎士に通じる合図を送る。アナスタージウスが講堂とわたし達を見比べて眉を顰め、小声で問う。

「直ちに最奥の間へ来るように、というオルドナンツを飛ばしておきながら、其方等は講堂前で何をしているのだ？」

「この中にいる敵を排除しなければ最奥の間へ到達することもできません。アナスタージウス王子は攻撃が終わるまでお待ちください」

「フェルディナンド、其方は何をどこまで知って……。うん？　其方は誰だ？」

アナスタージウスがフェルディナンドの隣に立っているわたしをまじまじと見て首を傾げる。

「お久し振りですね、アナスタージウス王子。ローゼマインです」

「ロ、……」

黙れと言われていたことを思い出したのか、一瞬叫びかけたアナスタージウスは咄嗟に自分の口を塞いだ。頭を何度か左右に振った後、ガクリと項垂《うなだ》れる。

「兄上とヒルデブラントが信じられないくらいに成長したと言っていたが、まさかこれほど成長しているとは……」

「ローゼマインの成長は今の戦いに関係がありません。後にしてください」

フェルディナンドがそう言いながら武器を構えて、手を上げた。わたし達からは見えないけれど、シュトラール達が動き出したはずだ。数秒後、講堂の中でいくつもの爆発音がして、奇襲に騒ぐ声が扉の向こうから聞こえた。

「止めろ。何をしている⁉」

「別動隊がハルトムートの作製した攻撃用の魔術具を最も高い窓から投げ込んでいるのです」

「貴族院への攻撃はツェントへの攻撃と同意だぞ！　其方等は反逆罪に問われたいのか⁉」

アナスタージウスの激昂《げっこう》に、フェルディナンドは涼しい顔で「問題ありません」と言って、録音の魔術具を出した。

「騎士団を率いて、ユルゲンシュミットの礎を守るために戦ってほしいと願う内容のオルドナンツをツェントに飛ばした結果、グルトリスハイトを手に入れた者が真のツェントだと異邦人《いほうじん》に譲ることも厭わないと思われる返事が来ました。これが証拠です」

魔術具から先程ツェントが送ってきたオルドナンツの言葉が流れる。「新しいツェントを望む」という意味合いの言葉にアナスタージウスが顔色を失った。

「アナスタージウス王子、今のユルゲンシュミットには礎を守るツェントがいないのです。ツェントがいない以上、反逆罪や不敬罪になりようがありません」

フェルディナンドの態度があまりにも悪いので、わたしは急いでフェルディナンドとアナスタージウスの間に立った。

「フェルディナンド様は自分の責任を果たさない怠惰《たいだ》な無能がお嫌いなので、ツェントのお返事にものすごく怒っていらっしゃるのですけれど、わたくしは、トラオクヴァール様のことを筋の通った方だと思っています」

アナスタージウスが胡散臭《うさんくさ》いものを見る目でわたしを見た。何を言い出す気かと警戒しているのがわかる。わたしはニコリと微笑んだ。

「ご自分とその一族が王族でなくなった後、どのように扱われるのか覚悟の上で他国の者でもツェントの座を譲るとおっしゃっているのですもの」

目を剥《む》いてわたしを見るアナスタージウスに、わたしは更に畳《たた》みかける。

「アナスタージウス王子は、礎を守るために行動するわたくし達を反逆罪に問われるとおっしゃいました。つまり、トラオクヴァール様のお言葉を受け入れるということでしょう？　アーレンスバッハで彼等は自分達に従わぬ者には即死毒を与え、魔石や若い女性貴族をランツェナーヴェに送ろうとしたのですけれど、それがユルゲンシュミット全体で行われるのです」

ツェントの覚悟の結果によってはエグランティーヌ様も大変な目に遭いますよね？　と微笑むと、アナスタージウスが顔を引きつらせた。

「ローゼマイン、其方は……」

「ローゼマイン、無駄口を叩く前に盾を張れ」

アナスタージウスとの会話を無駄口だと言い切ると、フェルディナンドは武器を構える騎士達を見回し、一度上げた手を素早く下ろした。扉が開け放たれて騎士達が講堂に飛び込んでいく。わたしは何か言いたそうなアナスタージウスを無視してシュツェーリアの盾を張ると、自分の護衛騎士達と入って安全を確保する。

「あ、アナスタージウス王子はツェントのお言葉を受け入れるのでしたら、反逆罪に問われないようにご自分の離宮へ戻った方がよろしいですよ。……それとも、エグランティーヌ様を守るために異国の者を排除し、わたくし達とご一緒します？　フェルディナンド様によると、わたくし、新しいツェントを任命できるメスティオノーラの化身なのですって」

わたしがニコリと微笑むと、アナスタージウスが「何だと⁉」と声を上げ、彼の護衛騎士達が戸惑ったように顔を見合わせた。

「他人に与えられるグルトリスハイトを手にしているならば、其方が真のツェントではないか！」

アナスタージウスの指摘に周囲がざわりとした。今更何を？　と言いたくなってしまうような反応に、わたしは王族の情報伝達がどうなっているのか問い詰めたい気分になった。

「違います。わたくしはアーレンスバッハの礎を染めてしまった今、アウブ・アーレンスバッハなのです。ユルゲンシュミットの礎を染められないのでツェントにはなれません。わたくしが……」

アーレンスバッハで何をしたのか報告はなかったのか、と質問しようとしたけれど、アナスタージウスは厳しく光るグレイの目でわたしの言葉を遮った。

「ならば、其方は今すぐ父上にグルトリスハイトを譲り、真のツェントに任命せよ。そうすれば、

あのように思い詰めて自分の無力を嘆《なげ》く投げやりな言葉を口にするはずがない。父上は少しでもツェントの立場に相応しくあろうと日々の業務の間でも回復薬を多用し、できる限り祠で祈りを捧げていたのだぞ！」

……わたしもツェントがフェルディナンド様みたいに回復薬臭くて、必死に国を支えようとしてるって感じたことはあるよ。でも、すでに心を折られてるっぽい人にグルトリスハイトを渡して解決する？　余計に追い詰めることにならない？

トラオクヴァールが自分の周囲まで含めて死を受け入れるくらいに心を病んでいるならば、余計に渡さない方が良いと思う。グルトリスハイトを渡すということは、ツェント業務を強要するのと同じだ。今のトラオクヴァールにその責任を負えるとは思えない。

フェルディナンドが作った魔術具のグルトリスハイトは一代限りだ。つい先程フェルディナンドが失格の烙印《らくいん》を押した上に、何かの拍子で自ら死を選びそうなトラオクヴァールに、グルトリスハイトを渡す約束はできない。

「わたくしはトラオクヴァール王がどのような生活をしていたか詳細を存じません。耳にしたのは先程のオルドナンツだけですもの」

「ずいぶんと突き放した冷たい物言いだが、其方は友人であるエグランティーヌのこの先について何も思わぬのか？」

アナスタージウスが不快そうに目をすがめながらそう言う。わたしは少し首を傾げた。わたしは祠巡りを強要された時にエグランティーヌと「わたしが考える」普通の友人関係を築くのは無理だ

と悟《さと》ったのだ。これが彼等にとって普通の友人関係のはずなのにおかしい。

「全く何も思わないわけではないのですけれど、不思議ですね。交渉《こうしょう》相手にとって大事な者を人質にして逃れられない選択を迫るのが王族のやり方だと、わたくし、アナスタージウス王子とエグランティーヌ様から学んだのですけれど、どこかおかしかったでしょうか？」

……わたしの祠巡りだけじゃなくて、養父様を追い落としてアウブ・エーレンフェストになるか、ディートリンデ様と結婚するかフェルディナンド様に選択を迫ったのも王族だったから間違ってないと思うんだけどな。

相変わらず貴族の常識は難しいと思っていると、アナスタージウスが愕然《がくぜん》とした顔になった。苦い表情になって一度目を伏せる。

「……だが、ユルゲンシュミットのことを最優先に考えれば、其方はすぐにでもグルトリスハイトを与えて真のツェントを任じるべきではないか」

「では、個人の都合よりユルゲンシュミットのことを最優先に考えるとおっしゃったはずの王族は、ランツェナーヴェの者達から攻め込まれている現在、一体何をしていらっしゃるのですか？　共に戦ってほしいとお願いしたのに、自国の礎を守ろうともせず、先頭に立って敵を排除しようともしてくれない方を真のツェントにせよ、とおっしゃられても困ります」

ユルゲンシュミットを維持するためにエーレンフェストよりアーレンスバッハを優先するとか、王の養女になってグルトリスハイトを手に入れろとか要求していたのだから、非常時にはユルゲンシュミットを維持するための動きくらい見せてほしいものだ。

「わかった。父上が動けぬならば、代わりに私が動く」

武器を構えたアナスタージウスが自分の護衛騎士達を見回した。王族なので先頭に立ってくれるのは助かるし、王族の行動としては間違ってはいない。けれど、トラオクヴァールが動けないならば、代わりに動くのは次期王だと言っていたジギスヴァルトの役目ではないだろうか。アナスタージウスが目立ってしまって良いのだろうか。

……まぁ、誰が動いても解決すればそれでいいよね。

「アナスタージウス王子、口元は必ず布で覆っておいてくださいませ。相手はランツェナーヴェの即死毒を持っている可能性が高いです」

彼とその護衛騎士達は口元を布で覆って、講堂へ飛び込んでいく。講堂の扉が閉められた。

講堂の戦い

アナスタージウス達が参戦した後、わたしは自分の護衛騎士達に守られた状態でオルドナンツが出入りする講堂の扉を見つめていた。中の様子がわからない。戦いの様子を直視できない現状に、不安と安堵の両方が入り混じる。中で何が起こっているのかわからないせいで、皆は大丈夫なのかと不安が勝手に増幅《ぞうふく》されていく。同時に、何度も夢に見るような惨状を視界に入れたくない気持ちも強い。わたしは胸の前で手を握り、少しでも早く無事に終わることを祈っていた。

扉が開いた。アーレンスバッハの騎士が数人飛び出してくる。どの表情も険しく、怪我をしているのが一目でわかった。彼等は勝利を知らせてくれる騎士ではなく、回復のために一旦戦線離脱《りだつ》した者達だ。わたしはすぐに癒しをかける。

「中の様子はどうですか？」

「予想以上に講堂にいた中央騎士団の数が多いです」

講堂から飛び出してきた騎士達が盾の中で回復薬を飲みながら中の状況を教えてくれる。高い窓から魔術具を投げ込んだ奇襲はかなり効果があったそうだ。けれど、今は銀色のマントをつけている者が多く、攻撃を防がれることが多いそうだ。

「我々は念のためにシュタープ以外の武器も持っていますが、アナスタージウス王子達はお持ちではなかったようです。けれど、王子の護衛騎士達は倒した相手から武器を取り上げて戦っていらっしゃいます。何より、王族が参戦したことで敵側に迷いが生じている者もいます」

彼等はラオブルートに「王の敵を倒せ」と言われて、フェルディナンド達を攻撃しているけれど、アナスタージウスには武器を向けないらしい。そのため、こちらがずいぶんと有利になったそうだ。

「その者達にトルークを使われている可能性はありませんか？」

「……我々には見ただけではわかりません」

「ただ、ツェントを裏切った騎士団長にアナスタージウス王子が非常にお怒りで、戦いながらも問い詰めていらっしゃいます」

騎士団長であるラオブルートが何故ツェントを裏切ったのか、いつから何を企んでいたのか問い

詰めているらしい。

「魔術具や回復薬の補充《ほじゅう》が必要なので、フェルディナンド様が応援を呼んでいらっしゃいました。そろそろ到着すると思われます」

少し休憩《きゅうけい》して回復した騎士達はシュツェーリアの盾を飛び出していく。わたしが戦いの中に突っ込んでいっても、怖がるだけで大して役に立たない。だから、扉の前で回復係として待機させられている。わたしが中へ入れるのは戦闘が終わった時と、即死毒などを使われて大きな魔力を使う洗浄や癒しが必要になった時だけだ。わかっているけれど、中の状況が気になって仕方がない。

「ここで待っているのもやきもきするのですけれど……」

いつ即死毒を使われてもおかしくない。わたしは講堂中をヴァッシェンで満たすために使う広域魔術の補助魔法陣が描かれた魔紙と、講堂の扉を見比べながら呟いた。アンゲリカもシュティンルークに触れながら「お気持ちはよくわかります」と焦れた表情で扉を見つめて頷く。

「ローゼマイン様、魔術具や回復薬をお持ちいたしました」

「ハルトムート、クラリッサ、ユストクスまで……。離宮を離れても良いのですか？」

「フェルディナンド様からのご命令です。魔術具の管理は文官の仕事ですから」

クラリッサが得意そうに胸を張ると、ハルトムートもニコリと笑った。回復薬を使った騎士へ渡せるように三人が持ってきた箱の中を確認していると、講堂の中からものすごい爆発音がして心臓が飛び跳ねる。

……な、何が……？

ハルトムート製の少々えげつない魔術具は混戦状態では危険なので、奇襲の時にしか使わないはずだ。ならば、何かしたのは敵側ではないだろうか。わたしが胸元を押さえて扉の方を振り返るのと、ユストクスが「姫様、大規模な癒しが必要な場合はお呼びします」と叫びながら扉に飛びつくのは同時だった。わたしはユストクスに頷き、自分の側近達に命じる。

「突入準備を。ハルトムート達がいるならば魔紙を使います」

焦りと不安で鼓動《こどう》が速くなるのを感じながら、わたしは腰につけられた革袋から魔法陣の描かれた魔紙をいくつか取り出した。魔石が目に入らないように目を閉じて癒しを行うのは効率が悪い。わたしは緑で縁取りがされている魔紙からルングシュメールとフリュートレーネの魔法陣を選んでシュタープを握る。

その間にハルトムートとクラリッサはそれぞれ広域魔術の補助魔法陣が描かれた魔紙を手にしてシュタープで魔力を込めると、すぐに回復薬で魔力を回復させた。魔紙に描かれた魔法陣は、事前に準備さえしていれば発動に魔石も詠唱《えいしょう》も必要ない優《すぐ》れものだ。しかし、魔紙の生産コストが高く、起動させるために魔力をかなり使うし、戦闘中は魔力を込めるための数秒間が命取りになる。使いどころが難しい。

レオノーレとマティアスが盾を張ってわたしの前に立った。アンゲリカとコルネリウスは武器を構えて警戒の体勢を取り、ラウレンツは扉の前でいつでも開けられるように待機する。

準備が整うまでにかかったのは、ほんの数秒間。けれど、その数秒間がとても長く感じられた。

「姫様！　癒しを！」

「行きます、クラリッサ！」

「はいっ！」

ラウレンツが開けた扉の中にアンゲリカとコルネリウスが安全確保のために飛び込む。ほぼ同時に、文官とは思えない機敏《きびん》な動きでクラリッサが講堂へ突っ込んで行き、補助の魔法陣を起動し始める。

レオノーレとマティアスとラウレンツの盾に守られながらわたしもクラリッサと同じように講堂へ駆け込んだ。脳内では敏捷《びんしょう》に駆け込んだけれど、実際は可能な限りの早歩きだったかもしれない。その辺りは追及しないでほしい。

窓の多い廊下より講堂の中の方が暗い。そのせいか、クラリッサが起動させた補助魔法陣が金色に光るのがよく見えた。

「ローゼマイン様！」

クラリッサの声に、わたしはシュタープで魔紙に描かれたフリュートレーネの魔法陣に魔力を流し込み、金色の魔法陣を目がけてシュタープで打ち出す。わたしが魔力で打ち出した緑色に光るフリュートレーネの魔法陣が金色の補助魔法陣にぶつかった。次の瞬間、緑色の光を放つ魔法陣が複数に分裂したように出現し、講堂全体を清めの緑色の光で染め上げていく。

「ハルトムート！」

わたしはルングシュメールの魔法陣にも魔力を注ぎながら、次に補助魔法陣を起動させるハルトムートに声をかけた。

「どうぞ、ローゼマイン様」

準備が整っていたハルトムートは即座に補助の魔法陣を起動させる。天井近くに浮かび上がった補助魔法陣を目がけ、わたしはルングシュメールの魔法陣を打ち出した。金色の補助魔法陣に当たったルングシュメールの魔法陣が複数出現して、癒しの緑色の光を放つ。

「何だ、これは……？」

騎士達が戸惑いの声を上げながら複数の魔法陣を見上げて声を上げた。何の爆発音だったのか知らないが、癒しの光が降り注いだことで立ち上がる人影がたくさん見える。多くの騎士達が動けなくなるほどひどい状態だったようだ。そうして講堂を見回したことで、中の状態が普通ではないことに気が付いた。

「……え？　講堂が……？」

講堂が何故か卒業式の時のように変形している。奉納舞で使われる舞台が出現し、最奥の間にある祭壇が正面に見えるようになっている。何のためにこのように変えてあるのかわからない。

緑色の光に照らされた講堂を見回し、わたしは知っている顔を探した。講堂内の祭壇に近い側から出入り口に向かって何か攻撃用の魔術具を使われたようで、癒しの光を受けている者はほぼ同心円状に倒れている。

アナスタージウスとその護衛騎士達がまとまって倒れているところがあり、エックハルトは右側の壁にもたれかかるように座り込んでいる。エックハルトに庇《かば》われていたのか、フェルディナンドが即座に立ち上がるのが見えた。

「フェル……」

わたしが呼びかけようとした瞬間、フェルディナンドが目を見開いた。ラオブルートの「其方は死ね！」という大音声《だいおんじょう》の怒鳴り声と同時に虹色の光がわたしを目がけて飛んでくる。

「ローゼマイン様っ！」

「ゲッティルト！」

アンゲリカやコルネリウス、そして、少し遠いところから響いたフェルディナンドの声と共に、いくつもの盾がわたしと護衛騎士達の前に出現した。息を呑むことしかできなかったわたしの目の前で虹色の光がぶつかり、フェルディナンドの作った盾が二つ消し飛んだ。

「ラオブルート……」

祭壇の近くにいた男がこちらを見ていた。中央騎士団の黒ではなく魔力攻撃を防ぐ銀色のマントが大きく翻《ひるがえ》り、手にしている剣には再び魔力が流し込まれていく。虹色に光り始めると、剣が暗がりの中に浮かび上がって見える。魔力を込めていくラオブルートの目には、背筋がぞっとするような明確な殺意があった。

「せっかく最も邪魔な者を始末できたと思ったのに、あのような癒しを行うとは……。其方は邪魔だ。消えろ」

淡々とした口調で出てくる言葉は、わたしの排除を望むものだった。静かだけれど、逃れようのない殺意に捕らえられ、恐怖で足が震えて動かない。わたしは思わず唾を呑みこんだ。

「グルトリスハイトを手にするのはジェルヴァージオ様だ。あの方以外にグルトリスハイトを手に

する者は必要ない。ジェルヴァージオ様の敵である其方等はいらぬ」

ラオブルートがそう言って剣を構えた瞬間、祭壇が光った。正確には祭壇に置かれている神の像と神具が光り、ゴゴッと音を立てて神の像が動き始める。神像がまるで奉納舞でも舞っているようにゆっくりと回転しながら壇の上で左右に分かれ始めた。

「え？」

「何だ？」

癒しの光を受けて立ち上がった騎士達が驚きの声を上げながら祭壇へ注目しているが、わたしはあの動きを知っている。御加護を得る儀式を行った時にも動いていたし、エアヴェルミーンからメスティオノーラの書を得た後、祭壇の上に出た時には真ん中を通れるように神の像が道を空けてくれていた。ならば、この後はモザイク模様の壁にぽっかりと出入り口の穴が開くはずだ。

……ジェルヴァージオが出てくる。

同じことを考えたのだろう。フェルディナンドが険しい顔つきになった時、わたしの記憶通りに出入り口の穴が開いた。騎士達が無言で祭壇の上を見ている。

「神々に選ばれた真のツェントだ！　ジェルヴァージオ様がお戻りになる！」

ラオブルートの声に一部で熱狂的な喝采《かっさい》が上がり、一部が絶望的な表情になった。そのくらいインパクトがあるのだ。神々が出迎えるように動き、祭壇の最上部から登場するというのは。

……神に選ばれたと言われれば、納得の光景だよね。

神々《こうごう》しくも見える印象を少しでも落としておこうと、わたしは口を開いた。

「今出現したのは始まりの庭へ繋がる出入り口です。わたくしもメスティオノーラの英知を授かった時はあそこから出てきました。始まりの庭はシュタープを得る時や御加護を得た時などに行くところですけれど、祭壇が動くのはそれほど珍しいことではありませんよ」

「ローゼマイン様⁉」

「わたくしだけではなく、エグランティーヌ様もシュタープを取得する時は始まりの庭で得たそうですし、全属性を持っている者ならば誰でも見たことがある光景です。そのように興奮することではありませんね。普通のことです」

熱狂的だった周囲の騎士達の反応に動揺が見られるようになった。周囲を少し冷静にさせることには成功したみたいだけれど、ジェルヴァージオを神々に選ばれたツェントとして迎えたいらしいラオブルートの怒りを買ってしまった。

「ジェルヴァージオ様のお戻り前に其方を処分する！」

怒りに震えるラオブルートが剣を振りかぶる。

「ゲッティルト！」

ラオブルートに武器を向けられた瞬間、わたしの前に再び複数の盾が現れた。回復薬を飲んでいるエックハルトやユストクスの側から離れないにもかかわらず、フェルディナンドが複数の盾を展開してくれたからだ。同じように先程の攻撃を警戒して、ハルトムートやクラリッサを含めた側近達も盾を出して構える。

わたしの前に盾が増えたのを確認した直後、武器を握って魔力をどんどんと注ぎ込みながら祭壇

を守る位置にいるラオブルートが叫んだ。

「真のツェントの敵を排除せよ！　エーレンフェストの聖女は捕らえよ！　ユルゲンシュミットのために中央神殿の聖女になってもらうのだ！」

彼の周囲にいた中央騎士団がざっと三つに分かれて動きだした。左の一部は、わたしが行った癒しの範囲から外れているために倒れたまま動けなくなっているアナスタージウス達と、彼等に回復薬を与えたり守ったりしているハイスヒッツェ達のところへ駆け出した。

真ん中の一部はラオブルートの動きを注視しつつ、武器を構える。右の一部は即座にシュタープの弓を構えて射始《い》めた。

「え⁉」

矢が向けられたのは、わたしではなくフェルディナンドとその周辺に対してだ。複数の矢が次々と射かけられる。フェルディナンドの盾がすでにわたしの前に出されていることに気付いてヒュッと息を呑んだ瞬間、ユストクスと立ち上がったエックハルト、それから、彼等の周囲にいるアーレンスバッハの騎士達が急いで盾を出して矢を防いだ。

「ローゼマイン様も盾を！」

レオノーレが鋭い声を上げる。フェルディナンド達が何とか自分達の身を守れていることに安堵している場合ではない。ラオブルートが剣を振り下ろすのが視界の端に見えた。虹色の魔力の塊がどんどんと大きくなっているような勢いでわたしを目がけて飛んでくる。

「ゲッティルト！」

お祈りの言葉を唱えてシュツェーリアの盾を張る余裕はとてもなかった。虹色の大きな光がいくつもあるフェルディナンドの盾を破壊しながらぶつかってくる。次々と盾が弾けるように消えていく。何とか耐えきったものの、最前列で盾を張っていたコルネリウスとラウレンツが「ぐっ」と苦しそうな声を上げた。

「アンゲリカ、マティアス！　前後を交代！　ローゼマイン様はすぐに風の盾を！」

レオノーレが早口で指示を出す。ダンケルフェルガーとのディッターの時にも初手の攻撃をゲッティルトで防ぎつつ、シュツェーリアの盾を出した。少しでも安全な場所を作ることは重要だ。

「守りを司《つかさど》る風の女神シュツェーリアよ……」

わたしが祈りを捧げ始める中で、レオノーレの指示通りに護衛騎士達が前後を交代し、後方に下がったコルネリウスとラウレンツが回復薬に手を伸ばす。けれど、それより先にラオブルートの周囲で武器を構えて待機していた騎士達が、畳みかけるように虹色の光の塊を打ち出してきた。大小さまざまな虹色の魔力の塊が不規則に途切れることなく襲いかかってくる。二人は回復薬に手を伸ばすより先に盾を張った。

それほど魔力の籠もっていない攻撃もあれば、かなり魔力が籠もっている攻撃もある。フェルディナンドの盾が破壊された今、その波状攻撃はかなり厳しい。ゲッティルトの盾に魔力を吸われるのを感じながら、わたしは祈り続ける。

「……害意持つものを近付けぬ　風の盾を我が手に」

キンと辺りに響くような硬質な音がして半球状のシュツェーリアの盾が完成した。黄色の貴色の

光る柱が立ち、中央騎士団の者達が驚いたように注目する。

風の盾が完成したので、ひとまずこれで魔力攻撃は何とかかわせるはずだ。虹色の光の連続攻撃に晒されていた護衛騎士達が少し体の力を抜く。

「警戒を怠《おこた》らず、すぐに回復薬を。相手は中央騎士団です。貴族院の騎士見習いではありません」

レオノーレが祭壇前のラオブルート達を藍色の目で睨みながら指示を出した。いくら政変で貴族の数が減り、質が落ちたとはいえ、中央騎士団は各領地の中から引き抜かれた優秀な騎士達で構成されている。

エーレンフェストの若手では飛び抜けて強いわたしの護衛騎士達も、経験豊富なボニファティウスやカルステッドにまだ勝てないのだ。経験を重ねている中央騎士団はかなり強敵と言える。

「フェルディナンド様達にはこちらに合流してほしいところですが、あちらも余裕はそれほどないようですね」

フェルディナンド達は矢ばかりではなく、魔術具も次々と投げ込まれてこちらとの合流を妨害《ぼうがい》されている。頭上で炸裂《さくれつ》し、魔力の通じない銀の針が飛び出す道具の攻撃に苦戦しているのが見えた。おそらくランツェナーヴェから持ち込まれた攻撃用の道具だろう。

「ローゼマイン様。盾の維持が最優先ですが、可能であればアナスタージウス王子達の回復をお祈りできませんか？　彼等が動けるようになると、戦力が大きく変わります」

アナスタージウスには攻撃できない騎士達がいると言っていたし、彼の護衛騎士は中央騎士団だ。かなり重要な戦力であることが嫌でもわかった。アナスタージウス達が動けるようになれば、中央

騎士団の相手をしつつ、彼等の回復を試みているハイスヒッツェ達も動けるようになる。

……それができれば一番なのはわかるけど……。

シュツェーリアの盾に次々と虹色の光が当たるのを感じながら、わたしはレオノーレにコクリと頷いた。

「……やってみます。けれど、それぞれが盾を構えていてくださいませ。中央騎士団の攻撃は魔力が強い上に、攻撃を一点に集中させる技術があるというか、これまで受けてきた攻撃とはまた違う強い感触と衝撃があるのです」

護衛騎士達が盾を構えるのを確認すると、わたしは魔石を視界に入れないように目を閉じてからフリュートレーネの杖《つえ》を出した。予め指定した対象以外は範囲に含まれない魔紙の魔法陣より、詠唱の方が融通は利《き》く。詠唱を長々と唱えられる余裕が必要になるけれど。

「水の女神フリュートレーネの眷属たる癒しの女神ルングシュメールよ」

フリュートレーネの杖に魔力が流れていくのがわかる。アナスタージウス達だけではなく、フェルディナンド達にも癒しが必要だろう。

「我の祈りを聞き届け　聖なる力を与え給え　わたくしの味方を　癒す力を我が手に……」

「アンゲリカ、マティアス！」

祈りの途中にコルネリウスの鋭い声が響いた。目を閉じているので何が起こっているのかわからない。ビクッとしたわたしがそちらに気を取られたことがわかったのか、「ローゼマイン様、集中してくださいませ」とレオノーレが叫んだ。わからないことが不安で喉がひくっとなり、声が途切

れそうになる。体が震えて、心臓の鼓動が激しくなるのを感じながらわたしは祈り続ける。

「御身《おんみ》に捧ぐは聖なる調べ　至上の波紋《はもん》を投げかけて　清らかなる御加護を賜《たま》わらん」

唱え終わるとすぐに杖を消して目を開ける。シュツェーリアの盾の前にいる騎士によってコルネリウスが吹っ飛ばされてきた。

「な、何事ですか⁉」

「中央騎士団が攻撃しつつ、距離を縮めていたようで、ローゼマイン様の詠唱が始まると同時に銀色のマントでシュツェーリアの盾に侵入しようとしてきたのです。マティアスとアンゲリカとコルネリウスの三人が対応しています」

レオノーレが答えてくれる。シュツェーリアの盾を張っているわたしには敵に侵入される感覚など全くなかったのに、中央騎士団が手にしている銀色の武器や布に包まれた部分が入ってきている。完全に入られる前に叩き出さなければ、レスティラウトに侵入されてユーディットが弾き出された時のように、わたしの護衛騎士の方が弾き出される危険性がある。

「退いてくださいませ！　メスティオノーラの化身たるローゼマイン様に無礼を働くことはわたくしが許しません！」

クラリッサが助走をつけて軽く跳躍《ちょうやく》しながら、盾の前にいる騎士達に魔術具を投げつけた。近距離でバンと魔術具が炸裂した直後、赤い粉末が飛び散って騎士達が顔を押さえて咳き込み、のたうち回る。ネガローシの詰まった魔術具だろうか。そこにアンゲリカやマティアスがシュタープではない武器で攻撃する。

「クラリッサ、次はこれとこれを間断《かんだん》なく！」

「任せてくださいませ！」

のたうち回る騎士達の姿を見ながら得意そうに笑うクラリッサに、ハルトムートが投げる魔術具を次々と手渡している。シュツェーリアの盾に侵入してこようとする敵の対応はこの二人に任せておけば何とかなりそうだ。

わたしは祭壇前に視線を向けた。騎士達に指示を出すけれど、ラオブルートはジェルヴァージオが出てくる祭壇を守るようにその前から一歩も動かない。

……ユーディットの投擲なら届くのに。

ラオブルートとの距離を見ながらわたしは悔しさに歯噛みする。ユーディットが未成年で連れ出せなかったことが残念でならない。

「銀色の武器にはハルトムートの魔術具の方が効果はあるようですね。マティアスとアンゲリカは一度下がってください。わたくしとラウレンツが前に出ます」

レオノーレとラウレンツが前に出て、アンゲリカとマティアスが後ろに下がってきた。二人はわたしの近くでハルトムートから受け取った回復薬を飲み始める。

「正直なところ、ローゼマイン様からいただいた神々の祝福があるので、経験の差はあれどもここまで苦戦すると思いませんでした。まるでボニファティウス様が何人もいるようです」

ラウレンツと交代したマティアスが回復薬を飲みながら悔しそうに中央騎士団を睨む。神々の祝福を受けてもこれだけの差があるとは、と絶望感の濃いマティアスの横顔を見て、わたしはゆっく

りと首を横に振った。

「マティアス、神々から複数の祝福を得られるのはわたくし達だけではありません。騎士達が自力で祝福を得る方法を発表したのはエーレンフェストとダンケルフェルガーではありませんか。もしかしたら、すでに中央騎士団でも取り入れられているかもしれませんよ」

ダンケルフェルガーが披露した儀式を取り入れて、エーレンフェストの騎士団は冬の主を倒す時に利用できるように練習していた。領地対抗戦は王族もその側近達も参加するのだから、研究成果として発表された儀式を中央騎士団が使っていても何の不思議もない。

「海の女神の儀式を使いましょうか」

一度全員の祝福を神々に返し、その後で再び味方に祝福を与えれば少しは優位になるだろう。中央騎士団に再び儀式を行う余裕を与えなければ良いのだから、やってみる価値はありそうだ。

「ローゼマイン様、ただいま加勢します！」

わたしがシュタープを出した瞬間、ハイスヒッツェ達が声を上げた。どうやらアナスタージウス達が回復して戦線復帰したようだ。これで少しは余裕が出るだろう。

心強い声に安堵したのは、一瞬のことだった。

「合流される前に潰《つぶ》せ！　あそこが一番弱い！」

ラオブルートはわたし達に攻撃を集中させるように命じながら、ハイスヒッツェ達に向けて虹色の光を打ち出して合流を妨害し始めた。

……少しでもラオブルート達の攻撃力を減らせれば……。

わたしはハイスヒッツェ達が無事に合流してくれることを願いながら、シュタープを出して海の女神の印を描き、目を閉じて「シュトレイトコルベン」と唱えて杖を変化させる。

「海の女神フェアフューレメーアよ」

祝詞《のりと》を唱えながら杖を振り回す。そこかしこで聞こえている戦いの喧騒《けんそう》の中にざざん、ざざんと潮騒《しおさい》の音が聞こえ始めた。

「何をする⁉　止めろ！」

「体が突然重くなったぞ！」

「せめて味方には事前にお知らせくださいませ！」

皆が祝福を受けて戦っている。その中で突然祝福を奪い取られるため、動きがおかしくなった者が何人も出ているようだ。焦った声が聞こえるけれど、わたしはそのまま儀式を続ける。

「我等に祝福をくださった神々へ　感謝の祈りと共に　魔力を奉納いたします」

祝詞を唱え、高く空に向かってフェアフューレメーアの杖を掲げる。ドンと光の柱が立った音がした。

……これでよし。後は、味方に祝福の重ね掛けをすれば……。

わたしは杖の変形を解いて目を開けた。戦いの熱と神々からの祝福を強制的に奪われて静まった講堂の様子にふっと息を吐く。

その途端、妙な圧力を感じた。

言葉で表現するのは難しいけれど、何かがいると感じる。しきりに辺りを見回し始めたわたしに、

レオノーレが「どうかされましたか、ローゼマイン様？」と尋ねた。

「……何だか変な感じがします。妙な圧力というか気配があの辺りから……」

わたしは祭壇の最上部を指差した。

始まりの庭から戻った者

最高神に迎えられるような位置にゆっくりと歩いてきた一人の男が立ち止まる。ここから出てくるのはジェルヴァージオだけだろう。遠目ではよく見えなくて、わたしは視力を強化した。

……銀髪の老《ふ》けたフェルディナンド様⁉　どっちかというとエアヴェルミーン様の方が似てる？　ジェルヴァージオは銀色の長髪を背中で一つにまとめた四十代の半ばくらいで、「老けたフェルディナンド」としか表現しようのない男だった。わざわざ確認を取らなくても血縁関係を察することができるくらいに似ている。フェルディナンドの年の離れた兄、もしくは父親とか叔父《おじ》ではないかと思うくらいだ。

ジェルヴァージオが祭壇の最上部からこちらを見下ろし、口を開いた。

「これは一体何事だ、ラオブルート？」

まるで講堂の戦いが収まるのを待っていたかのようなタイミングで、シンと静まった講堂の中に重々しい声が降ってきた。海の女神の儀式が終わった直後だったせいもあるだろう。命じることに

慣れた者の声だったせいもあるだろう。講堂にいた者は一斉にその声の主に注目した。

「……おぉ、ジェルヴァージオ様！　どうか真のツェントの証しを、神々より賜ったグルトリスハイトを我等にお見せくださいませ！」

芝居《しばい》がかった声でそう言いながらラオブルートが祭壇に向かって手を上げる。

ジェルヴァージオは手を前に出し、「グルトリスハイト」と唱えた。その手にメスティオノーラの神具と同じ形の聖典が現れる。最高神の神像に挟まれたところで、グルトリスハイトを掲げる男はどこからどう見ても正当なツェントに見えた。

「神々に選ばれし真のツェントだ。ユルゲンシュミットは救われた！」

感極《かんきわ》まったようなラオブルートの声が響き、一部の中央騎士団から熱狂的な声が上がる。本物の王の証しを目にしたアナスタージウスとその護衛騎士達は真っ青になった。けれど、講堂に広がるざわめきで最も多いのは、ジェルヴァージオとフェルディナンドを見比べる者達の声だった。

「……ローゼマイン様、彼がジェルヴァージオですか？」

「あそこから出てきてラオブルートの呼びかけに応えたのですから、間違いないと思います」

「フェルディナンド様と血縁関係にある方、ですよね？」

「よく似ていますから比較的近い繋がりがあるかもしれません。……でも、フェルディナンド様はエーレンフェストの領主一族ですよ、レオノーレ」

わたしはアダルジーザの離宮のことも、フェルディナンドの出生も知らないことになっている。

わたしはニコリと笑って誤魔化した。

「それに、あそこから出てきた者がどのような顔をしていても、わたくし達がこれから行うことに何の変わりもありません」

レオノーレに答えながら、わたしは祭壇の上にいるジェルヴァージオをじっと見つめる。このままあの人がツェントになってしまうと、ランツェナーヴェと繋がるアーレンスバッハの礎を奪ったわたしはもちろんのこと、計画の段階で殺害が予定されていたフェルディナンド、おそらく懇意《こんい》にしていたと考えられるゲオルギーネを倒したエーレンフェストの立場はひどいものになるはずだ。

……話し合いの余地はないと考えた方がいいだろうね。

即死毒を使って自分達に邪魔な者を排除してきたランツェナーヴェの者が、優しくて甘い対応をしてくれるとは思えない。アーレンスバッハの礎はジェルヴァージオの手の者が全力で奪いに来るだろう。ランツェナーヴェの兵士達を蹴散《けち》らし、ランツェナーヴェの船を破壊し、攫われたアーレンスバッハの貴族女性を救い、アダルジーザの離宮を制圧したわたしを放置するはずがない。

少なくともわたしだったら、自分と共にやってきた仲間達を倒し、故郷へ戻るために必要な船を破壊され、拠点にしている離宮を襲われて仲間が全員捕らえられたという状況になった時に、「そちらも事情があるから、いくら故郷の者を殺されたり捕らえられたりしても仕方ない」とは絶対に言わない。

「確かに敵の姿形は関係ありませんね。ですが、どのようにしてあの男を捕らえましょう？　中央騎士団長が祭壇の前にいる以上、中央騎士団を倒すか、最上部まで届く攻撃が必要になります。もう少し人数が増えるか、離れた者達と意思疎通ができれば……」

視線をあちらこちらへ向けながらレオノーレが中央騎士団の動きを見つめる。その時、わたしの手元にコツンと何かが当たった。視線を下げると、五センチくらいの小さな紙飛行機がわたしの手にくっついているのが見えた。不自然な光景を見れば紙飛行機が魔紙でできた物で、わたし向けの連絡だとわかる。

周囲の様子を窺いながらわたしはこっそりと紙飛行機を広げた。そこには「グルトリスハイトと祝福の重ね掛けで注目を集めてくれ。周囲の妨害はフェアドレンナで。こちらは準備済み」とフェルディナンドの字で走り書きがされている。

……つまり、わたしが注目を集めている間に何かやるつもりってことだよね？

わたしは手紙を自分の護衛騎士達にも見えるように少し動かした。レオノーレがフェルディナンド達のいる場所をちらりと見て、ハルトムートとクラリッサが魔紙の入っている革袋に手を伸ばす。

「グルトリスハイト！」

わたしはフェルディナンドの指示通りに右手を上げてメスティオノーラの書を出した。

「なっ⁉　グルトリスハイトだと⁉」

「よく見ろ！　違う！　本物のグルトリスハイトはあのような大きさではない！　ジェルヴァージオ様がお持ちの物こそ本物だ！」

「何を言うか⁉　ローゼマイン様のグルトリスハイトは本物だ！　国境門の開閉ができたのだからな！」

驚きの声を上げる中央騎士団の者達やわたしの聖典が本物であることを主張するダンケルフェル

ガーの騎士達には構わず、わたしは先程自分が奪った祝福の重ね掛けをしていく。

武勇の神アングリーフ、狩猟《しゅりょう》の神シュラーゲツィール、疾風《しっぷう》の女神シュタイフェリーゼ、忍耐《にんたい》の女神ドゥルトゼッツェン、幸運の女神グライフェシャーン……。次々に神々の名を挙げて祈れば、その度に貴色の柱が立ち、わたしの味方に祝福の光が降り注いでいく。

「神々より数多《あまた》の祝福を受けるローゼマイン様は、次期ツェントにグルトリスハイトを与えるメスティオノーラの化身です。ユルゲンシュミットの者からツェントを選び、グルトリスハイトを授けることが、ローゼマイン様の使命。ランツェナーヴェの侵略者をわざわざツェントに戴《いただ》く必要などありません」

……ハルトムートッ！

わたしはお祈りを途中で止めるわけにもいかず、得意そうに胸を張ったハルトムートの口を「止めて！」と押さえられない。おまけに、わたしの側近達は気が済むまで言わせておけと受け流すことに慣れすぎていて、ただのBGM扱いになっている。周囲の動きに注意していても、ハルトムートには注目しない。

けれど、ここはハルトムートに接し慣れていない者達が大半だ。誰もが唖然《あぜん》としたようにハルトムートを見つめてしまったせいで、講堂中の注目を集めるのには成功した。ラオブルートの殺意に満ちた視線もしっかり集めている。

「中央神殿に入れるだけではなく、やはり確実に息の根を止めておかねばならぬか」

「ローゼマインの側近が言う通り、侵略者をツェントに選ぶ必要などない！　ツェントの騎士団長

でありながら国を守らず、父上を裏切り、外敵を引き入れた其方だけは決して許さぬ！」

　完全に回復したらしいアナスタージウスとその側近にも祝福の重ね掛けはかかっている。近くにいた中央騎士団を比較的簡単に蹴散らしながらラオブルートのいる祭壇へ向かって動き始めた。

「なるほど。ここでは神々に祈りが届くのであったな……」

　祭壇の上からそんな声が降ってきた。光の柱が乱立する講堂内を感心したように見下ろしながら、ジェルヴァージオがわたしを真似るように自分の聖典を掲げ、低く響く朗々《ろうろう》とした声で祝詞を唱え始めた。

「火の神ライデンシャフトが眷属たる武勇の神アングリーフよ」

　ジェルヴァージオの祈りと共に掲げられた聖典が青い光をまとい始める。

　まさかジェルヴァージオがこんなふうに容易《たやす》く祝詞を唱えられるとは思わなかった。わたしは青色巫女見習いになった時、神事のための祝詞を覚えることに苦労した。いくつもある祝詞や馬鹿みたいに長くて多い神々の名前を覚えなければならないことに嫌気が差して、神々に愛称を付けたいと考えていたくらいだ。

「我の祈りを聞き届け　聖なる力を与え給え　全ての敵を打ち倒す武力を我等に」

　ドンと青い光の柱が立った。ジェルヴァージオを称《たた》える歓喜の声がラオブルート達から上がり、優勢だったアナスタージウス達の動きが止められる。

「ふむ。私も神々の祝福を授けることができるようだな」

　ジェルヴァージオは青く光る柱を見上げて笑うと、「風の女神シュツェーリアが眷属たる疾風の

女神シュタイフェリーゼよ」と、わたしと同じように祝福の重ね掛けを始める。このままではせっかく敵側の祝福を奪ったのに、意味がなくなってしまう。

……祝福の重ね掛けでこっちに向けた視線がまたジェルヴァージオに向かっちゃったよ。フェルディナンド様は何をしてるの⁉

わたしに注目を集めているうちに何かするのではなかったのだろうか。わたしは思わずフェルディナンド達がいる方へ視線を向ける。ジェルヴァージオの祝福を受けた中央騎士団と戦っているエックハルトが見えたけれど、フェルディナンドの姿は見えない。

「我の祈りを聞き届……ぐっ⁉」

突然祈りの言葉が途切れた。どこからか魔力による攻撃を受けたようで、ジェルヴァージオが身につけていたらしいお守りがいくつか弾け飛ぶ。

「どこだ⁉」

祭壇前を守りながらアナスタージウス達の動きを注視していたラオブルートが驚愕《きょうがく》の声を上げて振り返り、お守りの反撃が向かう先を捕らえようと武器を出す。

「ゲッティルト」

不意に祭壇の最上部に近い場所で盾が浮かび上がった。ジェルヴァージオのお守りによる反撃は即座に防がれ、フェルディナンドが姿を現す。どこからどのように祭壇へ上がったのかわからないけれど、隠蔽の神フェアベルッケンのお守りを有効活用したことと、その威力を最大限に利用するために「皆の注目を集めろ」と言われたことだけはわかった。

「其方、いつの間にそこにっ⁉」

ラオブルートが声を上げたが、まるで聞こえていないようにフェルディナンドはジェルヴァージオから視線を動かさない。騎士達が片手に盾、もう片手に武器を構える時と同じように、盾と黒い水鉄砲を構えて次々と攻撃を繰り出していく。

「ジェルヴァージオ様！」

祭壇に向かって駆けだしたラオブルートを見て、クラリッサが「邪魔はさせません！」と広域魔術の補助魔法陣を起動させ、すぐに次の魔紙にも魔力を込め始める。妨害する時はフェアドレンナとすでに指示が出ているので、わたしはハルトムートが広げた雷《かみなり》の魔法陣の描かれた魔紙を目がけて即座にシュタープを振った。

「フェアドレンナの雷！」

天井付近に広がった複数の魔法陣から祭壇付近にいる中央騎士団に雷が降り注ぐ。ほぼ同時に、フェルディナンドが仕込んでいたらしい魔法陣も起動したようだ。エックハルトやアーレンスバッハの騎士達と戦っている中央騎士団にも続けざまに雷が落ち始めた。中央の騎士達から多数の悲鳴が上がり、彼等が身につけているお守りの反撃が魔法陣に向かって飛んでいく中、「マントだ！銀色のマントで防げ！」とラオブルートの声が響く。

魔力を防ぐ銀色の布をかざせばある程度は防げると指示を出しつつ、ラオブルート自身もマントを自分の頭上にかざして祭壇を駆け上っていこうとした。

「うわっ！」

ラオブルートが何かに弾かれた。誰かの攻撃が届いたのかと思ったが、どうやらそうではないらしい。ラオブルートが手を伸ばし、「……何だ、これは？　目には見えぬ壁がある」と苛立たしそうな声を上げた。

銀色のマントを使っても越えられない壁のようだ。祭壇に上がる資格はないと言わんばかりの弾かれ方にラオブルートは激怒しているようだが、わたしは少し安堵した。祭壇の最上部で戦う限り、余計な救援が入らないのだ。騎士でもないジェルヴァージオと一対一で戦ってフェルディナンドが負けるとは思えない。

「其方がクインタか……」

ジェルヴァージオの言葉にも眉一つ動かさず、フェルディナンドは顔を狙って水鉄砲を撃っている。「余計な口を利くな」という心情が一目でわかるような攻撃だ。ジェルヴァージオは咄嗟に腕を顔の前に動かして直撃を防ぐ。お守りが弾けて、フェルディナンドの盾に反撃が飛んだ。

わたしが持つと完全に玩具《おもちゃ》のようにしか見えない水鉄砲なのに、フェルディナンドが持つと本当に拳銃のように見えるから不思議だ。次々と細い魔力の線がジェルヴァージオに向かって飛び、その度にジェルヴァージオのお守りが弾けていく。反撃が来ても問題のない強さの攻撃でジェルヴァージオのお守りをどんどん剥《は》ぎ取っているのがすぐにわかった。

「リューケン。……ゲッティルト」

フェルディナンドの攻撃にお守りを破壊されながら、ジェルヴァージオは掲げていた聖典を消して、代わりに盾を出した。

「……レオンツィオやラオブルートの報告通り、驚くほど似ているな」

ジェルヴァージオの言葉にフェルディナンドは無言で魔術具を投げる。構えられていた盾を越え、ジェルヴァージオの背後で爆発した。護衛騎士達がいない状態で普通の四角い盾では自力で守れる範囲も限られてくる。

だが、ジェルヴァージオは魔力攻撃以外のお守りも持っていたようで、反撃がフェルディナンドに向かって飛んだ。予測していたのか、フェルディナンドは盾で難なく反撃を防ぐ。

「クインタ、其方は自分の生まれに思うところはないのか？　何故このような生き方を押し付けられなければならないのかと怒りを覚えたことはないのか？　ランツェナーヴェの在り方に、生まれる前から過酷な生き方を強要されることについて何も思わぬか？」

全く何も思わないわけがないと思う。けれど、静かに問いかけるジェルヴァージオに対し、フェルディナンドは内面を全く見せない無表情のまま無言で再び魔術具を投げた。それはジェルヴァージオの盾によって防がれる。

「あの離宮で男として生まれた時から魔力によって選別され、魔石と化す生き方から必死に逃れなければならず、傍系王族として登録されようとも成人と共に異国の地へ送られる。その先で求められることは魔力の多い子をなし、白の建物を維持することだけだ。……やっと巡ってきた絶好の機会だ。私がユルゲンシュミットのツェントになれば、このような生き方を終わらせることができる。二度と不幸な子供が生まれることはない。そして、ユルゲンシュミットもグルトリスハイトさえ持たぬ王族に振り回されて魔力が枯渇することもないのだ」

ランツェナーヴェとユルゲンシュミットにとって、自分がツェントになるのが有益であると説くジェルヴァージオをフェルディナンドは鼻で笑った。

「何を勘違いしているのか知らぬが、私はクインタではない。エーレンフェストの領主一族、フェルディナンドだ」

「離宮から離れたのが幼すぎて覚えていないかもしれぬが、離宮から逃れた其方の代わりに其方の母親が魔石となり、其方の母親の穴を埋めるために王女として生きるはずだった娘が……」

「先程も言ったが、私はクインタではなくフェルディナンドだ」

フェルディナンドはフッと笑ってジェルヴァージオの言葉を遮る。それはとても不機嫌極まりない時に浮かべる社交的な微笑みで、内心の怒りや激しい感情が押し隠されているのがわたしにはわかった。

「もちろんそちらにはそちらの事情があるのであろう。だが、魔石を受け取り、ランツェナーヴェのために活用して生きてきた其方が何を言うのか。其方はランツェナーヴェからの侵略者。新たなツェントにグルトリスハイトを授けられるメスティオノーラの化身を得た今、ユルゲンシュミットにおける其方の存在は混乱を招くだけで不要だ」

キラキラとした笑顔と逆に、フェルディナンドの言葉は辛辣で容赦《ようしゃ》ない。

「私がランツェナーヴェに対して思うことなど、一つしかない。トルキューンハイトを恨みながらさっさと滅べ。そうすれば、二度と不幸な子供も生まれまい」

「……そうか。もうよい。あの離宮から逃れた者にはどうやら我等の苦痛は理解できぬようだ。ク

インタ、魔石として生まれた者は疾《と》く魔石となれ」

ジェルヴァージオが盾を捨て、銀色の筒をフェルディナンドに向けた。レティーツィアが言っていた即死毒の入っている銀色の筒に違いない。筒を見た瞬間、考えるよりも先に手が動く。

「ヴァッシェン！」

わたしはシュタープを掲げて、即死毒を使われた時のために準備していた魔紙を全力で打ち抜いていた。

祭壇上の戦い

……ランツェナーヴェから持ち込まれた危険物なんて全部洗い流しちゃえ！

銀色の筒の中身が即死毒でなかったとしても、全て洗い流してしまえば問題ないはずだ。わたしはそう考えながら広域魔術の補助魔法陣に「ヴァッシェン」を唱えて魔力を叩きつけた。当然のことながら大量の水が天井付近から一斉に滝のような勢いで降り注ぎ始める。

「何だ、この水は⁉」

中央騎士団が驚愕している声の中に、「うわっ⁉　ヴァッシェンが渦巻いている⁉　何故⁉」というわたしの護衛騎士達の声が混ざった。講堂中を洗い流すような水量を想定して作製されていた補助魔法陣なので、当たり前だが魔力によって呼ばれた水は講堂を満たしていく。そこまではわた

しの予定通りだった。講堂が水で満たされてから消えるまでの間、鼻でもつまんで待っていれば良いと思っていた。

しかし、全部洗い流すというところでわたしが洗濯機を想像してしまったせいだろうか、講堂内にいる者は敵も味方も関係なく全てを巻き込んで水が高速で渦巻き始めた。「どういうことだ、ローゼ……がぼがぼっ！」と水流に足を取られたアナスタージウスの叫ぶ声が水に呑み込まれて消える。その頃には、わたしも立っていられずに体が浮いた状態で上下左右の感覚もないまま水の流れに押し流されていた。

……ひぎゃあああぁぁぁっ！　失敗した！　誰か助けてぇ！

完全に溺《おぼ》れる前に鼻をつまめた自分を褒めてあげたい。術者であるわたしも、わたしの護衛騎士達も、ラオブルートも、アナスタージウスも、中央騎士団も渦巻きの中で洗濯物のようにグルグル回っている。完全に想定外だ。

……目が回るっ！　息が！　息が！　うひぃっ！

声にならない声で叫んでいたら、不意にポイッと空中に放り出された。自分を取り巻いていた水がなくなり、開いていた口から空気が入ってくる。呼吸が楽になって視界が急にクリアになった。水から飛び出したところなのにもう濡《ぬ》れているところはなく、自分の髪がさらりと揺れているのが目に映った。

……え？　天井？

自分の髪と一緒に視界に映っていたのは天井だ。手を伸ばせば触れられそうなくらい近くに天井

がある。水流によって自分がずいぶんと高い位置まで上げられていたことを知った瞬間、わたしの体は重力に捕らわれた。問答無用で天井との距離が開き始め、一気に血の気が引いていく。

……落ちるっ！

「わ、わわっ！」

重力に捕らわれて落下しているというのに、周囲の動きがやたらゆっくりとしているように感じる。わたしは何かをつかもうと必死に腕を伸ばすが、何も手に触れる物はない。

そんな中、下の方から「ぐわっ」という誰かの苦痛を帯びた声と「ローゼマイン！」と焦りを帯びたフェルディナンドの声が聞こえ、わたしの手首にあったお守りが二つ反応した。誰かに攻撃されたのかと考えるより先にお守りから反撃の光が飛んでいき、シュルリと光の帯が自分に巻きつく。これも攻撃？　と思った時にはグンと力強く引っ張られて、重力とはまた違った力に翻弄《ほんろう》されて落ちる角度が変わった。

「きゃあああああぁぁぁっ！」

悲鳴を上げているうちに、わたしは祭壇の上にいるフェルディナンドの腕の中に飛び込んでいたらしい。「うるさいので黙りなさい」と言われ、無事を問われるより先に「この馬鹿者、一体何をしているのだ？」と叱られ始めたので間違いない。

「え、えーと、フェルディナンド様に銀色の筒が向けられたのでヴァッシェンをしたら、自分でも想定外の水流に巻き込まれ、放り出されて落下していたわけですけれど、改めて尋ねられると答えるのが難しいですね」

「それだけ答えられれば十分だが、君は私が同じ手を二度も食らうと思っていたのか？」

顔を押さえて呻いているジェルヴァージオをくいっと顎《あご》で示しながらフェルディナンドが不機嫌そうに顔を歪めた。別に信用していないわけではない。心配でついついヴァッシェンをしてしまっただけだ。そんなに不機嫌な顔をしないでほしいものである。助かった安心感と、お説教に対する緊張感で心臓が忙しい。

「そ、それにしても、何故わたくしだけこちらに飛ばされたのでしょう？　まだ皆は回っているのに……」

怒りとお説教を避けるために視線を逸らした先には、巨大洗濯機と化した講堂でグルグルと回っている人達の姿がある。どうやらわたしのヴァッシェンは祭壇に届いていなかったらしい。ラオブルートが阻まれた透明の壁があり、その向こうだけで水が暴れている。

……わたしの渾身《こんしん》のヴァッシェン、意味がなかったよ。

ヴァッシェンに意味がなく、フェルディナンドは自力で容易に危機を脱していた。わたしは自分の術に巻き込まれて祭壇の上に落下し、フェルディナンドからお説教を食らう羽目になっている。しょんぼりへにょんだ。

「君がここに上がれる有資格者だから、回っている最中にあの壁に弾かれず、こちらに放り出されただけであろう。私はむしろヴァッシェンが未だに消えていない方が気になる。君は一体何を落とすべき汚れと考えたのだ？」

光の帯を消してわたしを降ろし、シュタープを再び水鉄砲に変形させながらフェルディナンドが

数秒間で消えていないヴァッシェンの渦をちらりと見た。

「ランツェナーヴェから持ち込まれた危険物です。銀色の筒の中身が即死毒じゃなかったら危ないな、と……」

「なるほど。トルークが危険物に入っていれば、洗い流すのに時間がかかるかもしれぬ」

フェルディナンドが回復薬を手にしたジェルヴァージオに向かって水鉄砲を撃って阻止しながら現状について思案する間に、講堂で渦巻いていた水が一瞬で消え去った。わたしと同じように水に流されて浮かんでいた騎士達がガシャンドシャグシャと派手な金属音を響かせて落下し始める。

「危ないっ！」

「騎士は鎧をまとっているし、訓練で慣れている。落ちたところで死にはせぬ」

「わたくしの側近には文官もいるのですけれど！」

「身を乗り出すな。今度は祭壇から転がり落ちるぞ」

フェルディナンドから冷静に指摘されたわたしは足元を確認すると、急いでハルトムートとクラリッサの姿を探した。ディッターなどでわたしが広域魔術のヴァッシェンを使ったらどうなるか知っていた者達は比較的冷静に行動できているようだ。高い位置で放り出されてもさっさと騎獣を出しているコルネリウスとレオノーレが見える。アンゲリカが空中に広がる騎獣の羽を足場にして、身軽に飛び降りていた。

「メスティオノーラの化身たるローゼマイン様には祭壇の上が非常にお似合いですね」

「なんと神々しい！　最高神の……」

……あ、全く問題なしでハルトムート達は元気そう。

それほど高い位置に上がっていなかったのか、ハルトムート達はわたし達のいる祭壇を指差しながら何やら騒いでいる。詳細は聞き流した方が良さそうだ。

……無事で何よりだけど、もうちょっと静かに。

わたしがエーレンフェストの色のマントを探しながらホッと胸を撫で下ろした時、「何をするのか、事前に報告くらいはせぬか！」というアナスタージウスの怒鳴り声が聞こえた。変な方向から聞こえたので視線を巡らせれば、観覧席に打ち上げられている王子らしき人影が見える。どうやらヴァッシェンに巻き込まれても無事だったようだ。

……ラオブルートはどこ？

祭壇を守るように陣取っていたラオブルートの姿は、もう同じ場所にいない。どこへ流されてしまったのか、銀色のマントを着けている敵が多くてわかりにくいと思いながら視力を強化したまま講堂内を見回していると、講堂の扉が乱暴に大きく開かれた。

……今度は何⁉

思わず扉を注視すると、大量の青色マントがどわっと雪崩《なだ》れ込むように入ってきた。見間違えようがない。ダンケルフェルガーの騎士達だ。

「ローゼマイン様とフェルディナンド様に加勢せよ！」

「おおおぉぉぉっ！」

当たり前のように先頭に立っているのはアウブ・ダンケルフェルガーで、その隣には黒と青のマ

ントを重ねてつけている女性騎士らしき姿もある。兜《かぶと》をつけているので、顔立ちはわかりにくいが、鎧の胸元の形から女性であることは一目瞭然《いちもくりょうぜん》だ。

「ツェントを守る騎士団長でありながら、トラオクヴァール様に毒を盛ったラオブルート、其方だけは許しません。夫が動けぬ今、妻であるわたくしが其方を討ちます」

彼女はわたしには見分けられなかったラオブルートの位置を即座に特定し、武器を向ける。中央所属の黒いマントもまとっているけれど、その口上と武器を構えてアウブ・ダンケルフェルガーと並んでいる姿は、戦場におけるハンネローレを彷彿《ほうふつ》とさせた。

「……あれはもしかして第三夫人のマグダレーナ様でしょうか？」

「トラオクヴァール様を夫と呼び、アウブ・ダンケルフェルガーの隣で当然のように武器を構えられる女が他にいるか？」

……ツェントの妻になっても、やることは変わらないんだね。ダンケルフェルガーってマジでダンケルフェルガー。

「アウブ・ダンケルフェルガー、ラオブルートを始め、中央騎士団の裏切り者の捕獲は任せます！」

フェルディナンドはゲッティルトの盾を出して防衛しているジェルヴァージオに攻撃を続けながら、祭壇の上から指示を出した。ダンケルフェルガーの参戦で一気に戦力が増えたのだ。下の戦いはダンケルフェルガーやアーレンスバッハの騎士達に任せた方が良いだろう。

「引き受けた！……だが、陣形が滅茶苦茶《めちゃくちゃ》で敵味方の区別がつかぬ！　ひとまず銀色と中央騎士団の黒いマントは片端から捕らえていけ！　意見を聞いたり顔で判別したりするのは後回しだ！」

ダンケルフェルガーの合流に心強さを感じた直後、非常に不安になった。相変わらず大雑把《おおざっぱ》で大胆だ。アウブの指示で、ダンケルフェルガーの青いマントがヴァッシェンに巻き込まれて敵味方が散らばる講堂内を敏捷に動き始める。

「……フェルディナンド様、アナスタージウス王子達もダンケルフェルガーの騎士達に捕らえられそうですけれど、本当に問題ありませんか？」

「ラオブルートとその一派を捕らえるのが最優先だ。マグダレーナ様がダンケルフェルガーと共に行動している以上、アナスタージウス王子のことは気にしなくてもよろしい」

……本当にいいのかな？

わたしの心の声が聞こえたのか、フェルディナンドは「ハァ」とわざとらしく息を吐いた。

「アナスタージウス王子の動向よりも君は一刻も早くジェルヴァージオを捕らえ、図書館都市計画の立案について考えられるようにするべきではないか？」

「そうですね！」

元々保険としてこの場に呼ばれていたアナスタージウス達よりも、フェルディナンドの言う通り図書館都市計画の方が大事だ。わたしはアウブ・アーレンスバッハになってしまったので義務としてランツェナーヴェの者を捕らえる戦いに参加している。けれど、本音を言えばこんな戦いなんてぺぺいっと放り出して図書館都市計画を進めたい。

……わたし、巨大図書館に薬草園を併設していた古代のアレキサンドリアみたいに、グーテンベルク達の印刷による本作りとフェルディナンド様の研究所とわたしの図書館を内包する図書館都市

を設計するんだ。

海もあるアーレンスバッハはピッタリだ。しかし、そのためにはランツェナーヴェの者達を率いていたジェルヴァージオを捕らえるなり倒すなりして、この戦いを終わらせなければならない。

「魔力量が拮抗《きっこう》しているため、魔力による縛めはジェルヴァージオに効かぬ可能性が高い。私が魔力を溜める間、君に防御を任せる」

「はいっ！　守りを司る風の女神シュツェーリアよ」

わたしが軽く目を閉じて祝詞を口にし始めた途端、ジェルヴァージオが「其方……マインだな？」と言った。「マイン」と呼ばれたことに驚いて目を開けた瞬間、「ただの妨害だ。祝詞に集中しろ」とジェルヴァージオに牽制《けんせい》の攻撃を続けているフェルディナンドから叱責が飛んでくる。

「側に仕える眷属たる十二の女神よ」

「マイン、何故其方がクインタと殺し合わずに協力し合っているのだ？」

ジェルヴァージオがゲッティルトを構えてフェルディナンドの攻撃を防ぎながら、訝《いぶか》しそうにそう言った。エアヴェルミーンから何か言われているのだろう。「殺し合え」というような物騒なことを言う者が他に思い当たらない。

……エアヴェルミーン様にはその場でお断りしたんだけど、聞いてなかったかな？　聞こえてなかったかな？

わたしは祝詞を続けながら余所事を考えて、なるべくジェルヴァージオの「マイン」という呼びかけが耳に入らないようにどうでも良いことで脳内を埋めていく。どのくらい前からエアヴェルミ

ーンが始まりの庭にいるのか知らないけれど、建国時代からいるならば耳が遠くなっていてもおかしくない。元神様とはいえ、寄る年波には勝てないのだろう、きっと。もしかしたらユルゲンシュミットの魔力がなくなっていることで、エアヴェルミーンのそういう部分にも支障が出ているのかもしれない。

「……害意持つものを近付けぬ　風の盾を我が手に」

キンと響く硬質な音を立ててシュツェーリアの盾が完成した。その途端、フェルディナンドがずっと牽制として使っていた水鉄砲から剣に武器を変えて魔力を溜め始める。特に打ち合わせがなくても当たり前のように役割分担ができるようになっていることに、何とも言えない安心感があった。

「クインタは其方が守らねばならぬ存在ではない。其方はむしろクインタを殺し、全てを手に入れなければならぬはずだ。そう命じられたのではないか、マイン？」

「これ以上余計なことを言わずに今すぐ死ね」

静かにそう言いながらフェルディナンドが剣を振り下ろした。虹色の魔力の塊が剣から飛び出し、ゲッティルトで盾を構えたジェルヴァージオと一緒に神像が祭壇から吹き飛ばされる。

「きゃっ⁉」

飛ばされて空中に浮いた神像、正確には神像が身につけている神具が一斉に光った。神具から光の柱が立ち、交差する。あまりにも眩い光にわたしは思わずぎゅっと強く目を閉じた。

始まりの庭にて

きつく目を閉じた瞬間、平衡感覚がおかしくなった。自分の体が傾いていて、妙な浮遊感に捕らわれているような気がする。もしかしたら倒れるかもしれないと思った直後、ぐいっと引き寄せられて「ぼんやりするな、馬鹿者」と小声の早口で叱られた。フェルディナンドの声だ。とりあえず自分を捕まえている腕にしがみついておくことにした。

これでよし！　と思った瞬間、ドシャッと落ちた。感覚的にはベッドから落ちたような感じで、大した高さではなかったようだ。しかし、浮遊感のせいで完全に体勢を崩していたため、わたしは全身を打った。フェルディナンドの鎧で。

「ぎゃうっ⁉」

目を開けると、鎧しか見えなかった。どうやらわたしはフェルディナンドの上へ落下したらしい。

「いったぁ……」

「呑気《のんき》なことを言っていないで、早く退きなさい！」

険しい声でそう言われ、勢いよく体勢をひっくり返される。おわ？　と思っている間に上下が入れ替わり、フェルディナンドは素早く動いて立ち上がった。即座にシュタープを構えている。

……自分から引き寄せたくせに、マジ理不尽《りふじん》！

引き寄せられて、落とされて、転がされたせいで頭がぐらんぐらんしている。脳みそをシェイクされたような気持ち悪さを覚えながら起き上がると、わたし達は何故か始まりの庭にいた。真っ白の石畳の円い庭の真ん中には白い大きな木ではなく、エアヴェルミーンが姿を現している。眉間の皺の深さとゆらりと立ち上るような魔力から察するに、機嫌が良いようには見えない。

……エアヴェルミーン様、ものすごく不機嫌っぽい？　何があったんだろうね？

わたしがエアヴェルミーンを見ながら首を傾げていると、視界の端の方で「エアヴェルミーン様？」と驚きの声が上がった。ジェルヴァージオもいたらしい。わたし達と同じようにドシャッと落ちたようで、起き上がっているのが見える。

ぐるりと始まりの庭を見回した。シュタープを構えて臨戦態勢のフェルディナンド、エアヴェルミーンに向かって跪《ひざまず》いたジェルヴァージオ、頭を押さえて気持ち悪さを抑えようとしているわたしの三人を不機嫌そうにエアヴェルミーンが睨んでいる。

「一刻も早くユルゲンシュミットの礎を魔力で満たさねばならぬ時に、資格を持つ其方等は一体何をしている？」

どうやらエアヴェルミーンはわたし達に文句を言うために呼びつけて、実体化したようだ。白い木のままではお話ができないせいだろう。

「クインタ、我は非常識な方法で飛び込んできたにもかかわらず、其方にメスティオノーラの英知を与えた。だが、其方は英知を補完するために再来するどころか、全く染める気配も見せぬ。ようやく再来したかと思えば別人だった。その者も片方を殺してメスティオノーラの書を完成させよ、

と命じたのにすげなく断る。やっと礎を染める気のある者が現れたと安堵していたら、英知の光は途切れ、礎へ向かうことを邪魔されているではないか。何故邪魔をするのだ、クインタ？　ユルゲンシュミットの崩壊が間近に迫っていることがわからぬか⁉」

エアヴェルミーンの怒りの大半はフェルディナンドに向いているらしい。わたしにも怒りの波動っぽいものが向けられているが、交互になっている辺り、相変わらず魔力による区別がついていないのだと思う。

エアヴェルミーンから怒りを向けられてもフェルディナンドは平然とした顔で「グルトリスハイト」とシュタープを変形させて、何やら調べ始めた。

「エアヴェルミーン様は崩壊が間近とおっしゃるが、ローゼマインが国境門に魔力を注いだので、崩壊するまでに二十年ほど余裕がございます。ここでユルゲンシュミットを見守ってきたエアヴェルミーン様には瞬きする程の短い時間かもしれませんが、我等にとってはこれから子が生まれて成人するより時間があるのです」

「そうなのですか？　意外と余裕があるのですね。フェルディナンド様のメスティオノーラの書にはそんなことも載っているのですか？」

見せてくださいませ、とわたしがいそいそと立ち上がって寄っていくと、目の前でバン！　と勢いよくメスティオノーラの書を閉められた。

「見せてくれても良いではありませんか！　フェルディナンド様のケチ！」

「一つ確認するが、君は今の状況が見えているのか？」

わたしは立ったまま怒りを継続させているエアヴェルミーンと、跪いてかしこまっているジェルヴァージオを見比べる。悠長にメスティオノーラの書を読んでいられる状況でないことは、さすがにわかった。

「見えていますよ。でも、いついかなる時も読書ができる機会を逃したくありません！」

「なるほど。よくわかった。邪魔だ。下がれ」

ベチッと額を叩かれて、下がるように顎で示された。

「ジェルヴァージオのせいで、我々はすでに何十人と失っています。ユルゲンシュミットを中から崩壊させるランツェナーヴェの者をツェントとして戴くことはできません」

「そのような人の理《ことわり》は知らぬ。ユルゲンシュミットはエーヴィリーベに追われた者を匿《かくま》う場所。我が贖罪《しょくざい》の地。ユルゲンシュミットの崩壊は絶対に回避せねばならぬ。我はすでに十分すぎるほど待った。新たなツェントの誕生は邪魔させぬ。礎を染める気のない其方は疾く消えよ」

ゆっくりとエアヴェルミーンが腕を上げる。指先がこちらに向けられた。

ひゅっと息を呑んだフェルディナンドがわたしの前に立ち、「ゲッティルト！」と叫んだ瞬間、まるでフェルディナンドの全力攻撃のような魔力の塊が飛んでくる。

「きゃっ⁉」

硬質な音と共にフェルディナンドの盾が弾け、腕に付けていたお守りが三つ、一度に弾けた。これまで敵対した者とは大違いの攻撃だ。一気に血の気が引いた。

「行け、テルツァ。ユルゲンシュミットの礎を満たしてくるのだ」

エアヴェルミーンの指示を受けたジェルヴァージオが静かに立ち上がる。おそらく「テルツァ」というのは「クインタ」と同じような幼名に違いない。

「リューケン　水鉄砲」

フェルディナンドが立ち上がって背を向けたジェルヴァージオを即座に撃った。祭壇上の戦いでお守りを失っていたジェルヴァージオが太腿《ふともも》を撃ち抜かれ、押し殺したような呻き声を上げて倒れる。

「邪魔をするなと言ったはずだ、クインタ」

「人の理を知らぬとおっしゃった方の言い分など存じません。私は新しいツェントを立て、王族を廃し、祈りを復活させ、次世代では自力で聖典を得られる者からツェントを選択するのです。余計な邪魔をしないでいただきたい」

ジェルヴァージオの方を向いていたエアヴェルミーンが指を動かす。わたしはフェルディナンドの前に飛び出すと、ありったけの魔力で「フィンスウンハン」を唱え、フェルディナンドと自分を守れるように闇のマントを大きく広げた。

エアヴェルミーンの魔力攻撃を吸い取り、ずわっと大量の魔力が一気に自分の中へ流れ込んでくる。講堂で巨大洗濯機のようになっていたヴァッシェンに使った大量の魔力さえあっという間に回復していく。

……ヤバい！　溢《あふ》れる⁉

急いで魔力圧縮を始めたけれど、流れ込んできた魔力が大量すぎて圧縮が間に合わない。身体《からだ》中

を熱が満たし、膨《ふく》れ上がってくる熱の渦に捕らわれるような苦しさに「んぅっ！」と思わず呻いた。身食《みぐ》いの熱に食われていくような感覚は懐かしいけれど、二度と経験したくなかった辛さだ。

……熱い。苦しい。誰か……。

……助けて、神様っ！

「溜め込もうとするな！　放出しろ、ローゼマイン！」

高く上げた両手から魔力が飛び出し、わたしは始まりの庭で光の柱を立てた。祈りになったのかどうかわからない。けれど、まるでわたしの魔力に反応したように、天井部分に円く空いた穴から光が降り注いできた。

光だけしか存在しないような視界の中に、自分と似た容貌《ようぼう》の女性が微笑んでいる。夜空のような色合いの髪、月のような金色の瞳、おそろしく整った顔は成長した後に鏡で見た自分の姿に似ている。けれど、髪型や服装は別物だ。

「アーンヴァックスがご満悦《まんえつ》だったけれど、本当によく似ていること。身食いならば魔力の馴染みも良いでしょうから、少しの間、体を貸してくださいませ」

声は澄んでいて柔らかい響きをしている。言葉自体が全く違うのか、何と言っているのか聞き取れないけれど、わたしに通じる言葉に直って頭の中に直接響いてくる感じで、同時通訳を聞いているような気分だ。

「ん？　体を借りる……？」

「あら、助けを求めたのは貴女でしょう？　エアヴェルミーンを止めてきます。あのままではあの方も危険ですもの」

彼女が「困ったこと」と言いながら頬に手を当てて首を傾げた。どこのどなたか知らないけれど、エアヴェルミーンを止めてくれるならば、それに越したことはない。さすが元神様。魔力量が段違いなのだ。とても人間では太刀打ちできない。

「……でも、体を貸すって……」

いくら何でも怖い。本当に返ってくるのか、その間わたしはどうしたらいいのか、不安要素が多すぎる。すぐに応じることができず、わたしは躊躇った。

「わたくしはいつまでも下にいられるわけではありませんし、貴女には快適な場所で待ってもらいます」

彼女が少し腕を動かした瞬間、場所は図書館になった。床から天井まで本、本、本。あっちを向いても本棚、こっちを向いても本棚。それも、すかすかの本棚ではなく、全てに本がきちんと収められている。貴族院の図書館はもちろん、麗乃《うらの》時代の図書館でも見たことがないほどの本の数に圧倒されて、わたしは言葉を失って周囲を見回す。本を読むために必要な座り心地の良さそうな椅子や書き物に適した机もあって、いくらでも読書ができそうだ。

「すごい……」

まるでわたしがメスティオノーラの書を手に入れるために金色シュミルに出会った場所で思い浮かべたような図書館だ。そう思った瞬間、あの図書館は入ってきた者の思想を判断するための幻だ

ったことを思い出した。

「……ここも壁に絵が描かれたような図書館ではないのですか？」

「いいえ。ここはわたくしの英知が詰まった図書館です。どの本も読めますよ。わたくしが貴女の体を借りている間、本を読みながらここで待っていてくださいな」

彼女がそう言って手を振ると、金色のシュミルが一冊の本を持ってきた。ここに座って読め、と言うようにわたしから近い椅子の前で本を抱えて待機している。「わたくしの英知が詰まった図書館」という言葉で、わたしは彼女が誰なのか確信を持った。今まで最も祈りを捧げてきた女神だ。

「いやっふぅ！　わたくしの体くらい、いくらでもお貸しします！　なんて素晴らしい神の作り給いし地上の楽園！　英知の女神メスティオノーラに祈りを！」

わたしはビシッと祈りを捧げると、金色シュミルのところへ駆け寄った。一人掛けのソファのような椅子は、まふっとした座り心地だ。マットレスを入れたわたしの椅子より更に座り心地が良い。布の手触りは柔らかく、ほんのりと温かみを感じる。

わたしが座ったのを確認して金色シュミルが本を手渡してくれた。もしかしたらユルゲンシュミットでは図書館でシュミルが働くと決まっているのだろうか。そんなことを思いながら、わたしは本を開く。かなり古い時代の言葉で書かれた本で、神様に関する話が載っているようだ。

……聖典やダンケルフェルガーから借りた本にも似たような話があったなぁ。

わたしは楽しくなりながら文字を追っていく。最初の話は海の女神フェアフューレメーアの物語だった。

二人の男神《おがみ》から求婚を受けたけれど、フェアフューレメーアはどちらの求婚にも応じなかった。けれど、どちらも火の神の眷属だったせいだろうか、熱くなりすぎて引いてくれない。周囲の神々も巻き込んで大騒ぎになった結果、フェアフューレメーアが失恋した時には二人の内の勝者と結婚することになってしまった。まずは勝者を決めておかなければならない、と二人の男神は様々な神々を巻き込んで戦いを始めた。

失恋をしたら、という条件を付けたので好きな相手ができるまで放置しておけば良いとのんびり構えていたフェアフューレメーアは、他の女神達から予想外に大きな戦いになったことを知らされる。戦いの場に急いで駆けつけたフェアフューレメーアは、神としての力を振るい、皆の熱を鎮《しず》めた。それ以来、火の眷属が争い始めたらフェアフューレメーアが呼ばれるようになった、というお話だった。

……これってダンケルフェルガーの儀式の基になったお話じゃない？

ダンケルフェルガーだけではなく、神様達にも呼ばれているなんてフェアフューレメーアはとても大変そうだ。争いが起こる度に呼ばれるフェアフューレメーアに同情しつつ、わたしは次のお話を読む。次は、ユーゲライゼの切ない恋物語だった。

「終わりました。次の本をお願いします」

わたしは楽しく三冊目の本を読み終え、金色シュミルに次の本をお願いする。ドレッファングーアから運命の糸を盗み出して悪戯《いたずら》するリーベスクヒルフェと、あまりにも悪戯されることに腹を立

てて報復《ほうふく》するドレッファングーアのお話だった。リーベスクヒルフェの髪の毛を運命の糸に混ぜ込み、リーベスクヒルフェはそれに気付かず、自分と人間の男の縁を結んでしまうのだ。

「次はどんなお話だろう？　うふふん、ふふん……」

浮かれた気分で金色シュミルが戻ってくるのを待っていたら、「ローゼマイン」と脳へ直接呼びかけるようなフェルディナンドの声が聞こえてきた。機嫌が地の底を這《は》っているような低い声で、浮かれた気分が一瞬で消し飛んだ。

「うひゃっ⁉　な、何事ですか⁉」

わたしは耳元を押さえながら周囲を見回したけれど、どこにもフェルディナンドの姿は見当たらない。周囲を本棚に囲まれた素敵空間が広がっているだけだ。

「やっと聞こえたか……。さっさと戻れ、ローゼマイン。さもなくば、君の大事なものが順番に消えることになるぞ」

怒りをたっぷりと含んだ声は本気のものだ。今すぐに戻らなければ、魔王の怒りの八つ当たりでわたしが大変なことになる。

「ぎゃーっ！　女神様、体を返してくださいませ！　フェルディナンド様が怒ってますっ！」

「……わたくしはずっと呼びかけていたのですけれど、反応しなかったのは貴女でしょう」

呆れたような、疲れたような感情の籠もった女神の声が聞こえた。わたしが声のする方に振り向こうとしたところで視界が揺らぎ、神の楽園は消えていった。

ツェントレース

「……ん？」

図書館や英知の女神の代わりにわたしの視界に映ったのは、何故かフェルディナンドの顔だった。吐息を感じるくらい近い。切羽詰まった心配そうな眼差《まなざ》しが至近距離にある。先程わたしの脳内に響いてきたマジ怒りの声とは全く違う表情だ。

驚いたわたしが目を瞬いてはくはくと口を開け閉めした途端、フェルディナンドの薄い金色の瞳に映っていた心配の色が掻き消えて、腹立ちと怒りの混ざったものになった。同時に、わたしの手に握らされていた何かが消える。

「……ローゼマインだな？」

「はひ」

「きちんと返事をしなさい」

言っておくが、間抜けな発声になったのはわたしが悪いわけではない。フェルディナンドに頬をつねられたので、きちんと返事ができなかっただけだ。

「へんりをしれほひかっらられをはなひれくらはいまへ」

「何を言っているのか全くわからぬ」

……今日のフェルディナンド様、マジ理不尽！

「学習能力がないにも程があるぞ、ローゼマイン」

「ふへ？」

怒りに任せたお説教は聞くから、頬をつねっている手を離してほしい。わたしは頬にある手を軽く叩く。フェルディナンドは一度グッと力を入れた後、手を離してくれた。けれど、顔の距離は全く離れない。怒りのお説教から少しでも距離を取りたいのに、それは許されないようだ。

「君は神殿図書室に突撃して前神殿長に目を付けられ、貴族院の図書館で魔力を暴走させて王族と関わることになり、面倒事に巻き込まれた。君が図書館に意識を奪われる度に厄介事《やっかいごと》が起こっているわけだが、自覚はあるか？」

わたしの周囲で起こった厄介事は、図書館に関わらないこともいっぱいあった。図書館のせいにしないでほしい。けれど、反論したらお説教が何倍にもなることは経験上よく知っている。わたしはとりあえず頷いて聞き流すことにした。

「それにもかかわらず、自分の体を代償《だいしょう》にメスティオノーラの図書館へ突進するなど何を考えているのだ、この馬鹿者」

「あそこ、本当にすごかったですよ。あっちもこっちも本、本、本。まさに女神が作り給いし地上の楽園でした。もう死んでもいいってくらいたくさん本があって……。あそこならば研究関係の本もたくさんあると思います。フェルディナンド様も一度行ってみれば素晴らしさがわかりますよ。今度はぜひ一緒に行きましょうね」

怒りの解消を願ってわたしがメスティオノーラの図書館へお誘いすると、フェルディナンドはひくりと一瞬頬を引きつらせた。

「ほぅ、はるか高みへ一緒に行こうとはずいぶんと斬新《ざんしん》な誘いだな。久し振りの臨死体験では足りなかったか？」

……はるか高み⁉　地上の楽園じゃなく⁉

いきなりぶっ飛んだことを言ってくるフェルディナンドを見つめていると、彼は「まだ戻っていないか」と忌々《いまいま》しそうに舌打ちした。

「戻っていないとはどういう意味ですか、フェルディナンド様？」

「ローゼマイン、君にとって大事な者の名を挙げよ。私に脅された時、君は誰を思い浮かべた？　君の体を得た女神が何をしたのか思い出せるか？　君は体を貸す前に何をしていた？　これから何をせねばならぬかわかるか？」

「え？　えーと……」

突然何を言い出すのかと反論する間も与えられず、矢継《やつ》ぎ早《ばや》に問われて頭が混乱する。混乱しているまま、何とか思い出そうとしてみたけれど、記憶にうっすらと靄がかかっているように思い出せない。わたしは何をしていたのだろうか。

「わかりません。……でも、先程まで読んでいた本の内容は明確に覚えているのですよ。神々に関するお話で、わたくし……」

「そちらは覚えていなくても良い。むしろ、早く忘れよ」

フェルディナンドが嫌そうに顔を顰めて、わたしの発言を止める。

「え？　せっかく読んだ本の内容を忘れろなんてひどいですよ」

「君に体を貸してもらいやすいように、女神が少し精神的に干渉《かんしょう》したそうだ。少しではなく、かなり深く影響を受けているようだが……」

ちょっと体を貸すだけの気分だったけれど、精神干渉を受けているとは思わなかった。自分に何が起こっているのか考えると、ちょっと怖い。わたしは差し出された魔力の回復薬を飲みながら、どのような干渉を受けたのか問いかける。

「さて？　詳細については答えてもらえなかったからわからぬ。君は余計な干渉などしなくても本や図書館を目の前にちらつかされたら簡単に体を貸しそうだが、神に頼まれたとしても二度とこのようなことはせぬように。……君は他の魔力の影響を受けすぎる」

フェルディナンドは声には出さず、口の形だけで「身食いだから」と言った。そこに何とも言えない苦悩の表情が見える。わたしは手を伸ばすと、フェルディナンドの眉間の皺をぐりぐりした。眉間の皺を伸ばしたかったのに、何故かフェルディナンドの表情は険しくなるばかりだ。

「私のことは認識できているようだが、エーレンフェストの領主一族はわかるか？　自分の側近の顔を全て思い出せるか？　名前を挙げてみなさい」

わたしはフェルディナンドに言われるまま、領主一族や側近達の名前を挙げていく。フェルディナンドが「問題なさそうだ」と小さく息を吐いた。

「ご心配をおかけいたしました。でも、大丈夫ですよ、フェルディナンド様。死ぬまでにあんな図

書館を作ってみたいという野望ができましたから、わたくし、そう簡単にはるか高みへ行くことはございません」

「……余計に心配になったが？」

嫌そうな顔をしているくせに、薄い金色の瞳からは少し怒りや腹立ちが消えている。相変わらず感情が読みにくい人だ。多少機嫌が直ったことに安堵していると、少し離れたところからフェルディナンドとは別人の呆れたような声が響いてきた。

「そろそろ良いか？」

「え？　どなたかいらっしゃるのですか？」

視界の中には近距離にあるフェルディナンドしか映っていなかったので、まさか他に誰かいるとは思わなかった。わたしが首を傾げていると、フェルディナンドがわたしから離れて立ち上がる。

「ここは始まりの庭で、エアヴェルミーン様とジェルヴァージオがいる」

「あ、あ！　あぁ～！　思い出しました！　戦いの途中だったではありませんか！　フェルディナンド様、何をのんびりとしていらっしゃるのですか⁉」

わたしは急いで立ち上がってフェルディナンドを後ろに庇う。エアヴェルミーンに対して戦闘態勢を取ろうとした瞬間、わたしは後ろからフェルディナンドに小突かれた。

「落ち着きなさい。戦闘は終わっている。メスティオノーラによってこの場における命の奪い合いは禁じられた」

「え？」

よくよく見てみれば、エアヴェルミーンもジェルヴァージオもこちらを向いているだけで、戦いの雰囲気が全くなくなっている。

「……こんなに簡単に戦いを収められるなんて、女神様ってすごいですね。神にいの……」

「祈るな、馬鹿者！　また同じ目に遭いたいのか⁉」

上げかけた手をガッと押さえられたわたしがぽかんとフェルディナンドを見上げると、エアヴェルミーンが苦笑した。

「マイン、其方は身食いで他者の力を受け入れやすい。神々との交信を行うこの場で祈ると、神々が面白がって降臨してくる可能性が高い。我にとっては懐かしい者達なのでいくらでも降臨させてもらって構わぬが、其方への負担は非常に大きい。気を付けた方が良かろう」

先程までと違ってエアヴェルミーンの口調がずいぶんと落ち着いている気がする。もしかしたら女神セラピーの効果だろうか。あんなに大きな素敵図書館の持ち主で、あっという間に戦いを収束させて、エアヴェルミーンを宥《なだ》めてしまっているのだ。

……女神様、マジすごいね！　英知の女神メスティオノーラに感謝を！

「それで、女神様とどのようなお話をしたのですか？」

「それぞれの望みと現状についての情報を共有した結果、平和的な方法でツェントを競うことになった」

フェルディナンドの言葉に、ジェルヴァージオが「いくら何でも簡略化《かんりゃくか》しすぎだ」と顔を顰める。彼の言う通りだ。全くわからない。

「講堂がどうなっているのかを考えれば、悠長に話をしている時間などあるまい。結果だけ伝えれば十分ではないか」

時間がないのもわかるし、フェルディナンドが効率重視なのは今に始まったことではないけれど、もう少し説明してほしいところだ。

「せめて、それぞれの望みが何なのか、どのような情報を共有したのかくらいは教えてくださいませ。わたくし、一人だけ戦闘気分が抜けていないのですけれど」

「先程までは記憶から抜けていたくせに何を言うか」

そんなふうに睨まれても、思い出してしまったのだから仕方がないと思う。脳内が一人だけまだ戦闘状態なのだ。顔を合わせた時からお互いを敵視していて「魔石になれ」とか「死ね」とか言いながら攻撃し合っていたジェルヴァージオとフェルディナンドは雰囲気が硬いものの普通に会話していて、「クインタを殺せ」とか「テルツァの邪魔をするな」とぐちぐち口出ししていたエアヴェルミーンはぼけーっと話を聞いているだけなんて脳が受け付けない。

「ちょっと本を読んでいる間に周囲が変わりすぎているせいで、ものすごく落ち着かなくて気持ちが悪いのです」

「神の視点について話を聞いた。ユルゲンシュミットはエーヴィリーベに迫害された者を受け入れる場所。ランツェナーヴェの者が救いを求めてユルゲンシュミットへ入ってくるならば、受け入れることは神々の視点では当然のことだそうだ」

フェルディナンドの説明によると、外の世界で苦しんでいる魔力持ちを受け入れるためにユルゲ

ンシュミットが作られ、外の者を受け入れることがエアヴェルミーンの役目らしい。だから、魔力持ちのランツェナーヴェの者がユルゲンシュミットで住むことを望むならば受け入れる。拒否は考えてもいないそうだ。

「神々はランツェナーヴェの者達によってアーレンスバッハの貴族達が何十人も殺されたことに関しては何も思わないのですか？」

わたしが睨むと、エアヴェルミーンは何ということもない顔でゆっくりと頷いた。

「人の理とやらに我の言葉など無意味ではないか。命を奪うなと言ったところで昔から何百、何千の者が内部で殺し合っている。ついさっきも何百人と死んだのだから、数十人が加わったくらいは騒ぐほどでもあるまい。外から数十人が入ってくることを考えれば、全く問題ないではないか」

エアヴェルミーンから見れば、十数年前の王族による内輪《うちわ》揉《も》めの政変で何百人の貴族が死んでいるのもついさっきのことで、今更アーレンスバッハの貴族が数十人亡くなったところで誤差《ごさ》の範囲だそうだ。外から補充することになったのだから、大した問題ではないらしい。

「わたくし達にとっては数の問題ではないのですけれど……」

「人は勝手に増えるし、勝手に殺し合う。そういう存在だ。短い期間にくるくると変わる人の理など考えるだけ無駄だ」

確かにユルゲンシュミットどころか、エーレンフェスト内の人々だって分かり合えているとは言えないし、人間間の身分や常識の差も大きい。神の常識と人間の常識が噛み合うなどと考えない方が良さそうだ。

「何より、人の理について我に語る者はもう長い間ここを訪れておらぬ」

大昔はメスティオノーラの書を手に入れるために何人ものツェント候補が始まりの庭を訪れていた。魔力が多く満ちていた頃はエアヴェルミーンも自由に人の形を取り、人と交わり、会話する時間があったそうだ。

けれど、ある頃からエアヴェルミーンは顕現《けんげん》できる魔力を得られなくなってきたそうだ。メスティオノーラの書を手に入れる者が減り、中央神殿が聖地から移動して神事が行われなくなったからだろう。それに、魔術具のグルトリスハイトを継承するようになってからは祈りを行うこともなくなってきた。始まりの庭へ入れる者さえ減ってきたに違いない。わたしが知った歴史からも簡単に想像できる。

「話し相手はどうでも良いが、今は礎に魔力を供給するツェントが不在で、国境門の魔力も薄れ、ユルゲンシュミット自体が崩壊の危機に陥っている。数十人の死など鼻で笑う規模の被害が生じるであろう。我はツェントが一刻も早く誕生することが望みだ。それ以上は特に望んでおらぬ」

誰でも良いからさっさと礎を染めてユルゲンシュミットを存続させろ、というのがエアヴェルミーンの望みで、礎を染められない今のツェントはツェントとして認識されていないようだ。

「そういうわけで、ひとまずユルゲンシュミットの崩壊を食い止めるため、ツェント候補が競い合い、至急礎を染めることになった」

「はい？　一体どなたがツェントを競うのですか？」

「ここにいる三人以外にもツェント候補がいるのか？　いるならばここへ連れてくるが良い」

エアヴェルミーンが期待に満ちた声で言う。ここにいる候補者は難ありばかりなので、新しい候補者は大歓迎だそうだ。

「自称で良ければディートリンデ様がいらっしゃいますし、王族の中にもここへ入れる者は……」

「エアヴェルミーン様の感覚では、メスティオノーラの書を手に入れた者がツェント候補だ。魔術具のグルトリスハイトでは意味がないらしい」

……あぅ、ツェント候補の基準が大昔だった。それじゃあ王族の誰も候補になれないよ。

「エアヴェルミーン様が求めていらっしゃるのはユルゲンシュミットを魔力で満たすことだ。そのため、三人の候補がそれぞれ未だ魔力の満ちていない国境門を満たし、この始まりの庭に戻ってくる速さを競うことになった」

「勝者を礎の場所へ案内してくださるそうだ」

フェルディナンドとジェルヴァージオがどちらも自信ありそうな顔をしている。非常に不思議な気分だ。フェルディナンドはツェントを望んでいなかったのではないだろうか。

「フェルディナンド様はツェントになってもよろしいのですか?」

「私が礎を満たせば、エアヴェルミーン様は人の理に口を出さぬそうだ。今の王族を廃しようとも、入ってきたランツェナーヴェの者達を処罰しようとも、そこは人の理に合わせて勝手にすれば良いとおっしゃった」

フェルディナンドの計画の、次代では自力でメスティオノーラの書を手に入れるように改革しようとしている部分はエアヴェルミーンも評価してくれているらしい。時間がかかりすぎる上に不確

実だが、フェルディナンドが礎を染めるのであれば、魔術具として作ったグルトリスハイトを手渡して新しいツェントを任命するのも、祈りなどを復活させるのも自由だそうだ。

「省略しすぎだ、クインタ。メスティオノーラは全ての命を粗末《そまつ》にするな、と言ったではないか。そこは考慮するように」

エアヴェルミーンは淡々とした口調で補足する。処罰をするのは構わないが、安易な処刑は禁止だそうだ。連座やら何やら理由を付けては無罪の人までどんどんと処刑するのが当然のユルゲンシュミットで「命を粗末にするな」という言葉が聞けるとは思わなかった。

「そんなに大事な言葉、録音しておけば……」

「録音したところで女神の降臨を実際に見ていない者には君の声だ。どのように女神の降臨を証明する気だ？　わざわざ録音する必要があるか？」

「……そうですね」

確かに慈悲《じひ》を振り撒《ま》きたいわたしの我儘《わがまま》と思われれば今までと同じだ。録音しても意味がないだろう。残念だ。

「貴方はどうしてツェントになりたいのですか？」

わたしはジェルヴァージオに問いかける。

「私がツェントになれば、あの離宮を取り壊すことも可能だ。私のような子を産むために娘達をこちらへ送る必要もなく、魔力ある者が貴族として尊重される生活を送らせることが可能になる」

それに加えて、雪崩れ込んできたダンケルフェルガーの者達に捕らえられているだろう中央騎士

団の者達を救うことも、アウブが不在になっている領地に新たなアウブを任命してランツェナーヴェの者達を住まわせることもできるとジェルヴァージオが言った。

「何故ユルゲンシュミットに住もうとするのですか？　ランツェナーヴェの者達に必要なのはシュタープと魔石でしょう？」

「そうとも言えぬ」

ジェルヴァージオによると、ランツェナーヴェでは魔力持ちを押さえつけるような物が色々と開発されていて、王族は権力を失いつつあり、魔力というエネルギーを生み出す道具のような扱いに移りつつあるらしい。

「シュタープを得てランツェナーヴェに戻り、強大な力を行使する権力者として君臨したい者と、ランツェナーヴェから脱出してユルゲンシュミットの貴族として永住したい者の二つにランツェナーヴェの王族は割れている」

シュタープを持って戻りたい者達を率いているのがレオンツィオで、ユルゲンシュミットの貴族として安住の地を探す者を率いるのがジェルヴァージオだそうだ。意見に差があるけれど、どちらにとってもツェント不在のユルゲンシュミットは恰好《かっこう》の的だったらしい。

「アーレンスバッハの貴族達を殺害したのはレオンツィオ達だが、ディートリンデ様がアーレンスバッハ内の自分の政敵ならば構わないと許可を出したと聞いている。ユルゲンシュミットにはずいぶんと怖いことを平気で行う為政者《いせいしゃ》がいると思ったものだ」

実際に会ってみれば愚かな我儘娘であったが、とジェルヴァージオが嘆息した。

「ユルゲンシュミットにおける安住の地を確かなものにするため、ランツェナーヴェの者達の処罰を取り消すため、私を受け入れてくれた中央騎士団の者達に報いるための地位が必要だ。私はツェントになる」

「それぞれに参加理由があるのはわかりましたけれど、わたくし、アウブですからツェントの礎は染められませんよ？」

わたしがツェントレースに参加する意味がない。

「ならば、其方はアウブとして参加すれば良かろう。国境門に魔力を供給するのは、元々アウブの仕事ではないか」

「……エアヴェルミーン様、それって各領地のアウブがメスティオノーラの書を手にしていた最初期のお話ではありませんか。まぁ、国境門に魔力を満たす必要があるのならば協力するくらいは構いませんけれど……」

神話に近い時代で基準が止まっているエアヴェルミーンによって、わたしの参加は義務付けられた。

「其方がツェントになることは不可能ではない。別の者にアウブの礎を染めさせれば良いだけだ。身食いである其方の魔力は染め替えやすい故、次の者はさほど苦労すまい」

そう言うエアヴェルミーンが今はきちんとわたしの方を向いている。

「エアヴェルミーン様、わたくしとフェルディナンド様の魔力を混同していないのですか？」

「今の其方はメスティオノーラの力に満ちているからな」

……どうやらわたし、女神様に染め替えられたらしい。

自分の腕を見下ろしてみたけれど、自分では魔力が見えないのでどうなっているのかわからない。

「言動で台無しではあるが、其方からは神々しい女神の残滓《ざんし》が強く感じられる。しばらく黙っていてほしいものだ」

ジェルヴァージオが慕《した》わしそうな視線を向けてくる。わたしを見ているのに、わたしではない者を見る目だ。

「時間が惜しい。始めるぞ。其方等が向かう先は神々が決める」

ピッとエアヴェルミーンが指を立てて細く魔力を放つ。赤色、緑色、金色の光がくるくると捻《ねじ》れるようにして降り注ぎ、わたしの頭上に赤色、フェルディナンドの頭上に緑色、ジェルヴァージオの頭上に金色の光と分かれていく。

「その貴色の国境門を染めよ」

わたしが向かう国境門は赤を貴色とする土の女神の印が刻まれたクラッセンブルク、フェルディナンドが向かうのは緑を貴色とする水の女神の印が刻まれたハウフレッツェ、ジェルヴァージオが向かうのは金を貴色とする光の女神の印が刻まれたギレッセンマイアーに決まった。

「では、行け。其方等自身の手で転移陣を構築し、国境門を満たしてくるのだ」

「グルトリスハイト！」

転移陣を構築するために三人が一斉にメスティオノーラの書を手にした。すぐさま空中に転移陣を描き始めた二人を横目で見つつ、わたしは転移陣の検索から始めなければならない。ちょっと悔

しい思いをしながらクラッセンブルクの国境門へ向かう転移陣を検索する。

一歩出遅れたように見えるかもしれない。けれど、わたしには奥の手がある。革袋から魔紙を取り出し、わたしはニッと笑った。

「コピーシテペッタン！」

一瞬で転移陣が完成した。苦い顔で「魔紙の無駄遣いだ」と言いながら手を動かし続けるフェルディナンド以外は、「何だ、それは？」と驚きの声を上げている。

うふふんと勝ち誇った笑みでその場にいる者達を見回し、わたしは胸を張ってメスティオノーラの書を掲げる。一番乗りだ。

「ケーシュルッセル　クラッセンブルク」

魔王の暗躍

コピペした転移陣を使って、わたしは国境門に到着した。国境門の内側はどこも大して変わらないので、魔法陣に描かれた大神《おおがみ》の記号で判断するしかない。土の女神ゲドゥルリーヒの記号があるので、ここは間違いなくクラッセンブルクの国境門だ。

「ここに魔力を注げばいいだけだよね？」

わたしは壁際《かべぎわ》まで移動してメスティオノーラの書をベシッと国境門に押し付ける。エーレンフェ

スト、ダンケルフェルガー、アーレンスバッハの国境門でも同じことをしたので、魔力供給の仕方は知っている。簡単だ。

……楽勝、楽勝。うふふん。

メスティオノーラの書を通して国境門へ自分の魔力が流れていくのを感じていると、不意に転移陣が光った。魔力供給をしながら、わたしは思わず振り返る。

……え？　何？

この転移陣を使えるのは、メスティオノーラの書か図書館の地下書庫の奥にあるグルトリスハイトを持つ者だけだ。地下書庫に入れる王族がいない以上、転移してくるのはフェルディナンドかジェルヴァージオのどちらかしかいない。

……まさか妨害する気じゃ……？

そう思った瞬間、来訪者が特定できた。

「フェルディナンド様ですね⁉」

「よくわかったな」

転移陣から現れたのは、わたしが予想したようにフェルディナンドだった。

「間違えてここにやって来た……なんて可愛《かわい》らしい失敗をフェルディナンド様がするはずありません。これまでの経験から考えた結果、女神様やエアヴェルミーン様が決めた競争の妨害を行うつもりだと判断しました。わたくしにはお見通しですよ！」

わたしがビシッと決めたら、フェルディナンドには当然の顔で「そこまでわかっているならば話

は早い」と肯定《こうてい》されてしまった。わたしの予想通りなのは、ちょっとどうかと思う。あり得ないけれど、できれば否定してほしかった。

「何を企んでいるのですか？　わたくしをどのように妨害するおつもりですか？」

「私が君を妨害してどうする？　私が阻止するのはジェルヴァージオだ」

国境門を染める速さを競う勝負は、ツェントになる者の魔力量を量るという意味でとてもわかりやすい勝負だ。転移陣を自分で描くというスタートも、メスティオノーラの英知をどれだけ得ているのか、魔術の扱いにどれだけ長《た》けているのか測れると思う。

「わたくしはコピペで済ませましたが、転移陣を描くスピードにはかなりの差があったではありませんか。戦いで消費した魔力の回復をどれだけできているのか存じませんが、効力の高い回復薬を持っているフェルディナンド様の方がかなり有利だと思います。礎を染めるツェントを決めるのですから、正々堂々と勝負してはいかがでしょうか？」

妙な妨害や暗躍など必要ないと思う、とわたしが言うと、フェルディナンドは皮肉そうな笑みを浮かべて唇の端を上げた。

「フン。正々堂々と？　ジェルヴァージオを妨害する上で最大の貢献者《こうけんしゃ》である君が今更何を言っている？」

「……わたくし、何かしましたか？　身に覚えがないのですけれど」

「まだ記憶が繋がっていないのか？　それとも、ただ自覚がないだけか？」

「多分、自覚がない方だと思います。女神が降臨する前に何をしていたのか思い出すことができた

のですから」

　フェルディナンドが苛立たしそうにこめかみをトントンと軽く叩く。

「ここまで自覚が薄いとは思わなかった。君の発案でジェルヴァージオが英知を授かる瞬間を遮り、邪魔したであろう？　君が妨害したためにジェルヴァージオが得たメスティオノーラの書はかなり不完全らしい。おまけに、君がすでに吸収しているため再度始まりの庭を訪れたとしても、あの者の知識が増えることはないと女神が言っていた」

　魔法陣に突撃して始まりの庭へ直接入ろうとしたところを邪魔された腹いせに、闇の神のマントを広げて魔力を吸収、回復した自分の行動を思い出してポンと手を打った。

「あれですか。……自覚がなかったようです」

「さもありなん。ジェルヴァージオの聖典では礎に向かうルートが途切れ途切れにしか載っていないそうだ。エアヴェルミーン様の中で、我々は全員が不完全なメスティオノーラの書しか持っていない難ありのツェント候補だそうだ」

　エアヴェルミーンから見れば、メスティオノーラが英知を授けている最中に突然途切れて、それ以上知識を得られなくなったジェルヴァージオ、二人で一つの聖典を分けているために穴だらけ確定のフェルディナンドとわたししかツェント候補がいないのである。

　……崩壊しかけのユルゲンシュミットを支えるツェント候補としては、何というか絶望的だね。

　エアヴェルミーンが「他にいるならば連れてこい」と言いたくなる気持ちもわかる。

「フェルディナンド様は魔術具のグルトリスハイトを作るためにコピペでツェント業務に必要な部

分を補完したではありませんか。それを伝えなかったのですか？」

穴を埋められるとわかれば、エアヴェルミーンはさっさとフェルディナンドをツェントに決めたはずだ。このような勝負もさせなかっただろう。

「あぁ。私の聖典も穴だらけということになっている。実際の業務に使わぬ部分は穴も多いのだから嘘は吐いておらぬ」

「嘘とか誇張《こちょう》はどうでも良いのです。補完したことを隠す理由を伺《うかが》いたいのですよ」

「……後々のためにはその方が良いと判断したが、君はその理由を知らなくても良い」

補完したことを口外しなかった理由は教えてくれなかったけれど、フェルディナンドが平然とした顔で「自分の知識も穴あきだ」と告げたため、エアヴェルミーンは今回の勝者に礎へ向かう道を示すことにしたそうだ。

「わたくし、そのような説明は受けていませんよ」

「余計なことを言いそうだったので、君に対する説明は最低限にしてある」

「ひどいですっ！」

わたしはジトッとした目でフェルディナンドを睨んだ。秘密主義で、隠したまま行動されることには慣れているけれど、文句くらいは言っても罰は当たらないと思う。

「それで、わたくしに何をさせるおつもりですか？　ジェルヴァージオを攻撃するような妨害はお手伝いできませんからね」

警戒しつつ問いかけると、フェルディナンドは「私が君にそのようなことを頼むわけがなかろう。

成功率が低すぎる」と呆れた口調で言った。たとえ事実でも、そこで成功率の低さについて言及されるとちょっと悔しい。

「君は国境門への魔力供給を終えたら中央棟へ戻り、転移の間から出る前に必ず自分の護衛騎士に連絡を入れなさい。私からエーレンフェストに連絡を入れて、寮で休息が取れるように部屋を準備しておいてもらうつもりだ」

「休息ですか？」

「君にはそろそろ休息が必要であろう？　アーレンスバッハ寮を使うことはできぬが、まだ君達はエーレンフェスト寮に入れるはずだ」

わたしは自分のマントを留めているブローチに視線を移した。アーレンスバッハへ移動する前にジルヴェスターに返そうとしたら、「正式にアウブとして承認されるまで持っておけ」と言われた物だ。これがあるので、わたし達はまだエーレンフェストの貴族と言える。

「あの、フェルディナンド様。わたくしの側仕えはアーレンスバッハへ連れていきましたよ？」

リーゼレータやグレーティアがエーレンフェストにいないのだから、寮の部屋を準備してもらうにしても全く手が足りないはずだ。

「エーレンフェストにはリヒャルダ、オティーリエ、ブリュンヒルデ達、君の側仕えも残っているではないか」

「リヒャルダは養父様のところへ戻りましたし、ブリュンヒルデも結婚準備で忙しいと思います。わたくしの側仕えとして動かすことはできませんよ」

迷惑をかけるわけにはいかないと言ったところ、フェルディナンドは嫌な顔をした。

「これは迷惑ではなく、我々からエーレンフェストに対する助力だ」

「何故わたくしが寮で休むことが助力になるのですか？」

「中央の戦いにおけるエーレンフェストの関与を示せるからだ。こうして国境門に魔力を注げば、派手に光る。すでに日が上がっているのでわかりにくいかもしれないが、境界門に騎士を置こうとしなかったアーレンスバッハでもない限り、それぞれの境界門に詰めている騎士は異変に気付くはずだ。国境門を擁する領地のアウブには非常事態が目に見えてわかる。おそらく王族や中央と連絡を取るし、中央へ急いでやって来るであろう。その時にアウブ・エーレンフェストの姿が貴族院にないのは、今後を考えると良いとは言えぬ」

先の政変でも勝ち組と負け組には明確な差があった。この戦いに関与しているかどうかは、これから先のユルゲンシュミットで発言権を得られるかどうか大きな差になる。

「他領から見える形でエーレンフェストに後方支援をしてもらわなければ、いくら事前に情報提供をしたと言ってもダンケルフェルガー以外には受け入れられにくいし、この先エーレンフェストを庇いにくい。ゲオルギーネとの戦いがあった以上、ダンケルフェルガーと違って前線で戦うことは無理でも、後方支援ならばできるはずだ」

とっくに夜が明けている。動こうと思えば動けない時間ではない、とフェルディナンドが言った。

「エーレンフェストもこの戦いを支えたということを内外に示すためだ。遠慮する必要はないので、しっかり体を休めなさい。君はその後が大変だからな」

……その後⁉

「え⁉　フェルディナンド様、わたくしに何をさせるおつもりですか⁉」

わたしが目を見開いて噛みつくように問うが、フェルディナンドは数秒無言でこめかみを押さえた後、ニコリと微笑んだ。嘘臭くて隠し事をする時の笑顔だ。

「できればここの魔力供給を終えた後、ハウフレッツェの国境門も魔力供給をしてくれれば助かるとは思っているが、無理に、とは言わぬ」

質問の答えをはぐらかし、フェルディナンドは細々とした注意を始めた。

「ローゼマイン、私がここから移動したら魔力供給をしている間は他の者が入れぬように一度ここの転移陣を封じなさい。今の君には護衛騎士もいないのだ。いくら用心してもしすぎるということはない」

ツェントレース中の今でも、フェルディナンドはまだジェルヴァージオがやって来ることを警戒しているし、具体的な対策と共に忠告してくれる。危険に対する警戒心がないことを思い知らされ、わたしは反省しつつ了承した。

「魔力供給を終えたら貴族院へ戻り、その場で側近を呼び、彼等の言うことをよく聞いて、エーレンフェスト寮で休息を必ず取るように。わかったな？」

「わたくし、魔力供給の他にしておくことがございますか？」

ちょっとだけ危機感を持ってわたしが尋ねると、少し考えるように顎に片手を当てたフェルディナンドがもう片方の手でわたしの肩を軽く押した。突然肩を押されてよろめいたわたしを引き寄せ

て抱き留める。

「……ビックリするではありませんか。一体何の確認ですか？」

「この程度でよろけるならば、練習は必須《ひっす》だな」

「練習？　一体何のでしょう？」

フェルディナンドは難しい顔で「間に合うか？」と呟きながら転移陣を作動させる。

「ちょっと待ってくださいませ、フェルディナンド様！　説明が足りません！」

「ケーシュルッセル　エアストエーデ」

わたしの言葉は全く聞いていないようで、フェルディナンドは自分に割り当てられていたハウフレッツェの国境門ではなく、貴族院の中央棟へ転移していった。

……エーレンフェスト寮で休憩していろって……わたし、後で一体何をさせられるの？

きっとろくでもないことが待っている。それだけは確実だ。経験上、間違いない。こうすると決めたフェルディナンドは、こちらの事情を考慮してくれないし、都合良く動かすための説明しかしてくれない。

……ちゃんと協力するから、説明くらいしてくれればいいのに。ふんぬぅ。

フェルディナンドに心の中で文句を言いつつ、わたしは言われた通りに転移陣を一時封じてから再度魔力供給を始めた。

わたしはクラッセンブルクの国境門への魔力供給を終えると、すぐにハウフレッツェの国境門へ

移動した。別にフェルディナンドのためではない。魔力が満ちていないとユルゲンシュミットが困るからだ。自分にそう言い聞かせながら魔力を供給する。

……うぅ、ちょっと無理だったたっぽい。

回復薬と魔力の使い過ぎで頭が痛み始めた。首筋から額に向かって痛みに貫かれているような感じがする。

「うぐぅ、休憩必須って見通されてる。何か悔しい。……っていうか、言われるままにハウフレッツェも魔力供給するって見通されてる。そっちの方がもっと悔しいんだけど」

わたしはブツブツと独り言を言いながら、用心のために封じていた転移陣を作動させる。

「ケーシュルッセル　エアストエーデ」

全属性の光を放つ魔法陣が空中に浮き、転移陣の上で光を放ちながら回転する。その光に促されるように、下に描かれている転移陣も動き始めた。上からも下からも魔力を吸われ、光の奔流で視界が白くなる。ぐらりと揺れた視界に気分が悪くなり、わたしはその場にお行儀悪く座り込んできつく目を閉じた。

浮遊感がなくなった後、しばらく経ってからわたしはゆっくりと目を開けた。貴族院にある転移の間に無事に到着している。ただ、魔力の使いすぎに転移酔いが重なって気分は最悪である。

「うぐぅ、気持ち悪い……」

しかし、このまま転移の間で寝るわけにはいかない。わたしは気力を振り絞ってコルネリウスに

向けて「ただいま戻りました」と連絡用の手紙を飛ばした。すると、「扉の前にいる。寮まで騎獣で戻るから口を押さえて静かに出てきてほしい」という返事が来た。

……口を押さえて？

首を傾げながらもゆっくりと立ち上がり、わたしは声が出ないように口元を押さえてそっと扉を開く。少し離れたところにアーレンスバッハの騎士達のマントが見え、扉のすぐ前にコルネリウスとアンゲリカの顔が見えた。そう思った瞬間、アンゲリカにバサリと何か布をかけられ、抱き上げられる。

……何事⁉

頭から布をすっぽりと被《かぶ》っているせいで、事態が全く把握できない。けれど、今の自分に求められていることは声を出さないことだ。わたしは口元をしっかり押さえ、視界が布で塞がれている中で騎獣が駆け出す動きを感じていた。

「申し訳ございません、ローゼマイン様。こうでもしなければ、女神の御力《おちから》に溢れるローゼマイン様を他領の者に気付かれぬままで寮までお連れすることができなかったのです」

布が外されたのはエーレンフェスト寮に入ってからだった。中央棟と繋がる転移扉ではなく、採集場所へ向かう時に使う扉の前だ。呆然《ぼうぜん》とした顔で並んでいる護衛騎士達を見回す。

「これはフェルディナンド様の指示ですか？　フェルディナンド様は今どうしているのです？……コルネリウス、レオノーレ、マティアス、ラウレンツ？」

アンゲリカの名前を呼ばなかったのは、フェルディナンドから大した説明をされていないと判断したからであって、存在を忘れているわけではない。

「あ、いや。その、何と言えば良いのか……。ハルトムートが涙を流して神に祈りを捧げていたが、まさかこれほどとは思わなかったな」

「何ですか、コルネリウス兄様？」

「……女神の御力だよ。ランツェナーヴェから押収した銀色の布を使って隠し、秘密裏に寮へ連れていくようにフェルディナンド様が厳命《げんめい》されるわけだ」

フェルディナンドはそんな態度を微塵《みじん》も感じさせなかったので全くわからなかったが、コルネリウスによると、眩《まぶ》しくて直視し難いくらい今のわたしからは女神の御力を感じるらしい。

「ローゼマイン様、フェルディナンド様からは休息を取らせるように、と命じられています。その、周囲を混乱させないようにこちらの布を再び被せ、お部屋までアンゲリカに運ばせてもよろしいでしょうか？」

レオノーレがひどく申し訳なさそうに、しかし、やや視線を逸らしてそう言った。これっぽっちも自覚がないけれど、今のわたしは大変な状態らしい。周囲を混乱させる気はないし、体調が良くないので一刻も早く休みたい。

「構いません」

わたしは再び布を被せられ、アンゲリカに運ばれた状態で寮の自室に入る。銀色の布を取り外されると、わたしの女性側近が忙しそうに動いている様子が見えた。クラリッサだけはわたしの姿を

見た途端、胸の前で手を交差させ、涙を流しながら跪いたけれど。

「ローゼマイン様、何と神々しいのでしょう！　まさに女神の化身ではございませんか。ローゼマイン様の魔力が一気に塗り替わる瞬間をこの身で感じましたが、これほど女神の御力をまとっているとは思いませんでした。闇の神の祝福を受けた髪がより一層艶《つや》を増し、光の女神の祝福を受けた瞳は女神の御力に溢れ、その佇《たたず》まいには……」

「クラリッサ、何の役にも立たないことを口にするのは後回しにして、姫様が休めるようにお薬の準備をなさい。そのように職務を投げ出すような有様で姫様の側近を名乗れると思うのですか？」

リヒャルダがクラリッサを叱り飛ばしながら、オティーリエとベルティルデに寝台の準備を進めるようにテキパキと指示を出している。クラリッサが急いで薬の準備を始めると、リヒャルダはわたしを見てふぅと一つ息を吐いた。

「顔色があまりにも悪いですよ、姫様。湯浴《ゆあ》みが負担でしたら、お食事の後、ヴァッシェンで軽く汚れを落としますけれど？」

「湯浴みだけではなく、お食事も負担なのですけれど……」

「お薬を飲む前に軽くお食事を摂《と》るようにフェルディナンド様からお言葉がありました」

仕事ができる文官の顔でクラリッサがこれから飲む薬について説明してくれる。短時間で回復するように少し強めのお薬らしい。湯浴みからは逃れられたけれど、食事からは逃れられないようだ。

ブリュンヒルデが食事を運んできたのを見て、わたしは諦めて椅子に座った。

「寮にいる騎士達から後方支援のお話が届いてすぐにジルヴェスター様からわたくし達に命令が下

ったのですよ。姫様が休める環境を最優先にするということで、わたくし達と料理人が一番に移動いたしました。他の者は移動の真っ最中だと思われます」

リヒャルダは簡単にエーレンフェストの状況を説明しながら食事の給仕をしてくれる。リヒャルダの給仕を受けるのは久し振りだ。エーレンフェストの現状を聞いた後、わたしは椅子の後ろに護衛騎士として控えているレオノーレへ視線を向けた。

「レオノーレ、わたくしが祭壇から移動した後、どのような状態だったのか教えてください」

「神像が持つ神具から七つの貴色の柱が立ち、祭壇の上にいらっしゃった三人の姿が一斉に消えました。わたくし達が驚愕に目を見張る中、ダンケルフェルガーの騎士達は黙々と中央の者達を捕らえていました」

わたし達がいるいないに関係なく、反乱を起こした者は捕らえなければならないとアウブ・ダンケルフェルガーの指示が出たらしい。ラオブルートはマグダレーナやアウブ・ダンケルフェルガーと対峙し、戦い、敗れたそうだ。

「残されたわたくし達もダンケルフェルガーの騎士達と共に中央騎士団の者達を捕らえていました。すると、突然ハルトムートが、ローゼマイン様の魔力が女神によって塗り替えられたと涙を流し始めたのです」

……何それ？　どんなふうに想像しても変な人だよ。

「他の名捧げをした側近達は魔力が変わったのはわかるが、女神かどうかはわからないと言っていました。ですが、何故わからないのかとハルトムートが怒り、そこからいかに神々しい力に溢れて

いるのか、ローゼマイン様を称え始めました。あまりにも場違いで気持ちが悪かったので、中央騎士団と同様に、フェルディナンド様が講堂へ戻ってくるまでハルトムートを縛っておきました」

……わぉ、レオノーレったら容赦ないね。

「戻られたのはフェルディナンド様だけでした。ローゼマイン様について尋ねたところ、ローゼマイン様にメスティオノーラが降臨し、新たなツェントが選出されることになったとおっしゃったのです。ハルトムートはどうやら嘘を吐いていなかったようですね。今、フェルディナンド様は女神に申し付けられた通りに様々な準備を整えていらっしゃいますよ」

同じように荒唐無稽《こうとうむけい》なことを言っても、フェルディナンドの言葉ならば信用されるらしい。ちょっとだけハルトムートが可哀想になった。

「レオノーレ、具体的にフェルディナンド様は何をしていらっしゃるのかしら？」

女神に言われたのはツェントレースを行って勝者を決め、ユルゲンシュミットの礎を染めることではなかったのか。女神から他に申し付けられたことがあるなんて、わたしは全く聞いていない。

恐る恐る尋ねると、レオノーレは講堂に戻ったフェルディナンドが次々と色々な脅迫混じりの指示を出していたことを教えてくれた。

「まず、エーレンフェストに休息場所や食事を作るように指示を出していました。わたくし達もローゼマイン様が戻った際の指示を出されました。ダンケルフェルガーには女神からの命令で捕虜の命を奪ってはならぬとおっしゃって、ジェルヴァージオが戻った時には必ず捕らえるように各場所に騎士達を配置していらっしゃいました」

それから、交代で休憩や食事を摂るようにも指示があったそうだ。アーレンスバッハの騎士達は糧食《りょうしょく》で済ませたけれど、ダンケルフェルガーの騎士達は交代で寮へ戻っているらしい。戦闘時に騎士達へ食事を送るのは、後方支援の大事な役目だそうだ。

「ローゼマイン様やわたくし達のお食事はエーレンフェストから出ています。フェルディナンド様のご命令で離宮に準備されていた食材がエーレンフェスト寮へ運ばれました。夕食以降はアーレンスバッハの騎士達の分も準備されるそうです」

ランツェナーヴェの館からアダルジーザの離宮へ運び込まれた物だからアーレンスバッハの食材だ、とフェルディナンドが言ったそうだ。確かにその通りだと思う。エーレンフェストには料理人を貸し出してもらったらしい。

「後は、そうですね……。コルネリウスが耳にした分ですが、図書委員をしているヒルデブラント王子にラオブルートが所持している図書館の鍵を返させろ、とおっしゃっていたようです」

まだどこに中央騎士団の裏切り者が潜んでいるのかわからないのに、危険を押して今すぐに行わなければならないことか、とヒルデブラントの母親であるマグダレーナは渋《しぶ》ったらしい。命じている相手がフェルディナンドである。子供を心配する母親の気持ちはよくわかる。

フェルディナンドは、ヒルデブラントがラオブルートに唆されてシュタープを得たこと、そのための道を開いたことでランツェナーヴェの者達もシュタープを得ていることを伝えたらしい。息子が行ったことを知って青ざめたところに、「新しいツェントが選出される今、多少なりとも罰を軽くするための口添えは必要であろう？」と微笑んだそうだ。

……今、貴族院へ来られる図書委員で暇そうなのってヒルデブラント王子だし、たったそれだけのためにハンネローレ様をダンケルフェルガーから呼び出すことはできないと思うよ。でも、親子の情を使って完全に逃げ道を塞ぐ魔王、怖い！

決して食が進むとは言えないレオノーレの話を聞きながら軽い食事を終えると、クラリッサが準備している薬を飲んだ。ブリュンヒルデが食器を下げて、ベルティルデによって髪飾りを外される。リヒャルダがわたしにヴァッシェンをかけると、オティーリエがすぐに着替えさせてくれて、寝台へ入るように言われた。

「レオノーレ、今はフェルディナンド様もお休みしているのですか？」

「いいえ、フェルディナンド様はアナスタージウス王子と共に中央神殿へ向かわれました。神殿長であるイマヌエルを捜すため、ハルトムートはそちらへ同行しています」

……中央神殿？　あ、聖典の鍵!?

領地の神殿長に渡される聖典の鍵が次期アウブの保険であるように、中央神殿の聖典の鍵はユルゲンシュミットの礎に繋がるに違いない。どうやらフェルディナンドはジェルヴァージオがツェントになるための手段を全て潰してしまうつもりのようだ。

……フェルディナンド様、国境門に魔力供給しないで何をやってるの!?

国境門に魔力供給する速さを競うディッターで勝負しているはずなのに、フェルディナンド一人だけ宝盗《と》りディッターをしているようだ。

「起きたら奉納舞の稽古をするように、とフェルディナンド様がおっしゃいました。王族とのお話

し合いも行うようです。今のうちにゆっくりお休みくださいませ」

……奉納舞⁉　王族とのお話し合い⁉　どういうこと⁉　聞いてないけど⁉

戦況より先に聞いておかなければならないことがあったようだ。しかし、薬が効いてきたわたしは反論することもできず、そのまま眠りに落ちた。

暗躍の報告

「お疲れは取れましたか、姫様？　そろそろ五の鐘が鳴る頃です。もう少しお休みしていても構わないと思われますが……」

リヒャルダの言葉に少し考える。まだ寝ていたいような気もするけれど、気分的には非常にすっきりしていた。下手に二度寝をするより起きてしまった方が良いだろう。

「起きます。……フェルディナンド様は戻っていらっしゃるのですか？」

「昼食はこちらで摂られて、アウブと色々な打ち合わせをしたり、方々へオルドナンツを送ったりしていらっしゃいました。今はアーレンスバッハの騎士達と離宮の方で休息を取っているはずです。姫様がアーレンスバッハのことを気にかける必要がないように、とのことでした。目覚めたら連絡するように言われています」

認証のブローチがないアーレンスバッハの騎士達は自領の寮に出入りできない。休息場所として

離宮を使えるならば、貴族院で野営するよりは休めると思う。けれど、良い思い出があるとは思えない離宮でフェルディナンドは本当に休めるのだろうか。そちらが不安だ。

「先にお茶の準備をいたしましょう。姫様には昼食代わりの軽食を準備させますね」

「お願いします。それからお茶の準備は一階に一室を準備してもらっても良いかしら？　フェルディナンド様の報告を聞きたいのですけれど」

「アウブにお伺いして、許可を得てまいります」

リヒャルダがそう言ったので、わたしは何度か目を瞬かせた。後方支援ならば、それに長けたフロレンツィアが責任者として采配を振っていると思っていたのだ。

「養母様《かあさま》だけではなく、養父様もこちらにいらっしゃるのですか？」

「今の姫様を衆目《しゅうもく》に晒すと大騒ぎになるので、明後日の昼食に王族をエーレンフェストのお茶会室へお招きしてお話し合いをすることになっています。昼食中にフェルディナンド様からのご指示があり、領主夫妻は準備に大忙しですよ」

少し現状について話をした後、リヒャルダは天蓋《てんがい》の向こうへ声をかけた。

「オティーリエ、男性の側近達に連絡を。ブリュンヒルデ、ベルティルデ。姫様のお召《め》し替《か》えを頼みましたよ。クラリッサ、フェルディナンド様の側近に姫様の起床をお知らせしてください」

天蓋に隔《へだ》てられて見えないけれど、側近達が動き出したことが物音でわかった。

ブリュンヒルデとベルティルデの姉妹が着替えを手伝ってくれる。準備されたのは初めて見る衣装だ。わたしがそれを見下ろしていると、ブリュンヒルデが困ったように微笑んだ。

「エーレンフェストで仮縫い中の衣装の完成をものすごく急《せ》かしているのです。こちらはギルベルタ商会の衣装ではなく、フロレンツィア様の専属が調《ととの》えた衣装でございます。少しでも早く完成させるために、少々の差ならば紐で調整できるデザインにしたものです。仮縫いの時点で完成品に使う生地を使って、完成を早めたと聞きました。明日にはギルベルタ商会の衣装も一着届くと思われます」

髪型を整えてくれる手が少し震えているようにも感じられて、わたしは鏡越しにブリュンヒルデを見つめる。視線を感じ取ったブリュンヒルデが少し視線を逸らして、言葉を探すように頬に手を当てた。

「……これが女神の御力なのだと思いますけれど、ローゼマイン様を直視するためには強い意志が必要なのです。近付けば近付くほど畏れ多いという感覚が強くなり、思わず手が震えてしまいます。少し離れると、ローゼマイン様ご自身がほんのりと光をまとっていらっしゃるようにも見受けられますよ」

「お姉様のおっしゃる通り、ローゼマイン様はとても神々しくていらっしゃいます。わたくし、こうして間近にお仕えできる機会があって、本当に嬉しいです」

……ねぇ、ベルティルデは目をキラキラさせて崇《あが》めるようにわたしを見てるけど、女神の御力で神々しくて畏れ多いって……それ、もう人間じゃなくない？

ハルトムートの大袈裟《おおげさ》な褒め言葉ならば聞き流せば良いだけだけれど、これまで普通だった側近達に崇めるような目で見つめられるのは、中身が全く変わっていないだけに結構居た堪れない気分

になってしまう。

「このような状態のローゼマイン様を見たら、ヴィルマはきっと絵に残そうとするでしょうし、孤児院の皆はハルトムートのように祈りを捧げると思います」

少し離れたところにいたフィリーネが眩しそうな顔でわたしを見ながらクスクスと笑う。

「普通は魔力量が大きく離れると感じられなくなりますけれど、女神の御力はどなたにも感じられるようですね。エーレンフェストから一緒に移動してきた者は皆、ローゼマイン様のお部屋の方を気にしていらっしゃいました。フェルディナンド様のご指示でお布団《ふとん》の上に銀色の布をかけた後は、あまり気にならなくなりましたけれど……」

自覚は全くなかったが、周囲はなかなか大変なことになっているらしい。この女神の御力というものは消せないのだろうか。日常生活が非常に不便極まりないことになりそうだ。

「ローゼマイン様のお休み中は、他の護衛騎士達も休憩していたので、わたくしとダームエルが護衛をしていたのですよ。二度と体験することがないようなすごい戦いだったそうですね。講堂の中で溺れそうだったとラウレンツが言っていました。全く想像できなくて、わたくしも一緒に体験したかったです」

わたしが眠っている間にユーディットとダームエルも寮に到着していたらしい。巨大洗濯機のようになっていた講堂での戦いに参加してみたかったとは、なかなかすごい感想だ。

「わたくし、講堂での戦いではユーディットの投擲が欲しいと思っていました。ユーディットが未成年で一緒に来られなくて残念でしたよ」

ユーディットの投擲ならばラオブルートに届いたのに、と思った時の話をすると、ユーディットが誇らしそうに笑った。

そんな会話をしながら着替えを終えたわたしは、やはり面倒な女神の御力を遮るための銀色の布をヴェールのように被って、お茶を飲むための部屋へ移動する。その時にわたしを抱き上げて歩くのは、身体強化が得意なアンゲリカだ。

……この銀色の布って遮光性が強くて、唯一見える足元も暗くて危険なんだよ！

できることならばレッサー君で移動したかったが、「仮に騎獣を使う許可がアウブから出たとしても、布を被って前が見えない状態でどうやって動かすのですか？」とレオノーレから冷静なツッコミを受けて諦めた。

……でも、もう小さい子供じゃないのに抱き上げられて運ばれるなんて！

布の中で一人「のおおおぉぉぉ！」と恥ずかしさに打ち震えているうちに、お茶の時間という名の報告会が行われる部屋へ運び込まれる。

「よく眠れたようだな？」

フェルディナンドの声がして、わたしは布を取った。エックハルトとユストクスが少し驚いたように目を見張り、「なるほど、これは確かに……」と頷いている。部屋に並んでいる側近達の中にはダームエルの姿もあった。

「よく眠れたことには感謝していますけれど、フェルディナンド様は休めたのですか？」

「少々薬を使ったが、しっかり休んだ」

その言葉に引っかかりを感じて、わたしはフェルディナンドを軽く睨む。

「もしかして、あの悪夢を見て飛び起きる薬ですか？」

「場所が悪くてどうせ夢見が悪いならば、薬を使った方がよく休めて効率的だ」

……つまり、あんまり休んでないってことじゃない？

わたしがむぅっと唇を尖らせている間に、側仕え達がお茶の支度《したく》をしていく。わたしとフェルディナンドの前に軽食が並んだ。どうやらフェルディナンドは碌に昼食を口にしなかったらしい。

「アーレンスバッハの騎士達が離宮を使って交代で休息を取っていることは伺いました。捕らえられていた者達はどうなったのでしょう？」

「まだ離宮に捕らえたままだ。中央騎士団が全く使いものにならぬ。彼等の罪状は王族との話し合いで決めることになった。できるだけ命を奪わぬように、という女神の意見をどうするのか話し合わねばならぬ」

……できるだけ王族に丸投げしたいってことですね。

「領主夫妻が王族の招待準備で忙しいため、アーレンスバッハの騎士達への支援はシャルロッテが采配を振ってくれている。後程改めてお礼が必要であろう」

先日のエーレンフェスト防衛戦で、フロレンツィアの代わりにシャルロッテは後方支援の責任者として活躍していたらしい。その腕を今回も振るっているそうだ。頼もしい。

「彼女は第一夫人向きだな。誰かを支えることに秀《ひい》でているように感じた」

「あら、フェルディナンド様がそのように褒めるなんて珍しいですね。お礼と一緒にシャルロッテに伝えておきましょう」

「あぁ。できるだけ大々的に行うと良い。エーレンフェストの宣伝になる」

シャルロッテの話が一段落したところで、範囲指定の盗聴防止の魔術具が作動した。側近達が範囲から出た後、わたしはブリュンヒルデが淹《い》れてくれたお茶を飲みながら口を開く。

「フェルディナンド様。わたくし、悠長に眠っていてよかったのでしょうか？　国境門の魔力供給が終わったら始まりの庭へ行かなければならないでしょう？」

「問題あるまい。待っている相手は十年の期間が開いていても気にならない時間感覚の持ち主だ。新しいツェントを連れていく、もしくは新しいツェントの選出が終わったことを報告に行った方が喜ばれるであろう」

確かにエアヴェルミーンは十年以上前の政変と今回の騒動がほぼ繋がっているような時間感覚の持ち主なので、一日二日待たせたところで大した違いはなさそうだ。

「でも、ジェルヴァージオはどうなったのですか？　戻ったところを捕らえたのでしょうか？」

「いや、いずれ回収してもらう予定だ」

「……回収、ですか？」

何だか嫌な響きである。

「フェルディナンド様、ジェルヴァージオに何をしたのですか？」

「まず、自分の転移陣が完成すると同時にジェルヴァージオの手を撃ち抜いて、集中を切らせ、描

きかけの魔法陣を消滅させて時間を稼いだ」

「エアヴェルミーン様の前で、ですか⁉」

命を大事に、と言われた場所であまりにも乱暴な時間稼ぎをしていたことに目玉が飛び出るかと思った。わたしのいたクラッセンブルクの国境門に現れた時にはすでに妨害行為をした後だったとは思わなかったのだ。

「命を奪うなと言われたところであるし、時間稼ぎのための攻撃だったので、一応傷が回復する程度の薬は渡してやったが？」

……そんな得意そうに言うことじゃないと思うよ⁉

「まず、とおっしゃいましたよね？　つまり、まだあるのですよね？　中央神殿へ向かったと聞きましたけれど……」

貴族院でフェルディナンドがしていたことは側近達の話を繋ぎ合わせれば何となくわかるけれど、中央神殿のことは全くわからない。

「神殿長の聖典とその鍵、それから、ランツェナーヴェに王として移動した者のメダルを回収してきた。その際、あまりにもイマヌエルがうるさいので黙らせたが、命は無事だ。死なないようにしてある」

……ちょっと待って。何かすごく物騒な響きだったよ、今の。

わたしは思わず自分が身につけているお守りの一つを服の上から押さえた。もしかしてここに刻まれている死なない魔法陣を使ったのだろうか。

「回収した聖典と鍵は、君に名を捧げた側近であり、神官長職にあったハルトムートが現在管理している。適任であろう?」

わたしがちらりとハルトムートに視線を向けると、壁際に並んでいるハルトムートはキリッとした顔でこちらを見ていた。寝る前に聞いた講堂での奇行は空耳だったのだろうかと思うような真面目な顔をしている。

「えーと、メダルは……?」

「メダルは領主候補生の領分ではないか。ジェルヴァージオのメダルは破棄させたが、それ以外の分は私が管理している。こちらの処遇については王族と話し合うつもりだ」

「え? あの、待ってくださいませ。先程破棄と聞こえたのですが……」

ついさっき「命は奪わぬ」と言っていたのはどの口なのか。そう思って視線を向けると、フェルディナンドはしれっとした顔で「嘘は吐いておらぬ」と言った。

「アレがギレッセンマイアーの国境門にいた時にメダルを廃棄したので、命を奪うことにはなっておらぬ。シュタープを失っただけだ。そのためにわざわざ時間稼ぎをしたり、転移陣を見張らせたりしていたのだからな」

「あ……」

突然シュタープを奪われたジェルヴァージオは、当然メスティオノーラの書も手にできなくなる。国境門への魔力供給はできず、転移陣も使えなくなって国境門から出られなくなっているはずだ。

「回収」という言葉の意味がやっとわかった。

……わたし、絶対にフェルディナンド様の敵に回りたくないよ。怖すぎる。

フェルディナンドが「王族との話し合いをする前に主犯格を捕らえておいた方が有効ではあるが、反撃する力が残っていないくらいに弱っている方が望ましい」と言いながら優雅にお茶を飲んでいる姿を見て、心からそう思う。

「……でも、フェルディナンド様。ジェルヴァージオ相手にそこまで悪辣な手を使う必要があったのですか？　それほど警戒しなくてもジェルヴァージオはあまり悪い人には見えませんでしたよ。アーレンスバッハの貴族達を襲ったのはディートリンデ様の許可を得た他の方だったようですし、話し合えば分かり合えたと……」

最初の接し方が違えば、ジェルヴァージオとは分かり合えたかもしれない。わたしの感想にフェルディナンドは「もしや危機管理に関する記憶も消えたか？」と心配そうな顔になった。

「あの者が望んだのはランツェナーヴェの者を救うこと、それからトラオクヴァール様に反逆して自分に味方した騎士達に報いることだ。今、ユルゲンシュミットにいる貴族達やランツェナーヴェの者を攻撃した我々に関しては何も口にしていない。ユルゲンシュミットのツェントを目指してはいても、思考の根本からランツェナーヴェの王だったではないか」

腹の中で何を考えているのか知れたものではない、とフェルディナンドは言った。女神が降臨した場で諍《いさか》いを起こすようなことをせずに表面だけ仲良くするくらい、貴族ならば当然のことだそうだ。女神の図書館から戻った時、わたしはフェルディナンドとジェルヴァージオがずいぶんと仲良くなったと思っていたけれど、別にそういうわけではなかったらしい。

「あの離宮で生き延びてランツェナーヴェの王になるための教育を受けながら、あちらへ向かうことを厭《いと》ってユルゲンシュミットのツェントを目指していた男だぞ？　とても真っ当な性根の持ち主だとは思えぬ。君には想像もできぬ生《お》い立《た》ちだ。理解できないままで構わないが、あまり簡単に心を許すものではない。この愚か者」

「申し訳ありませんでした」

余計なことを言ったせいでお説教を食らう羽目になった。反省しなければならない。

「ジェルヴァージオ以外にもいたランツェナーヴェの者達の扱いはどうなるのですか？」

「明後日の話し合い次第だ」

気が急いている時に、明後日というのはとても遠くに感じられる。じりじりとした気分で、わたしはフェルディナンドに尋ねた。

「王族とのお話し合いは日数に余裕があるようですけれど、急ぎではないのですか？」

「もっとも急ぐべきだったのは、ランツェナーヴェの者達の捕獲とツェントになる資格を持つジェルヴァージオの排除だ。それさえ終われば、国境門が光る様子に気付いて集合中のアウブ達や新しいツェントの選出で騒いでいる王族など待たせておいて全く問題ない。我々の回復が優先だ」

エーレンフェストやダンケルフェルガーから緊急だと連絡を入れたのに、「三日後」というような返事をしてきた者達に対して、こちらが疲労困憊《ひろうこんぱい》のまま付き合う必要はないとフェルディナンドは言い切った。アナスタージウスやマグダレーナがこちらに協力していたので、一応意見を聞き入れて大急ぎで場を整えるということで明後日のお昼になったそうだ。

「それに、明後日以降でなければ君の衣装が仕上がらないと聞いている。さすがに王族が集まる場に出るのだから衣装がなければ困るであろう？」

「衣装は大事ですよね。何だか今は見た目が大変なことになっているようですし……」

フェルディナンドの態度が変わらなすぎたせいで女神の御力について全く自覚ができなかったとわたしが文句を言うと、「中身が変わっていた間は態度も変えていたぞ」と睨まれた。

……そうか。フェルディナンド様でも女神様の前だったら態度を変えるのか。無礼者街道一直線かと思ってたよ。新発見。まぁ、発見したところで、わたしに対する態度が変わるわけじゃないんだけど。

「王族とのお話し合いまで、わたくしはどのように過ごせば良いのですか？」

「奉納舞の稽古をするように、と言っておいたはずだが？」

「……何のために、ですか？　歩く程度ならば慣れてきましたけれど、舞うとなれば話は別です。今のわたくしでは奉納舞をまともに舞えると思えません」

やりたくないと遠回しに訴えたら、「だから、稽古するのだ」と反論された。

「新しいツェントを連れて始まりの庭へ戻るためには御加護の再取得より、奉納舞の方が良い。他の者にはそう簡単に真似できぬからな。女神の化身と言っても過言ではないその見た目で、どこぞの誰かのように派手に転倒するわけにはいくまい？」

「わたくし、始まりの庭へ戻るために奉納舞を行うなんて初めて聞きましたよ!?」

そんな大役のために奉納舞をするなんて聞いていない。わたしの抗議をフェルディナンドは涼し

い顔で受け流した。

「そうか？　だが、新しいツェントを始まりの庭へ連れていくため、それから、真のツェント候補が舞えばどのようになるのか無駄吠《ぼ》えの多い外野に知らせるためにそういう流れになっている」

「流れになっているではなく、フェルディナンド様がそういう流れにしたのでしょう！」

ふんぬぅ！　とわたしが元凶を見れば、フェルディナンドがとても不機嫌な時のキラキラ笑顔になった。

「何か問題があるか？」

「……ないです。奉納舞のお稽古に励《はげ》みます」

「よろしい」

……全然よろしくないよ！　フェルディナンド様のバカバカ！

いくら睨んでみてもフェルディナンドに効果などないし、前言撤回などするわけもない。

「今の君は女神の御力の影響が強すぎて周囲を困らせるのでふらふらと出歩かぬように。奉納舞の稽古は自室で行いなさい。貴族院の実技で一発合格できる程度の技量はあったのだから、今の体の扱いさえ覚えればそれなりに舞えるはずだ」

フェルディナンドにとっての「それなり」を目指すしかないが、それほど時間はない。少しでも楽ができないものだろうか。

「奉納舞に身体強化を使えば少しは……」

「君の記憶は本当に途切れているようだな。神殿の奉納式で身体強化の魔力まで小聖杯に流れて動

けなくなったことを覚えていないのか？　それに魔法陣の上で身体強化すれば全ての魔力を吸い取られて、どこぞの愚か者と同じように倒れるぞ」

……ちょっとズルしようと思ったけどダメか。ちぇ。

フェルディナンドにものすごく冷たい目で見られてしまった。諦めて自力で舞えるように真面目に練習するしかないようだ。

「それから、アーレンスバッハの騎士達がエーレンフェスト寮まで食事を受け取りに来た時、できれば君には顔を出してもらって彼等を労《ねぎら》ったり励ましたりしてほしいと思っている」

「何のためですか？」

「女神の御力を持つ君がアーレンスバッハに対して悪意を持っていないこと、今後アウブ・アーレンスバッハとしてやっていくことを示すためだ」

わたしが王族との話し合いまでエーレンフェストで休養するのは、アーレンスバッハの者達を信用していないからではないかという見方をしている者がいるらしい。

「女神の御力をまとった君が笑顔で騎士達を労えば、愚か者を封じることも簡単だからな。私達も動きやすくなる」

「フェルディナンド様達が動きやすくなるのでしたら、そのくらいは全く構いませんよ」

わたしの日課にアーレンスバッハの騎士達の労いが追加された。

「それから、こちらに許可を。アダルジーザの離宮とランツェナーヴェの館を繋ぐ転移陣を使って、領地から物資の運び込みを行いたい」

「わかりました」

快く引き受けた途端、バサリと書類が目の前に置かれる。

「あと、こちらに目を通しておきなさい。王族への要求や話し合いの流れについて書いておいた。当日は見なくても話ができるように暗記しておくように。女神の化身として押さえるところは押さえてもらわなければ困る。これは最低限だ」

わたしは書類に手を伸ばしながら溜息を吐いた。相変わらずフェルディナンドは要求が難しくて、多い。けれど、わたしに課す以上の仕事を当人がしているので文句など言えるわけがない。

「頑張ります」

「それから、私の食事はこちらの寮で領主一族と共にすることになった。離宮やアーレンスバッハの者達の動向を君に報告するという建前で、ジルヴェスター達とも情報交換を行うためだ」

わたしに異論はない。打ち合わせの時間はできるだけ確保した方が、誰にとっても良いはずだ。軽く頷いて了承する。

打ち合わせを終えると、お茶の時間は終わりだ。よほど忙しいようで、フェルディナンドは早々に離宮へ戻っていく。わたしも自室へ戻る。やるべきことは山積みだ。

「では、ローゼマイン様。夕食に参りましょう。ご案内いたします」

六の鐘が鳴ると、ブリュンヒルデがわたしに声をかけて銀色の布を被せてくれる。アンゲリカがさっとわたしを抱き上げて歩き始めた。

「食堂と方向が違いますけれど、どこへ行くのですか？」

「情報交換できるように、領主一族は他の貴族達が使う食堂ではなく別室で食事を摂れるように準備されています。実際に差配しているのはシャルロッテ様ですよ。ローゼマイン様のことをとても心配していらっしゃいました」

わたしがアンゲリカに運ばれて食事をするための会議室に到着した時には、もう他の人達は集まっていた。ジルヴェスター、フロレンツィア、シャルロッテ、フェルディナンドの姿が見える。部屋の扉が閉められてから銀色の布が外された。

「ローゼマイン」

「お姉様」

女神の御力で光っているらしいわたしを間近で見たフロレンツィアとシャルロッテは気後《きおく》れしたように少し目を伏せたけれど、ジルヴェスターは「化けたな」と目を丸くしただけだった。

「どのようにして光っているのだ、これは？」

好奇心丸出しの顔でジルヴェスターはわたしを眺め始める。フロレンツィアに「お止めなさいませ」と窘められていたけれど、女神の御力を前にしても変わらない姿にわたしはかなり安心した。

「わたくしは自分が光っている自覚がないのでよくわからないのです。そんなに違いますか？」

「最初にフェルディナンドから話を聞いた時には何を馬鹿なことを言うのかと思ったが、これは確かに女神の化身と言われれば納得できるな」

ジルヴェスターの後ろでカルステッドも頷いている。

「中身は変わっていないのですけれど、ね」

「それは喋ればわかる。其方、女神の化身らしく見せる時にはできるだけ喋らぬ方が良いぞ」

「お父様、もうお食事にいたしましょう。女神の御力を得てもお姉様が変わらないことに、わたくしは安心いたしました。お体に別状はないのですよね？」

シャルロッテはジルヴェスターに席に着くように言った後、わたしを心配そうに見つめてくる。ブリュンヒルデが言っていた通りで、わたしは小さく笑った。

「えぇ、よく休めたので体調も戻りました。シャルロッテこそ話し合いの場を準備するのに忙しい領主夫妻に代わって、離宮へ届ける食事の采配などを頑張ってくれているのでしょう？　わたくしが休めたのはシャルロッテが頑張ってくれたおかげです。ありがとう存じます」

シャルロッテと話しながら、わたしは案内された席に着く。香辛料の多いアーレンスバッハの食事ではなく、食べ慣れたエーレンフェストの食事が運ばれてくることにホッとした。

食事の時間は報告と情報交換の時間だ。フェルディナンドが離宮や領地にいるアーレンスバッハの者達の様子を報告してくれる。

「君の許可と魔石を得たので、先程離宮の転移陣を作動させた」

これでアダルジーザの離宮とランツェナーヴェの館が繋がった。寮はまだ使えないし、領地の城と直接繋がっているわけではないので荷物などを運び込むのは大変だ。それでも全く領地へ転移できない時に比べると天と地ほどの違いがある。

「伝令を遣わしてあるので、早ければ鐘一つ分くらいで君の荷物を抱えた側近がこちらへやって来

るであろう」

ちなみに、離宮の使用許可はすでに得ている。王族に問い合わせたところ、元々わたしに与えられるはずの離宮だったそうなので、好きなように使っても構わないとジギスヴァルトに言われたらしい。フェルディナンドが不機嫌最高潮という感じの笑みを浮かべて教えてくれた。

「助かりました。ありがとう存じます、フェルディナンド様。わたくしの荷物もそうですが、アーレンスバッハへ同行した側近達の多くが荷物をアーレンスバッハへ送ったはずなので、ないと困る物もあったようです。それに、アーレンスバッハだけが領地と貴族院を行き来できないのは困りますから……どうかしたのですか、養父様？」

妙な視線を感じて首を傾げてみたが、変な顔をしているのはジルヴェスターだけではなかった。何だか周囲の顔色がおかしい。ジルヴェスターとフロレンツィアは挙動不審でカルステッドと視線を交わし合っていて、シャルロッテも何か言いたそうにオロオロしている。

カルステッドは苦い顔で、何の合図か知らないけれど、ジルヴェスターに目配せした。居心地悪そうにジルヴェスターが一つ咳払《せきばら》いをして、口を開く。

「あ～、ゴホン。ローゼマイン。フェルディナンドが離宮の転移陣を作動させたと言ったが……」

「えぇ。フェルディナンド様の魔力は供給の間に登録済みなのです。まさか女神の降臨でわたくしの魔力に変化があると思わなかったので、フェルディナンド様の登録があって助かりました」

魔力供給の間に登録されていることで領主一族と見做《みな》されているフェルディナンドは、今アーレンスバッハ唯一の領主一族としてわたしの代わりに色々と奔走してくれているのだ。救出の際に必

要だったから登録しただけだったが、人生は何が幸いするのかわからない。

けれど、わたしの回答はジルヴェスター達にとってはズレたものだったらしい。わたしでは話にならないとばかりに視線がフェルディナンドに向けられる。

「フェルディナンド、それは……その、つまり、そういう意味なのか？　最高神への挨拶さえ済ますことなく、秋を待たずに冬の到来を早めたのだな？」

「何を言っているのだ、其方は？　少し落ち着け」

「其方は落ち着きすぎだ。わけがわからぬ！」

……わけがわからないのはこっちですけど。

わたしがポカーンとしていると、フロレンツィアがニコニコと穏やかな笑顔で間に割って入る。

「ジルヴェスター様、詳しいお話は殿方同士でどうぞ。今はお食事中でしてよ」

フロレンツィアに叱られたジルヴェスターが情けない顔で口を噤んでおとなしくなったように見せかけつつ、背後のカルステッドを「其方のせいだ」と言わんばかりに軽く睨んだ。フェルディナンドは呆れたようにそのやり取りをチラリと見ただけで無言で食事を続けている。「お父様ったら」と小さく呟いたシャルロッテと目が合って、わたしはフフッと笑った。

フェルディナンドがアーレンスバッハへ行く前を彷彿とさせる何とも懐かしいやり取りだ。王族との話し合いなど、やるべきことはまだ残っているけれど、エーレンフェストでの日常生活が戻ってきた気分である。肩の力が抜けて、自然とわたしの頬は緩んでいた。

エピローグ

アウブが率いるダンケルフェルガーの騎士達は、王宮において中央騎士団の反乱を治め、貴族院の講堂においてラオブルートを討つために戦った。彼等が心置きなく戦えるのは後方支援が万全だからだと、ダンケルフェルガーの第一夫人であるジークリンデは自負している。どんな怪我をしようとも後方に戻れば何とかなる。そんな騎士の、一種の甘えとも言える信頼に応えてきたのがダンケルフェルガーの女性達だ。

今回の戦いでもジークリンデは貴族院の寮で休息できる場所を調え、回復薬や魔術具を不足なく準備し、城で作らせた食事を転移させるように手配し、癒しの魔術を使える者達を揃え、交代要員の騎士達を待機させておいた。

戦闘が始まれば、怪我などで運び込まれた騎士を癒すように指示を出し、交代要員に回復薬や魔術具を持たせて送り出す。それに加えて、連絡役の騎士からのオルドナンツを受け、領地へ戦闘の状況を逐一《ちくいち》知らせる。後方で控えているのも楽ではない。

「王宮の制圧完了！　マグダレーナ様と講堂へ向かいます」

「突然祭壇の神像が光ってローゼマイン様、フェルディナンド様、敵が一名、消えました」

「中央騎士団長の討伐《とうばつ》完了！」

「フェルディナンド様がアナスタージウス王子を連れて中央神殿へ向かいました。ハイスヒッツェをつけています」

「アナスタージウス王子が帰還。敵の討伐と此度《こたび》の戦いの終了を宣言。以後、後処理を進めつつ交代で休憩を取ります」

ダンケルフェルガー寮には連絡役の騎士から戦況を知らせるオルドナンツが次々と飛んでくる。それらを受け取り、領地と連絡を取る役目を担《にな》っているのはジークリンデだ。彼女は戦いが勝利で終わったことを知らせるオルドナンツが届いたことに安堵の息を吐いた。

「今回の戦いも長期戦にはならぬ、と伺っていましたし、実際に一日とかからずに終わりましたけれど……」

側仕えの言葉にジークリンデは「えぇ」と頷く。

「予想外の展開が多くて、アウブも苦戦していらっしゃいましたね」

アウブ・ダンケルフェルガーであるヴェルデクラフは、戦いに出る前から長期戦にはならないと言っていた。ローゼマインが礎の魔術を押さえたことによって、ディートリンデに味方するアーレンスバッハの貴族達は加勢できない。また、ローゼマインがアーレンスバッハの国境門を閉ざした今、ランツェナーヴェからの援軍も来られないし、船もないので敵は自国へ逃げることもできない。中央騎士団のラオブルートが怪しい動きをしているようだが、中央騎士団の全てが彼に従うことはない。敵に援軍がほとんどないのだから潜伏している離宮を圧倒的大人数で夜討ちすれば、それほど時間をかけずに勝利できる。そう分析されていたからだ。

だが、実際の戦いは予想からずいぶんかけ離れたものになった。アダルジーザの離宮への攻撃とほぼ同時に王宮で中央騎士団の反乱が起こり、ダンケルフェルガーへ救援要請が出されたからだ。王の剣であるダンケルフェルガーはすぐさま王宮へ向かった。いくらラオブルートに唆されたところでツェントに反逆する騎士など多くない。そう思われていたが、その人数は想定よりずっと多かった。

そのうえ、どういう手段を使ったのかわからないが、敵がグルトリスハイトを手に入れてしまっていたようだ。戦いの途中で水没しかけたとか、ローゼマイン、フェルディナンド、ジェルヴァージオの三人が祭壇上で姿を消したなどと報告するオルドナンツが届いたし、何故か中央神殿まで戦いの現場になったらしい。

……本当にわけがわかりませんわね。

オルドナンツで細々と報告を受けていたけれど、ジークリンデには戦闘の中で何が起こっているのか理解できなかった。ダンケルフェルガーの第一夫人として度重なるディッターを見てきたし、戦いの中で不慮の出来事が起きることには慣れているつもりだったが、それでも今回の戦いは予想外の連続だった。

「殿方の戦いは終わったようですけれど、わたくし達の戦いはまだ終わっていません。これから騎士達が順次戻ってきます。休息場所と食事の提供を始められるように準備を」

「かしこまりました」

騎士達の側仕えが待機している多目的ホールへ、食事が運び込まれている食堂へ、転移の間に詰

めている騎士へ、次々とオルドナンツが飛んでいく。夜通し戦った騎士達に休息を与えるために、領地に勝利と戦闘終了の知らせを届けるために。

騎士達が交代で休息に寮へ戻ってくる中、アウブ・ダンケルフェルガーであるヴェルデクラフが戻ってくるのは最も遅かった。けれど、それは仕方がない。戦いそのものよりも後始末の方が政治的には大事で、それにはアウブの意見が必要になる場面が多いからだ。

「今、戻った」

「おかえりなさいませ、アウブ・ダンケルフェルガー」

側近達と共に出迎えたジークリンデは、ヴェルデクラフの表情の険しさに少し眉を上げた。本人は無自覚かもしれないが、まだピリピリとした戦いの空気をまとったままで赤い目が険しい。気分を切り替えさせるためには、戦いを共にした騎士から少し離した方が良さそうだ。

「お食事の前に洗浄いたしますね」

ジークリンデが軽く手を振ると、側仕え達が進み出てきた。同時に、寮で待機していたアウブの護衛騎士が交代を告げる。戦闘に出ていた護衛騎士達は側仕えから洗浄の魔術を受けて次々と食堂へ向かっていく。ジークリンデはヴェルデクラフに洗浄の魔術をかけると、「あちらのお部屋に食事の準備をさせています」と騎士達とは別方向へ歩き始めた。

「こちらの様子はどうであった?」

「寮内は特に問題ございませんでした」

ジークリンデはヴェルデクラフを会議室の一つに案内しながら側仕え達に指示を出していく。戦後の処理、特に王族の言動やそれに対する領主夫妻の会話は臣下に聞かせない方が良いことも多い。食事の準備をしている側近達を下げられる時を見計らいながら、ジークリンデは戦闘中の寮内の様子を語る。

「夜明け頃まではハンネローレも頑張ってくれましたよ」

ハンネローレはジークリンデの交代要員として貴族院の寮で待機し、母と共に後方支援を担っていた。ハンネローレはアーレンスバッハでのランツェナーヴェ掃討戦からゲルラッハの戦い、エーレンフェストでの祝勝会と明け方まで起きている生活を数日間続けていたことで、夜に上手く眠れない体になっていたらしい。そのため、ジークリンデが戦闘前に仮眠を取っていた夕刻から夜明け頃まで寮で後方支援の指揮をしていた。

「ディッターの恥を雪《すす》げたことで、騎士達の目も変わりました」

「それは重畳《ちょうじょう》」

騎士達を率いてアーレンスバッハへ向かい、勝利したことでハンネローレは信用を多少回復できたらしい。本人も少し自信を持てることがあったのか、顔を上げて皆に指示を出していた。ローゼマインに協力した中で最も収穫が大きかったことだとジークリンデは思っている。

「領地の方はどうだ？　レスティラウトは礎の間で退屈していたのではないか？」

食事に手をつけながらヴェルデクラフは領地の様子を尋ねる。ジークリンデは側近達に部屋から出て待機しておくように指示した後、息子を揶揄《やゆ》するような物言いに少し呆れた顔になって夫を見た。

「散々脅した方が何をおっしゃるのかしら？」

ダンケルフェルガーに敵が攻め込んでくる可能性はほとんどなかったにもかかわらず、次期領主として礎の魔術を継承したレスティラウトは礎の間で待機して一晩を過ごさなければならなかった。それはアウブ・ダンケルフェルガーが脅したからだ。「真夜中に少数で城以外の場所から攻め込まれ、たった鐘二つ分の時間もかからずに礎の魔術を奪われたアーレンスバッハという前例を、我々が実際に目にしたのはたった数日前のことではないか」と。

もちろんヴェルデクラフは間違ったことを言ったわけではない。ローゼマインがどのような手段でどこから他領の礎の間に入り込んで礎の魔術を奪ったのか、同行したハンネローレも別行動を求められて詳細がわからなかったくらいだ。そんな状態で「敵は来ないだろう」と自領の礎の魔術を放置できるわけがない。

「脅したと言うが、実際の戦いで最悪の事態を避けられるように対策を練るのは当たり前だ。長時間、本気で警戒し続けた経験もなかった若い騎士達にとっては良い経験になっただろう」

「えぇ。先代領主から同じようなお言葉がございましたよ」

礎の間にレスティラウトが詰めている間、領主執務室に交代で詰めていたのは先代領主を始めとした領主一族だ。

「二と半の鐘が鳴った頃にクラッセンブルクから国境門が光ったことに対する問い合わせがございました。中央が戦闘直後で他領からの問い合わせに対してまともに機能しておらず、ダンケルフェルガーはアウブがいらっしゃらないので緊急連絡用の水鏡に応答がなく、魔術具の手紙を使われた

ようです。城から寮へ転送されて来ましたが、ずいぶんと動揺していらっしゃる文面でしたよ」

日が昇ってそれほど経たない時間に突然国境門が光ったという手紙だった。協力を要請してきたダンケルフェルガーならば何か知っているのではないかと考え、中央での様子と王族達の安否と国境門で何が起こっているのか問われている。手紙を手に取ったヴェルデクラフは文面に視線を走らせた後、「相変わらず腰の重いことだ」と手紙を放り出した。

「領主執務室にいた方々は、ダンケルフェルガーの国境門が光ったのは真夜中だった、とお返事をしたそうですよ。数日前のことですし、光っただけではなく屋根の部分が開いてローゼマイン様がグルトリスハイトを手にして現れましたけれど、嘘ではございませんものね。……それで、実際は何がございましたの？」

グルトリスハイトを持つローゼマインが国境門に何かしたことは、ジークリンデにもわかる。だが、クラッセンブルクやギレッセンマイアー、ハウフレッツェの国境門を何のために光らせたのか理解できない。協力を要請したわけでもなければ、攻め込んだわけでもなく、国境門を開いたわけでもない。ただ光らせることにどのような意図があったのか。その意図や理由によっては、国境門のある領地に何かしらの知らせが必要になるかもしれない。

「女神のご指示らしい」

「……確認させていただきたいのですけれど、神妙な顔で戯《ふざ》けていらっしゃるのかしら？」

真面目な話をしている時に何を言い出すのかとジークリンデが睨むと、ヴェルデクラフは「違う」とすぐさま否定した。

「フェルディナンド様がそうおっしゃったのだ。ローゼマイン様に英知の女神メスティオノーラが降臨し、魔力枯渇によるユルゲンシュミットの崩壊を防ぐために国境門を次期ツェント候補の魔力で満たすことになった、と」

詳細に説明されてもジークリンデは釈然《しゃくぜん》としなかった。言葉を重ねられた方が余計に嘘臭く思えてしまう。女神が降臨とは一体どういう状態なのか。

「それを信用してよろしいのですか？」

「今、ローゼマイン様には女神の御力が溢れていて、一目でそれとわかる状態になっているそうだ。……私は見ていないが」

最後にボソボソと付け加えた様子を見ていると、都合良く誤魔化されたり騙されたりしているのではないかとジークリンデは疑ってしまう。

「ゴホン、女神の降臨についての話は後回しだ。国境門の問い合わせに関しては戦後処理が落ち着いてから対応すれば良かろうという話になっている。今回の戦いに参加しなかった領地は落ち着くまで貴族院への立ち入り禁止。ふらふらと迷い込んだら敵と見做して問答無用で切り捨てる……と王族から他領へ通達が送られた。現状は貴族院の寮で待機して情報収集をしているようだが、我々は基本的に黙秘だ。勝手に情報を漏らすなと言われている」

その指示は王族から出たものではないはずだ。王族はできることならば、クラッセンブルクやギレッセンマイアーなどの自分達に味方してくれる領地と連絡を取り合い、少しでも立場を固めたいだろう。けれど、それを排除するための通達が出た。誰が出させたものか、ジークリンデにはすぐ

にわかった。

「邪魔者を徹底的に排除する心積もりなのですね。全てはフェルディナンド様の手中にあるということですか？」

「おおよそ間違ってはいないな。王宮へ向かって中央騎士団を制圧し、ツェントを助け出してラオブルートを討伐したのは我々だが、フェルディナンド様に全て持っていかれた気分だ。勝利のために手段を選ばぬ心意気は好ましいが、手段が悪辣で卑怯《ひきょう》極まりない。訓練ならばともかく、命運がかかった戦いでは敵に回したくない相手だな」

ヴェルデクラフの口から出た言葉だとは思えず、ジークリンデは目を丸くした。

「珍しいこと。強敵の方が燃えると常々口にしていて、戦いの気配を察知したら飛び出していこうとする貴方が敵に回したくないとおっしゃるなんて……」

「戦闘中に戦後の政治的な部分を見据え、敵の弱点を突きながら勝敗を調整するような相手だぞ。純粋な力比べならばいくらでもしたいが、勝敗が最初から見えている頭脳戦で自分や守りたい者の命を懸けたいとは思えぬ。もちろん命運が懸かった事態に逃げるつもりは毛頭ないが……」

ヴェルデクラフがカトラリーを置いてゆっくりと息を吐いた。どんな戦いでも首を突っ込みたいと体現していた彼が考えを変えるほどの強烈な経験だったらしい。若い騎士だけではなく、アウブにとっても良い経験だったようだ。

「ローゼマイン様から本物のディッターに誘われた時は高みの見物を決め込むつもりだったが、困ったことにフェルディナンド様がそうさせてくれぬ。私は休みたいのだが、どうにかならぬか？

次々とダンケルフェルガーに仕事を振ってくるのだ」

助けを求めるようにこちらへ視線を向けるヴェルデクラフに、ジークリンデはニコリと微笑んだ。

「わたくしはお止めしたのに、自ら参加すると言い張って暴れるだけ暴れたのです。フェルディナンド様がせっかく準備してくださった貴重な機会ですから、後処理の大変さもじっくり経験なさいませ」

「だが、夜通し戦っていたのだ。休息は必要だぞ」

「いいえ、お休みの前に情報共有が先ですよ」

ジークリンデは情報を求める。オルドナンツで報告を受けていても、全く理解できないことが多かった。なるべく早く対処しなければならないことが山ほどあるはずだ。

「なるほど。では、先に伝えておくか」

小さくそう呟いた後、ヴェルデクラフは何ということもなさそうな顔でジークリンデを見た。

「明後日の昼食はエーレンフェストのお茶会室で摂る予定だ。そこで王族との話し合いを行う」

ジークリンデはヒュッと息を呑んだ後、すぐに言葉を発することができなかった。

「……わたくし、初めて伺いましたわ。決定ですの？」

「領主会議までに時間がない。新しいツェントをどうするのかという問題を含めて、今回の戦いに関係した者だけで話し合いをするそうだ」

本来ならば主催者が招待客にお伺いを立て、側仕えを通して日取りを調整してから正式に招待するものだ。しかし、ジークリンデは日程について何の相談も受けていない。戦いの後始末をしてい

たヴェルデクラフやマグダレーナとは話をしたのかもしれないが、おそらくジークリンデと同様に、ほとんどの王族も日程の相談をされなかったに違いない。

……王族相手に主催者が日取りの調整をしない上に、場所はエーレンフェストのお茶会室ですって？

「エーレンフェストは今回の戦いに関与していないでしょう？　何故エーレンフェストが主催するのですか？」

自領で戦いが起こって中央のいざこざに協力することが難しいため、ダンケルフェルガーに中央や他領とのやり取りを頼む、とアウブ・エーレンフェストに言われたと聞いている。それなのに、最も重要な話し合いをする昼食会の主催者をエーレンフェストが務める意味がわからない。ローゼマインが今後アウブ・アーレンスバッハとして立ち、女神の化身として王族に対応するつもりならば、エーレンフェストに任せるべきではない。

「今回の戦いでエーレンフェストがローゼマイン様の後方支援を担っているからだとフェルディナンド様はおっしゃった」

「今後のエーレンフェストの立場を強化するための建前ではなくて？　戦いにおける関与がございましたの？」

ジークリンデの赤い目がじっとヴェルデクラフを見つめる。誤魔化しを許さない厳しい目に見つめられても、ヴェルデクラフは表情を変えずに軽く手を振った。

「どの程度の後方支援をしているのか知らないが、今もローゼマイン様はエーレンフェスト寮で休

んでいるそうだ。それに、エーレンフェストから最初の警告があったこと、アウブ・エーレンフェストがフェルディナンド様の救出を決意したことで今回の件が明るみに出たこと、フェルディナンド様の存在が勝利に繋がったことは事実だ」

ヴェルデクラフの言葉にジークリンデは少し考える。確かにエーレンフェストからの呼びかけが全ての発端《ほったん》だった。それに、ローゼマインがエーレンフェスト寮で休んでいるならば、彼女はまだアーレンスバッハの貴族を掌握《しょうあく》できておらず、安心して休めないのだろう。

……無理もありませんわね。

ローゼマインがアーレンスバッハの礎の魔術を得てからまだ十日も経っていない。ハンネローレの報告が正しければ、そのうちのほとんどは戦いと体調不良だ。共に戦った騎士以外の貴族とはほとんど接触していない。信用できる貴族の選別さえできない状況だったことは明白である。

「グルトリスハイトを手にしたり他領の礎の魔術を奪ったりしているせいで、政治的な側面ばかりを考えてしまいましたが、ローゼマイン様はハンネローレと同学年の未成年ですもの。親兄弟のいるエーレンフェストを頼るのはおかしいことではありませんわね。専属料理人達もまだアーレンスバッハへ移動できていないでしょうし、領地が違えば料理に使われる素材も変わりますもの」

エーレンフェストが昼食会を主催する理由を見つけてジークリンデが納得していると、ヴェルデクラフは肩を竦めた。

「其方が最初に考えた通り、フェルディナンド様の思惑が大きいのも間違いではないな」

「あら、フェルディナンド様に完全に主導権を握られているのですね。エーレンフェストのような

中位領地の若輩者《じゃくはいもの》を相手に珍しいこと」

いくら優秀とはいえ、フェルディナンドは年下で中位領地の領主一族だ。エーレンフェストやアーレンスバッハで執務を任されていたようだけれど、彼はあくまでも補佐の立場だった。領地の責任者の立場で領主会議に出たこともない。上位領地のアウブを何年も務めてきたヴェルデクラフが主導権を譲るとは思わなかった。

「ただの若輩者ではないぞ。祭壇に光が降り注いで消えたのはローゼマイン様、フェルディナンド様、ジェルヴァージオの三人だった。そのうちの二人がグルトリスハイトを持つツェント候補、ならば残る一人もその可能性が高いのではないか？」

フェルディナンドがグルトリスハイトを持っている可能性を示唆《しさ》されて、ジークリンデは目を見開いた。それではお互いの力関係を考える上での前提が全く変わってくる。戦闘中のダンケルフェルガーが選択した悪手がいくつか思い浮かんで、頭を抱えたくなった。ダンケルフェルガーの立場に優位性がないことと、フェルディナンドが次期ツェントになる可能性を含めて先のことを考えなければならない。

「フェルディナンド様が次期ツェントになる可能性はどのくらいございます？」

「絶対にツェントになるつもりはないだろう。そうでなければ、私を次期ツェントにしようとは言うまい」

戦いの直前に出された交換条件をジークリンデは思い出した。あれを言い出したのはフェルディナンドだと言っていた。

「ヴェルデクラフ様、貴方が次期ツェントになる可能性はまだございますの?」

「さて……。マグダレーナやアナスタージウス王子の働きをローゼマイン様やフェルディナンド様がどのように評価するか。正確にはフェルディナンド様次第だと思っている。私としては今の王族の誰かにグルトリスハイトが与えられることを望んでいるが、どうなるか」

ヴェルデクラフは「今の王族の誰か」と言った。ただの望みを口にしているだけなのに、今までグルトリスハイトのない中で努力してきたトラオクヴァールの名前が出ていない。

「トラオクヴァール様は……」

「残念ながら、ないな。私はハイスヒッツェの報告しか知らぬが、最も重要なところでツェントとしての責任を放棄し、フェルディナンド様にツェント失格の烙印を押されたようだ」

そこでヴェルデクラフは苦々しい顔になった。眉を寄せて、悔しそうに呻く。

「マグダレーナによると、トラオクヴァール様にはトルークが使われていたらしい。甘い匂いがしていて、一見普通そうに見えるのに、ある事柄に関すると突然会話が成立しなくなる。その様子がトルークを使われて支離滅裂《しりめつれつ》な供述をしていた騎士と酷似《こくじ》していたそうだ」

「そんな……。情状酌量《じょうじょうしゃくりょう》の余地はございませんの? トラオクヴァール様が今までどれほど国のために尽くしてきたか、ユルゲンシュミットの貴族ならばご存じでしょう?」

ジークリンデも苦い思いで唇を震わせる。トラオクヴァールは政変を終わらせるためだけに担ぎ出された王族だ。第五王子でツェントになる可能性など全くない状態で育ったし、政変が起こっても彼にはツェントになる気はなかった。

だが、グルトリスハイトを継承した第二王子と、病で臥《ふ》せっていた当時のツェントを殺害し、グルトリスハイトを失い、政変を起こした第一王子をツェントとして戴くことはできない。そう考える貴族が多かったことで、第三王子や第四王子も政変に巻き込まれた。

トラオクヴァールもまた本人の望みに反して担ぎ上げられ、最終的にツェントになった。ひとまずユルゲンシュミットには平和が訪れたが、グルトリスハイトがないとできないことは多い。中央神殿からはグルトリスハイトを持たないツェントとして軽んじられる中、トラオクヴァールはユルゲンシュミットを維持するためにずっと努力してきた。

「わかっている。だが、トルークを使われた騎士や貴族に対して、今まで情状酌量があったか？それに、フェルディナンド様は王命を受けた側だ。王権を振るう側のトラオクヴァール様が責任を放棄することを許すか？」

ジークリンデは反論する言葉も思い浮かばず、項垂れるしかなかった。彼女の記憶の中で、王命を受けた後のフェルディナンドは領地対抗戦で勝手気ままに振る舞うディートリンデに困り果て、アーレンスバッハのお葬式でランツェナーヴェの者達や貴族達に軽んじられていた。

……王命を下したツェントに好意的な気持ちになれるとは思えませんね。

その時、その時でトラオクヴァールがユルゲンシュミットにとって必要な選択をしてきたことは間違いないだろう。だが、その犠牲となっていたフェルディナンドがどう感じていたのか。ユルゲンシュミットの平和のために不快な王命を受け入れたにもかかわらず、それを命じた当人が責任を放棄した姿をどう思うのか。

「状況判断をするための情報がラオブルートによって歪められていた可能性は高いが、それは情報の取捨選択を誤った者の責任となるだろう」

「えぇ、警告を発し続けていたエーレンフェストにとって、それが情状酌量の余地になるとは思えません。正確な情報を得られなかった方が悪いと判断されるでしょう」

上に立つ者は責任が重い分、判断するためにはできるだけ様々な情報を得られるように手を回さなければならないし、信用できる者を選ばなければならない。それも力量の一つだ。

「ユルゲンシュミットの今後を思うならば、必要なのはグルトリスハイトを得た正当なツェントだ。そのツェントを選ぶ際に、トルークを使われ、戦いにおいてツェントとして最も重要な責任を放棄したトラオクヴァール様を推せるか？　今後もユルゲンシュミットを委ねられるかどうか、正直なところ私も疑問に思っている」

ヴェルデクラフはゆっくりと息を吐いた。トラオクヴァールの今までの功績と現状は別に考えなければならない。トルークの影響がいつ消えるのか、いつまで続くのか、全く問題ないと誰が判断するのか。彼が今後も責任を放棄しないと誰が保証するのか。一度責任を放棄した者をどこまで信用して良いのか。

「ダンケルフェルガーは王の剣。ツェントの危機とその要請には何をおいても向かうが、ツェントの座を投げ出す者の弁護や援助はせぬ。話し合いで我々は基本的に傍観者の立場を取ることになるだろう」

もうトラオクヴァールの剣ではない。そう言い切ったヴェルデクラフの言葉に、ジークリンデは

目を伏せた。

ダンケルフェルガーは王の剣であることを初代のツェントに誓ったと伝えられている。ユルゲンシュミットとエアヴェルミーンのために全ての魔力を捧げるツェントは、もし敵から攻撃されても我が身を守り、敵を討てるとは限らない。だからこそ、代わりに戦える者が必要になる。ダンケルフェルガーではアウブになる際、その責を担うことを誓う。アウブ・ダンケルフェルガーとは、ツェントの武器の象徴であるエアヴェルミーンの双剣となる者を指すのだ。

「戦いの前に話していた通り、貴方が次期ツェントを目指してみますか？　計画通りに進められれば、ユルゲンシュミットに大きな混乱は訪れないでしょう」

ヴェルデクラフが次期ツェントに任じられた場合、ヒルデブラントと養子縁組をしてヴェルデクラフ自身は中継ぎのツェントとなり、次代は今までの王族に繋ごうと計画していた。それならば、他領の貴族達の反感も最低限に抑えられる。

「いや、あの計画は潰れた。ヒルデブラント王子が犯罪者になったからだ」

「何ですって!?」

「アルステーデがランツェナーヴェの者達をアーレンスバッハの貴族としてメダルに登録し、ラオブルートに唆されたヒルデブラント王子が秘密裏に最奥の間を開けてシュタープを得た。それに乗じて敵がシュタープを得たらしい。今回の戦いにおいて、あまりにも罪が重い」

ヒルデブラントがいくら幼くても無罪にはならない。彼は王族で、そういう事故を防ぐために側近がいるからだ。

「何故その幼さでシュタープを得ようと思ったのですか？　領主会議で決められたように貴族院の三年生まで待てば、魔力量も属性数も御加護の数も他の王子よりよほどツェントに相応しく育ったでしょうに……」

「いくら王族の数が少なくなったとはいえ、洗礼式と同時に離宮を与えられたのが良くなかったと私は思っている」

本来ならば、王族も領主候補生と同じように王宮にある北の離れで側近達と生活しながら独立の準備をする。だが、政変と粛清《しゅくせい》によって魔力と人材不足に陥っている王宮では、王子達にその期間が与えられなかった。アナスタージウスもヒルデブラントも洗礼式直後からいきなり離宮の一つを管理させられたのである。

北の離れならば、使用する食堂は親と同じだ。食事やお茶の時間を共にできるが、離宮の主になれば食事は自分の離宮で摂ることになるし、お茶会の誘いは親子であっても事前に予定を決めなければならない。親と会ったり話をしたりする機会はほとんどなかったはずだ。当然、親の目も届き難くなる。

「ヒルデブラント王子に継がせることが難しくなったのでしたら、貴方がツェントに任じられたらどうするのですか？」

「さて、ジギスヴァルト王子かアナスタージウス王子の子がいれば、その者に頑張ってほしいところではあるが、どうしたものか」

戦いに出る前とはずいぶんと前提条件が変わってしまったと思う中で、ジークリンデはふと気付

いた。そういえば戦いの報告でアナスタージウスの名前は何度も出てきたが、ジギスヴァルトの名前を聞いたのはこれが初めてではないだろうか。

「今回の戦いで次期王のジギスヴァルト王子が完全に外されていることには何か意図がございますの？　報告では名前を伺っていないように思うのですけれど……」

「ハイスヒッツェの報告では、弱点の明確なアナスタージウス王子の方が動かしやすいとフェルディナンド様がおっしゃったそうだ。だが、其方にそう言われると裏があるようにも思えるな」

ヴェルデクラフは少し考えるような仕草を見せた後、頭を左右に振った。

「いずれにせよ、ジギスヴァルト王子が出てきたところで戦闘時は全く役に立たなかったと思うぞ。私もあの方にわざわざ声はかけなかった」

「騎士としての訓練をどの程度受けているかわかりませんものね」

「それだけではなく、あの方は次期王としての矜持が高い。講堂で戦ったり中央神殿に赴いたりする中で、あの方に的確な指示が出せるとも、私やフェルディナンド様の指示に従えるとも思えぬ」

戦いにおいて指示に従えない者は不要だ。予想外の動きをされれば、そこから敗北に繋がることは多い。実力がないのに上に立ちたがる権力者は邪魔だとヴェルデクラフは言った。

「ひとまずの脅威は去ったが、まだ終わったわけではない。とはいえ、王族との話し合いの流れはフェルディナンド様の思惑に沿ったものになる。ここでいくら私達が考えたところで、さほど意味はなかろう」

夫の声が眠そうな響きを帯びている。食事を終えて、眠気が襲ってきているようだ。そろそろ話

を切り上げて、休息させた方が良い。ジークリンデはヴェルデクラフの手の甲を軽く叩いて立ち上がるように促す。

「貴方は少し休憩なさいませ。わたくしは明後日の昼食会に向けた指示を出しておきます」

「任せる」

立ち上がる途中でヴェルデクラフは何かに気付いたように目を瞬かせ、その指先でジークリンデの目尻の近くをトンと軽く押さえた。それは寝不足や根の詰めすぎを指摘する夫の仕草だった。ジークリンデは少しだけ視線をさまよわせる。

「……それほど顔に出ているかしら？」

「まだ側近が案ずるほどではないが、適度に休め」

ヴェルデクラフがフッと笑ったことで、彼のまとう空気や表情が戦いに向けるものから気の抜けた日常に変化していることに気付いた。つられてジークリンデもフッと笑う。

「此度の勝利、お見事でした。後のことはわたくしに任せてお休みなさいませ。ヴェルデクラフ様へシュラートラウムの祝福と共に良き眠りが訪れますように」

中央の戦い

イマヌエル　帰還した傍系王族

中央神殿の神殿長室に白い鳥が飛び込んできた。神殿長室にいる者の視線が全てそちらへ向く。小さな白い鳥は机の上で手紙に変化して、私の目の前にひらひらと落ちてきた。魔術具の手紙だ。それには緑のインクが使われているのが見える。緑のインクということは、差出人はラオブルート様で祈念式の申請を王宮にせよという命令書だ。

私が手に取るより先にカーティスが手に取って目を通していく。カーティスは神殿長である私に仕えている側仕えだ。生活の世話をする灰色神官と違って、執務の補佐しかしない青色神官だが、中央神殿ではひとまとめに側仕えと言われている。

「イマヌエル様、こちらのお手紙には差出人の名前がございませんし、内容もよくわからないのですが……」

不可解そうなカーティスの手から私は手紙を受け取った。神殿長室に届く手紙類は側仕えが一度内容を検《あらた》めてから神殿長に届けられるのだから、彼は自分の仕事をしただけだ。それがわかっていても気分が良くないのは、ラオブルート様から届いた手紙だからだ。見られたところで差出人も内容もわからないようになっているとはいえ、他者にあまり見られたい物ではない。特に、カーティスは亡くなった前神殿長のレリギオン様に仕えていた青色神官だ。

……レリギオン様を殺したのは、実質ラオブルート様だからな。

レリギオン様は愚かな神殿長だった。それはローゼマイン様を中央神殿の神殿長にしたいと私が望むと、「何を言うのか⁉　神殿長は私だ！」と怒りを表していたことからもわかる。ずいぶんと自信家だった。何故ローゼマイン様が中央神殿に入った後も神殿長を続けられると思えるのか理解に苦しむ。本物の神具を手にしている彼女こそ、中央神殿の神殿長に相応しい。彼女の下ならば本物の神事を行えるというのに、それをレリギオン様は拒絶したのだ。意味がわからない。神々や祈りに対する真摯《しんし》さが足りない神殿長だった。

彼は古《いにしえ》の神事を蘇らせることに関心が低く、新たなツェント候補の帰還に非協力的な態度を見せたため、ラオブルート様にとっても邪魔な存在になったらしい。神殿長の地位に執着し、グルトリスハイトを手にできる新たなツェント候補の帰還さえ拒絶した彼は、ラオブルート様の持つ毒によって消された。

「イマヌエル様、どなたからのお手紙でしょう？　お心当たりはございますか？」

私はカーティスの声にハッとした後、「私にもわからぬ」と手紙を彼に差し出した。処分しておけという意図を察してカーティスは手紙を受け取ったが、その後も私の様子をじっと見ている。

……フン、面倒な……。

カーティスは突然死したレリギオン様の死を怪しんでいるようで、私に届く手紙には必ず目を通している。ラオブルート様からの魔術具の手紙は差出人や内容がわからないからこそ不審に思えるのだろう。側仕えを解任してカーティスを追い払いたい気持ちは強いが、私は神殿長になってから

まだ日が浅く、彼の助けがなければ神殿長の仕事はできない。少なくとも一年間は解任できないのだ。忌々しい。

「カーティス、祈念式のために貴族院を訪れたいと王宮へ手紙を出しなさい。祈念式の大事さを説き、すぐにでも我々を入れるべきだと訴えておくように」

手紙の件はこれで終わりだと、私は仕事を与えて下がらせる。カーティスは私と手紙を何度か見比べ、こちらの様子を気にしながら下がっていった。他の側仕え達にもそれぞれ仕事を命じて周囲から排する。

皆が立ち去ったのを確認してから立ち上がると、私は早足で神殿長室の中にある扉の一つに向かう。首元から鍵を引き出すと、その扉を開けて入った。ここは神殿長でなければ扱えない物がたくさん置かれている保管室で、神殿長でなければ入れない場所だ。そのため、ラオブルート様は中央神殿長の協力を取り付けたがった。拒否したレリギオン様は亡くなり、協力を申し出た私が神殿長に就いたのである。

私は部屋の中を見回すと、ランツェナーヴェへ移動した者のメダルが保管されている場所に向かった。平たい箱の中には白いメダルが二つ並んでいる。

「この中で最も新しい物……。こちらか」

私は片方のメダルを手に取ると、メダルを持ち出す際に使う小箱に収めて神殿長室に戻った。こうしておけば王宮から貴族院への立ち入り許可が出たらすぐに持ち出せる。カーティスから不審に思われることもないだろう。机の引き出しに小箱を入れながら、そのメダルに登録されている者に

ついて思いを馳《は》せた。

……ラオブルート様の計画通り、新たなツェント候補が帰還したのか。

ラオブルート様から話を聞いただけだが、このメダルの登録者は新たなツェント候補らしい。ランツェナーヴェの王になるために成人を機に移動した傍系王族で、グルトリスハイトを手にして正当なツェントになるそうだ。

本人確認をしてからの話になるが、これでユルゲンシュミットのツェント候補は三人になる。選別の魔法陣を光らせたアーレンスバッハのディートリンデ様、本物の神具を出して神事を行えるエーレンフェストのローゼマイン様、それから、ランツェナーヴェから帰還した傍系王族。

ラオブルート様は王族の報告や話し合いの場に同席することが多いため、グルトリスハイトの入手の仕方やそのための条件を知っているらしい。私が調べられる範囲にはない情報なので正しいかどうか定かではないが、生まれながらの全属性である王族でなければグルトリスハイトは入手できないそうだ。

エーレンフェストのローゼマイン様は近いところまで進んでいたが、王族ではないため弾かれたらしい。そのためトラオクヴァール様は領主会議でローゼマイン様と養子縁組をして王族に迎え入れようとしていると聞いた。

……ふざけるな。

あれほど中央神殿の神殿長と古の神事を蘇らせる計画に相応しい者はいない。それなのに養子縁組で王族に奪われては困る。だから、私はラオブルート様と手を組むことにしたのだ。

……その傍系王族がグルトリスハイトを手に入れてくれれば、ローゼマイン様を中央神殿に入れることに何の支障もなくなるな。

私はローゼマイン様が手にしていた本物の神具の輝きを思い出し、ほぅと感嘆の溜息を吐いた。神殿にある神具と違い、魔石が美しく緑色に輝いていたフリュートレーネの杖の神秘さを思い出すだけで胸が熱くなる。闇の神のマントが広がり、光の女神の冠が輝いた星結びの儀式を思い出すと、興奮で体が震える。

私はあれが欲しいのだ。あれは神殿にこそ相応しい。神殿長として神々に仕えることが似合う者などローゼマイン様をおいて他にいない。

ラオブルート様の推す傍系王族がグルトリスハイトを手に入れられるように協力すれば、私は褒賞としてローゼマイン様を与えられることになっている。そうすれば、本物の神事を行える聖女が中央神殿の神殿長となり、私は神官長として正しい神事を復活させられる。その日が今から待ち遠しくてならなかった。

貴族院への立ち入り許可が出たのは、ラオブルート様の手紙が届いてから三日後だった。普段ならば文官がすぐに立ち会ってくれるのだが、何やら王族に危機が迫っていたようで、「何事もないことを確認してからだ。せめて安全を確保できるまでは待て」と言われたのだ。

中央神殿の我々は王宮を経由し、王族か彼等に委任されて扉を開ける魔石を持った文官が同行しなければ貴族院の講堂の奥にある祭壇へ行くことができない。中央のための神事を行うというのに、

自分達が軽んじられていると感じるのはそういう時だ。

「おや？」

王宮にある集合場所へ向かうと、何故か今日は王子が二人とその護衛騎士達、それに加えて多くの中央騎士団の者達がいた。何があって、王子が二人も同行する事態になっているのか知らないが、ラオブルート様が共にいる。ならば、この事態は彼の計画の一つなのだろう。

「行くぞ」

アナスタージウス王子を先頭に、我々は中央騎士団に囲まれるような形で講堂へ向かった。貴族院の転移扉が並ぶ回廊には見張りをしているらしき騎士達の姿がいくつもある。

「本日はずいぶんと物々しいのですね、何かあったのですか？」

「其方等が知る必要はない」

ラオブルート様からは取り付く島もない答えが返ってきた。私との繋がりを他者に感じさせないためだろう。計画通りに進んでいるのか、比較的機嫌は良さそうだ。

「私が開けます」

講堂の鍵が開けられて中に入ると、ヒルデブラント王子が魔石を使って最奥の間に繋がる扉を開ける。虹色の幕がかかったような扉を通り抜けると、神像が並ぶ祭壇が見えた。

「では、始めよ」

最奥の間に通されたら放置される普段と違って、こちらの一挙手一投足を監視するように中央騎士団の者達が配置された。アナスタージウス王子も厳しいグレイの目をこちらに向けている。これ

だけ見られていれば青色神官達は周囲が気になるようで、どうにも手が動いていない。

「カーティス、騎士団の様子は気にするな。何が起こったのか知らぬが、騎士団は彼等の仕事をしているだけだ。我々は自分の仕事をすれば良い」

「それはそうですが……」

「作業を終わらせなければ祈念式が行えぬ。まずは祭壇の清めからだ」

私はそれぞれの作業について細かく指示を出す。指示を出されると、青色神官達は無言でその作業を始める。祭壇を清め、供物《くもつ》を捧げ、神像の神具に集められている魔力を確認していく。すぐに中央騎士団の視線も気にならなくなったようで、指示を出さなくても動けるようになった。

しばらく我々の作業を見ていたアナスタージウス王子が「ふむ」と一つ頷いた。

「ラオブルート、中央神殿の者達が作業をしている間に私は父上に頼まれた通り、貴族院の他の場所を確認してくる。ヒルデブラントを頼む」

「かしこまりました。万が一のことがあっては困るので、護衛騎士だけではなく、こちらの騎士もお連れください。分担して確認した方が早く終わるでしょう。一班と二班はアナスタージウス王子に同行、三班と四班はここでヒルデブラント王子の護衛、五班と六班は回廊の見張りを交代だ」

ラオブルート様が指示を出すと、それに合わせて騎士達が動き出した。アナスタージウス王子と共に半数以上の騎士達が講堂を出て行く。その動きを目で追いながらヒルデブラント王子が口を開いた。

「ラオブルート、アナスタージウス兄上はどこへ行くのですか？」

「貴族院内の見回りです。アナスタージウス王子には中央神殿の監視だけではなく、ツェントの生活を普段通りに戻しても問題ないのか貴族院を確認する役目も任されました。王族の目で異常がないことを確認できれば、王宮の警戒を通常通りに戻せるとトラオクヴァール様はお考えです」

「王宮を完全に封鎖されると連絡を取ることが難しいので、封鎖が解かれて警戒が緩むならば助かりますね」

安堵する側仕え達と違ってヒルデブラント王子はあまり実感がないことなのか、「そうなのですか」と曖昧《あいまい》に頷いているだけだ。羨《うらや》ましそうな顔でアナスタージウス王子が出て行った講堂の扉を見ている。

「ヒルデブラント王子、貴方には貴方のなすべきことがございますよ」

「何ですか？」

ラオブルート様の声に、ヒルデブラント王子が期待の籠もった眼差しを向けた。王子とはいえ、まだ子供だ。ここでじっと待っているのは退屈だったに違いない。

「ツェントからの許可が出ました。王子のシュタープを得てください」

「本当ですか!?」

「ラオブルート様、ツェントから本当にそのような許可が？」

喜ぶヒルデブラント王子と違って、側仕えは警戒するような声を出した。だが、その警戒はラオブルート様の説明によってすぐに掻き消されてしまう。

「いつヒルデブラント王子の身近に危険が迫るかわからない。そういう時にシュタープがあれば救

援を呼んだり身を守ったりできる。少なくとも転移扉にたどり着くことは容易になるはずだ。アルトゥールはエグランティーヌ様の苦難を知らないか？」

「私は知りません、ラオブルート。何があったのですか？」

ヒルデブラント王子の質問に、ラオブルート様が真面目な顔で話し始めた。それは先の政変の折、当時の第三王子に与えられていた離宮が真夜中に襲撃を受けた時の話だった。夕食に毒を盛られ、無事だったのは子供部屋で食事を摂っていた洗礼式前のエグランティーヌ様だけだった。自分以外の家族が毒に苦しみ、側近達は看病や犯人の追跡に尽力している。そこを襲ったのは敗北していた第一王子の陣営。エグランティーヌ様はクラッセンブルクの騎士達を離宮へ招き入れるために敵に追いかけられながら真夜中の離宮を必死に逃げて、貴族院と繋がる転移扉を開けたそうだ。

「エグランティーヌ様にそのような過去があったとは知りませんでした」

「あの時にエグランティーヌ様がシュタープを得ていれば、その身を守るのはずっと容易で、乳母《うば》を失うことなく転移扉にたどり着けたかもしれません。ツェントは今回の危険を非常に重視なさっていて、ヒルデブラント王子に身を守る術《すべ》を一つでも多く与えたいとお考えです。それに関しては、私の部下も一緒に聞いています」

ラオブルート様に視線を向けられた騎士の一人が「間違いありません」と声を上げた。それに続くように数人が同意する。

「ヒルデブラント王子に万が一の危険がないように、我々も採取に同行するように言われています」

「父上がそんなふうに言ってくれるなんて思いませんでした。いつもダメだと禁止するばかりでしたから……」

ヒルデブラント王子が嬉《うれ》しそうに頬を緩めて笑う。ラオブルート様の顔を見れば何かの計画の内だとわかるのだが、中央騎士団の騎士団長を信用している彼等はそれ以上疑おうとしなかった。

「ツェントにはツェントのお考えがございます。時期が来れば、と私は約束したでしょう？」

「はい！　行きましょう、アルトゥール」

講堂にいた中央騎士団は採取に同行する班と我々の見張りとして残る班に分けられていく。ヒルデブラント王子はウキウキとした様子でシュタープを得る際の注意事項を聞き、弾むような足取りで自分の側近と中央の騎士達を連れて祭壇の横に向かった。私からはどのようにしたのか見えなかったが、そこに穴を開けて入っていく。

……あのような場所に？

貴族院の祭壇を扱う権利は中央神殿にある。それなのに、私達はシュタープを得るための場所がそこにあることさえ知らされていなかった。初めて見る光景にゴクリと息を呑む。

……あそこにシュタープがあるのか？

貴族の証しであり、本物の神具を手にするために必要な物。神に祈りを届け、繋がるために必要な物。シュタープがあれば私も神具を手にできるだろうか。私の祈りが神にもっと届きやすくなるだろうか。目がその穴に釘付《くぎづ》けになる。足がそちらへ向かおうとする。

「貴族ではない其方には行けぬ場所だ」

ラオブルート様の声に冷や水を浴びせられた気分になった。興奮していた気持ちが冷め、どれだけ神々に祈りを捧げていても自分には与えられない物に対する憧憬《しょうけい》が、貴族に対する恨みや妬《ねた》みとなって心の内に降り積もる。

だが、ここで怒りを露《あら》わにして全てを台無しにするわけにはいかない。ラオブルート様に視線を向けないまま、私は腰の物入れから小さな箱を取り出して少しだけ見せた。

「……他の青色神官を近付けないようにできますか？　レリギオン様の関係で色々と疑われているのです」

ラオブルート様が軽く手を振ると、騎士達が中央神殿の神官達を近付けない立ち位置に変わっていく。周囲からは私一人が中央騎士団の尋問を受けているように見えるかもしれない。

「どなたの物でしょう？」

私が自分の背で中央神殿の者達から隠すようにして小箱を開ければ白いメダルが出てくる。ラオブルート様が「この方の物だ」と言うのと同時に、彼の背後に立っていた騎士が一人進み出た。

……この騎士になりすましている男が新しいツェント候補か。

兜を被っているので顔が見え難い。何となく王族によく見る傾向の顔立ちだと感じるが、本人確認をするまでは傍系王族だと信用してはならない。このメダルを傍系王族に移動させれば、彼はグルトリスハイトを得られるとラオブルート様は言う。

……正当なツェントを戴くことができるか否か。

それが私にとっては大事なところだ。彼が本当に傍系王族の全属性でグルトリスハイトを得られ

るならば、私は正当なツェントを得られ、偽のツェントであるトラオクヴァール様を廃し、褒賞としてローゼマイン様を中央神殿に入れられる。

「こちらに魔力を」

私の言葉に男はシュタープを出してメダルに触れた。それだけでメダルが光って全属性の色が浮かび上がる。少し離れたところから様子を見ていた騎士の一人が疑わしそうな顔で腕を組んで近付いてきた。

「このようなメダルで本当に傍系王族かどうか、全属性かどうかわかるのか？」

「ブラージウス様」

ラオブルート様が咎《とが》めるような口調で止めた。中央騎士団の恰好をしているが、ラオブルート様が敬称をつけて呼ぶならば、本来は騎士団にいない貴族なのだろう。私は他領の貴族に詳しくないのでどこの誰なのか知らないが、質問には答えられる。

「ランツェナーヴェへ移動した傍系王族本人で、全属性の持ち主であることに間違いはありません」

「ならば、計画通りに進められるのだな？」

その質問は私ではなく、ラオブルート様に向けられたものだった。

「はい。貴族院の祠を巡り、貴族院図書館の地下に行けばグルトリスハイトを得られるそうです。ただグルトリスハイトのある場所に入れるのは、全属性の王族だけとのこと。トラオクヴァール様と養子縁組をしなければならないエーレンフェストの領主候補生が手に入れるより先に、グルトリ

スハイトを手にすることが叶うでしょう」

「そうか」

ブラージウス様は満足そうに頷くと、少し離れていく。私と同じように自分の目的を達成するためには傍系王族にグルトリスハイトを取ってもらう必要があるが、ラオブルート様と違ってそれが目的ではないようだ。

「本人確認ができたので、神殿に戻ったらメダルの登録場所をランツェナーヴェに移った者から傍系王族に移します。それが終われば傍系王族が立ち入れる場所に入れるようになるでしょう」

「急いでくれ」

「かしこまりました」

私は本人確認を終えたメダルを再び小箱に入れて片付ける。この後、神殿に戻ってからメダルの登録を変更する。婚姻で階級が変わる時にも行うことだ。本当はこの場で登録の変更もできる。だが、いざという時にトラオクヴァール様にメダルを差し出せるように中央神殿で確保しておかなければならない。神殿における保管場所が肝要《かんよう》であると思わせ、私は小箱を片付けた。

中央騎士団の包囲網が解かれ、私は青色神官達が作業している祭壇へ向かう。カーティスが「何があったのですか?」と問いかけてくる。

「レリギオン様の死が今回の騒動に関わっていないか尋問されていただけだ」

「……そうですか」

「イマヌエル様、こちらの作業は終わりました」

青色神官の声に、私はカーティスを連れて確認に向かう。それ以上カーティスは深入りしてこなかった。

中央神殿の用件が終わってしばらくすると、子供の足音が近付いてくるのがわかった。

「ラオブルート、採れました」

笑顔のヒルデブラント王子が何か筒状の物を大事そうに抱えたような恰好で戻ってくる。彼から少し離れた状態で側近達が周囲を囲んでいた。

「中に異常はなかったか？」

「最奥まで確認に行っている者達がまだ戻っていませんが、ヒルデブラント王子が歩いた範囲は異常ありませんでした」

質問に答える騎士はラオブルート様と普段より距離を空けていて、彼の右手には何か筒状の物が握られているように私には見えた。彼もおそらくヒルデブラント王子と同じ物を持っているに違いない。傍《はた》から見ていた私はそう思ったが、共に行った王子の側近達は自分の主しか見えていないようだ。近付きすぎないように慎重に距離をとっている。

「ヒルデブラント王子、アナスタージウス王子はまだ戻られていません。しかし、今は他の者に触れられないように、ご自分の離宮へ先に戻った方が良いのではございませんか？」

「どうなのでしょう、アルトゥール？　私には講堂の鍵を閉めるお役目があるのですが、ラオブルートの言う通りに戻った方が良いですか？」

「残念ながら、シュタープの取り込みが終わるまで我々が触れることはできないので、ヒルデブラント王子が魔石を当てることは難しいと思います」

身長が足りなくて、扉の鍵を開ける時に抱き上げられていたヒルデブラント王子は「あ」と小さく声を上げた。

「先に戻った方が良さそうですね」

「まだ調査から戻っていない部下もいますし、最奥の間の開閉に使う魔石は私が責任を持って預かり、アナスタージウス王子にお渡しいたしましょう」

「助かります」

ヒルデブラント王子は腰につけた革袋から開閉用の魔石を取り出し、無造作にラオブルート様へ渡そうとした。

「ダメです！　他者に触れてはなりません！」

「床に、床に置いてください」

「心臓に悪いです。早急に離宮へ戻りましょう」

側近達が悲鳴を上げ、ラオブルート様がその場を飛び退《の》く。大慌ての大人達と違ってヒルデブラント王子は「失敗するところでした」と呑気に笑いながら魔石を床に置いた。その魔石を名残惜しそうに見つめる。

「扉を開けたり閉めたりするのは、私にもできる大事なお役目だったのですが……」

「では、中央神殿の者達を帰還させてください。そのお役目を果たせばヒルデブラント王子は達成

感を得られるでしょうし、アナスタージウス王子も早めの帰還に納得されるでしょう」

「はい！」

ラオブルート様の言い分に納得したらしいヒルデブラント王子は大きく頷き、彼の側近はアナスタージウス王子に「中央神殿の者を連れて先に戻ります」とオルドナンツを送った。すぐに「わかった」と返事が来る。

「お先に失礼いたします」

講堂でアナスタージウス王子を待つラオブルート様達に挨拶をして、私はヒルデブラント王子と共に講堂を後にした。


神殿へ戻ると、私はすぐにメダルの登録を変更して傍系王族の保管場所にメダルを移動させた。

その翌日の夕方にラオブルートから「我が主が英知の女神よりお招きを受けた。戴冠《たいかん》の儀式の準備をしておくように」と簡潔に書かれた魔術具の手紙が来た。

「イマヌエル様、これはどういう意味ですか？」

カーティスが眉間に皺を刻む。彼の興奮が伝わってくる文面に、私は軽く息を吐いた。どうやらラオブルート様はもう隠すつもりもないらしい。今までの用心深さは一体どこへ行ったのかと言いたくなる。

「カーティスはどういう意味だと思うのだ？」

「文面通りならば英知の女神に招かれたツェント候補がいるということになりますが、十年以上見

つからなかったグルトリスハイトが見つかったということですか？」

「わからぬ。どうせ中央神殿に詳細が知らされることはない。任されるのは神事だけだ。だが、正当なグルトリスハイトを持つツェントが本当に誕生するのであれば喜ばしいことではないか。違うか？」

私の言葉にカーティスは軽く息を吐いた。私が貴族に良いように動かされていると感じているのだろう。その感想も間違いではない。

実際、私も現状の詳細を知らされないので、英知の女神のお招きを受けたというのがどういう状態なのかわからない。だが、帰還した傍系王族がグルトリスハイトに手をかけたことは間違いないはずだ。

私の背筋が昂《たかぶ》りに震えた。

私がメダルで本人確認をし、登録区分を変更してメダルの保管場所を移動したからこそ、新たなツェントが誕生するのだ。貴族にさえなれなかった私が自分の手で新たなツェントを生み出すことになる。これでもう古の神事を蘇らせることに文句を言うことなど誰にもできまい。ローゼマイン様を神殿長とし、神事を行う中央神殿が貴族達の上に立つ時は近い。

神に近付いた喜びと興奮に震えながら、私は「処分しておけ」とカーティスに手紙を差し出した。

アナスタージウス　王族の立場

「アナスタージウス、ラルフリーダです。王宮でマグダレーナ様が戦闘中とのこと。ダンケルフェルガーに救援要請をしたそうです。其方は逆賊を入れないように離宮を封鎖し、安全を確保しなさい」

ツェントの第一夫人である母上からオルドナンツが届いたのは、深夜のことだった。私が飛び起きるのと、エグランティーヌが悲鳴を上げるのはほぼ同時だった。

ランツェナーヴェの者達やアーレンスバッハの貴族がグルトリスハイトを狙って中央へ向かったらしいと聞いてからというもの、いつ襲撃があってもおかしくないとエグランティーヌは幼い子供のように常に怯《おび》えていた。

政変当時の恐怖が蘇って悲鳴を上げるエグランティーヌの声と、母上の言葉を繰り返すオルドナンツの声が混じり合う。私は天蓋の向こうにいる不寝番の動きを感じながら、震える妻を抱きしめた。

「エグランティーヌ、深呼吸して周りを見ろ。今の其方は一人ではない。私がいる。私が妻の其方も、可愛い娘のステファレーヌも必ず守る」

「……アナスタージウス様」

エグランティーヌの心に今も深く傷跡を残す襲撃が起こったのは深夜だった。そのため、今回エーレンフェストに警戒を呼びかけられてからずっと私の離宮では不寝番を多く置き、眠る時は離宮を封鎖した上で、寝間着ではなく外へ出ることが可能な普段着で寝ていた。

「どの離宮より警戒してきたおかげで離宮内にはまだ敵襲はないし、我々はすぐにでも動ける状態になっている。慌てなくても良いからエグランティーヌは母親としてステファレーヌの様子を見ていてくれ。私は離宮内の安全を確保する」

「ステファレーヌ……。えぇ、そうですね。まだ離宮が敵襲にあったわけではありませんもの」

エグランティーヌは自分に言い聞かせるように、一人で逃げ惑う必要はないこと、もう幼い子供ではなく娘を守る母親であること、幼い頃と違ってシュタープで反撃することも、助けを呼ぶことも、身を守ることもできると口にする。そうしながら自分の衣装や身を守る魔石の簡易な鎧に触れ、シュタープを出したり消したりして現状を確認し、靴を履いていった。そうすることで彼女は過去の恐怖と現在の不安を追い払うのだ。

……もう大丈夫そうだな。

冷静に対処して過去の恐怖を乗り越えようとしている妻の頬に軽く口づけて、私は部屋にいる不寝番の側仕えに声をかける。

「エグランティーヌとステファレーヌを頼む。私は見回りに向かう」

私は護衛騎士のメルギルトだけを連れて部屋を出た。エグランティーヌの混乱を収めている間に、不寝番の護衛騎士から母上のオルドナンツの内容が伝達されたらしい。部屋を出ると、護衛騎士達

が忙《せわ》しなくあちらこちらと連絡を取り、動き回っているのが見えた。私は筆頭護衛騎士のハーランドに声をかける。

「転移扉や各門に異常は？」

「ございません。転移扉は封鎖されていますし、王宮方面の門に近付く者は発見されていません。他領にも動きはないようです」

王族が管理を任されている離宮は中央と他領の境界付近にある。これまでは他領から中央へやってくる者に警戒していたが、王宮で逆賊が暴れているならば王宮から攻め込んでくる者達のことも警戒しなければならない。だが、今のところ異常はないようだ。

「マグダレーナ様がダンケルフェルガーに救援を要請したならば、王宮が落ち着くまではどこからの転移も受け付けず、ここに籠もって守っていればよかろう。各門の守りだけは万全に」

「はっ！」

ハーランドが指示を出すために去って行くと、メルギルトが一度部屋に戻ることを勧めてきた。

「離宮の周辺には異常がないようですし、戦いに向けてきちんと準備した方が良いのではありませんか？　今のアナスタージウス様はすぐに動ける恰好ですが、寝られる装いなので何もかもが簡易的です。王宮から呼び出しがあるかもしれません。一度身支度を調えた方が良いと思われます」

起き抜けに飛び出してきたせいで寝癖がそのままになっている私の頭を、メルギルトが指差した。私はその意見を聞き入れて自室に戻り、筆頭側仕えのオスヴィンに身支度を調えてもらう。

「それにしても、一体どこから賊が入り込んだのでしょうか？　昨日の午後に貴族院で不審者が発

見され、王宮は再び封鎖されたと聞いていますが……」

オスヴィンの言葉に私は少し考え込む。王宮を封鎖すれば離宮以外からの干渉ができなくなる。魔術具の干渉も受け付けないため、他領からの魔術具の手紙や水鏡による緊急連絡なども届かなくなるのだ。王宮と離宮は繋がるが、王宮は貴族院との連絡も閉ざされる。同じ中央でも貴族院からの連絡にオルドナンツは使えず、完全に閉ざされた王宮に情報を送るのは離宮の役目になる。離宮を通さなければ、他領や貴族院と連絡を取れない。何故そうなっているのか知らないが、王宮の防衛は貴族院からの敵襲をずいぶんと警戒した作りになっている。

「さすがにどこの離宮も警戒しているはずだ。他領から陸路で攻め込まれたとは考え難い。貴族院を守る騎士が交代する時間を狙われたのではないか？」

「その可能性は高いですね。鎧に着替えるとのことですが、王宮に救援に向かうのでしょうか？」

「……いや、要請があれば向かうが、正直なところ離宮を手薄にしたくない」

王宮から襲撃がこちらに飛び火するのを警戒してしまう。籠もっている方が圧倒的に守りやすい。

私が着替え終えたところで再びオルドナンツが飛んできた。

「ラルフリーダです。マグダレーナ様から追加情報がありました。王宮内の襲撃はラオブルートの手によるもの！　中央騎士団同士の戦いになっているそうです」

「騎士団長のラオブルート様が⁉」

そのオルドナンツの声を聞いた者が一斉に目を見張った。

「ならば、貴族院を見張ると言っていたラオブルートが賊を匿っていたのではないか⁉」

この数日間ずっと貴族院にいたラオブルートの姿を思い出し、私は腸《はらわた》が煮えくりかえるような気分になった。我々は真の敵に良いように動かされてきたのだ。兄上がエーレンフェストから賊が入り込む可能性について情報を得た後、王宮を封鎖するように進言したのも、離宮に籠もっているように命じたのも、私やヒルデブラントに貴族院内を確認させて見張りの騎士を減らしたり、貴族院教師が侵入者を発見したからと再び王宮を封鎖するように命じたりしたのも、何もかもラオブルートだ。

中央騎士団長なのだから王宮の守備について指示を出すのは当然だ。そのため誰も文句を言わず、ラオブルートを疑うことなく従っていた。

「アナスタージウス様、離宮の守りはどうしますか？　ラオブルートとその一派は中央騎士団なので王宮へ入るのは簡単です。けれど、離宮への立ち入りは簡単ではありません。守備体制の見直しと、王宮への救援を考えなければ……」

ラオブルート達がこの離宮に立ち入るためには、私かエグランティーヌの許可が必要になる。王宮へ向かう転移扉を閉ざしておけば、陸路で王宮から離宮へ来るしかない。何より、ここに敵襲がある可能性は低いだろう。父上のいる王宮の次に狙われるとすれば、次期王である兄上の離宮だ。

「王宮との転移扉を開けるのではなく、貴族院との転移扉から向かうぞ。貴族院から回る方がここを守りやすい」

守備の見直しについて話し合っているうちに一の鐘が鳴った。その後、またもやオルドナンツが飛んできた。今度は何が判明したのかと皆が注目する中、オルドナンツが口を開く。

「アナスタージウス王子、フェルディナンドです。ランツェナーヴェからの侵略者にユルゲンシュミットの礎を奪われることを防ぐためには、最奥の間を開けられる王族が必要です。政変で王族が行った後始末を考えれば明白なように、礎を奪われた瞬間、今の王族は処分対象となります。直ちに最奥の間まで来てください」

「ちょっと待て！　ランツェナーヴェからの侵略者に礎を奪われるだと？」

「王宮ではなく最奥の間⁉　どういうことだ？」

オルドナンツの内容にその場は騒然となった。三回聞いても、フェルディナンドは王宮でラオブルートが反逆を起こしたことについて何も述べていない。

「王宮の騒動は陽動で、真の狙いが貴族院ということでは？」

騎士の不審そうな声に私はグッと息を呑んだ。グルトリスハイトを手にするためにローゼマインが巡った祠は貴族院にある。祠巡りを終えた時に動きを見せたのは貴族院図書館の魔術具だ。それに加えてラオブルートがこの数日間守っていたのは貴族院で、他者をなるべく近付けないようにしていた。

「王宮への救援ではなく貴族院の最奥の間へ向かう。メルギルト、ハーランドに問え。すぐに動かせる騎士は何人だ？　その者達を貴族院の転移扉前に集めよ」

「はっ！」

私は子供部屋に寄ってエグランティーヌに声をかける。ステファレーヌを抱いたエグランティーヌが、鎧を身につけた私に目を見張った。

「アナスタージウス様、そのお姿は……」

「敵の狙いは貴族院の最奥の間らしい。私はこれから行ってくる。王族の義務だ。ユルゲンシュミットの礎を余所者に奪われるわけにはいかぬ。可能な限りの騎士を残すので、其方はここで待っていてくれ」

縋《すが》るような目で見た後、エグランティーヌは躊躇いがちに小さく「……ご武運を」と口にする。ステファレーヌを抱く彼女の腕が少し震えているのがわかったが、妻や娘を守るための戦いから私が逃げることはできない。

歩き出した私の背中にエグランティーヌの声がかかった。

「お帰りをお待ちしております」

転移扉で貴族院に移動した私はローゼマインの助言に従い、口元を布で覆って講堂へ飛び込んだ。何故か全員が地に足を着けていて、騎獣に乗って戦っている姿がない。そのせいか、敵や人数の把握が難しい。黒いマントより銀色のマントが多いのは、中央騎士団の裏切り者達が王宮で反乱を起こしているせいだろうか。

……銀色のマントはラオブルートと手を組んだ他国の侵入者か？

予想以上の混戦になっていて、私は入り口付近で敵を見定めようと講堂内を見回す。そこで講堂内が卒業式と同様に変形していることに気付いた。奉納舞に使う舞台が出ていて、観覧席があり、祭壇が見えている。

……誰が何のために？

疑問が浮かぶのと一緒に嫌な予感が湧き上がってくる。講堂の変形には王族の許可や魔石の委任が必要だ。

「アナスタージウス王子、何故入ってきたのです⁉　外でお待ちくださいと」

「王宮へ行ったアウブはどうされていますか？」

我々の突入に気付いたダンケルフェルガーの騎士達がこちらを守るように近付いてきた。

「新しいツェントを任命できるメスティオノーラの化身に王族ならば先頭に立てと言われたからだ。

……それより、王族に裏切り者がいるかもしれぬ。誰かがラオブルートに許可を出して魔石を与えなければ、講堂の変形はできないのだ」

私の呟きに護衛騎士達が「まさか……」と動揺した声を出した。ラオブルートだけが裏切るのと、その後ろに王族がいるのでは対応が全く変わってくる。だが、その心配はダンケルフェルガーの騎士の答えで掻き消えた。

「魔石を渡したのはおそらくヒルデブラント王子でしょう。ラオブルートに誘導されていたという証言を得ています」

その言葉で、ヒルデブラントがここを開閉するための魔石を持っていた光景がふっと思い浮かんだ。中央神殿の者が神事のために貴族院を訪れた時のことだ。自分の役目だと誇らしそうに魔石を持っていた異母弟の笑顔と同時に、私が貴族院内を見回っている間に「先に戻る」と連絡があったことを思い出す。

……あの時か⁉

いけしゃあしゃあと「ヒルデブラント王子を転移扉まで送っていったので、私もアナスタージウス王子と共に貴族院内の確認を……」と言っていたラオブルートの姿が蘇り、怒りが胸の内から湧いてくる。

ラオブルートがあの時に鍵となる魔石を力尽《ちからず》くで奪ったならば、ヒルデブラントは今どうなっているのか。騙されて手渡したとしても、幼い異母弟についた汚点は大きすぎる。まさか王族を守るべき騎士団長が、そのような手段を用いるとは誰も思うまい。

「許さぬぞ、ラオブルート！」

私は武器を手に、講堂の中央、奉納舞の舞台の上でフェルディナンド達と戦っているラオブルートに向かって走り出した。

「アナスタージウス様、お待ちください！」

護衛騎士達が盾と武器を手にして行く手を阻《はば》む敵を退けようとしたが、それらは用をなさなかった。こちらから攻撃しても魔術攻撃は防がれることが多く、シュタープの武器が利かない。

「銀色のマントや武器にご注意ください！　魔力による攻撃や防御ができません。騎獣も貫通する武器や攻撃用の道具を使ってきます」

ダンケルフェルガーの騎士達に注意されて周囲を見れば、他の者はシュタープ以外の武器を使っているし、騎獣を使おうとしていない。

……そういう大事なことを先に教えておけ、ローゼマイン！

私の護衛騎士達は敵を倒して武器を奪うことに全力を向ける。特殊な武器の調達から始めなければ、碌に戦うこともできない。武器を手に入れても敵の数が多く、首謀者であるラオブルートのところまで行き着くのも簡単ではない。

……これだけの中央騎士団が父上に背いているのか。

腹立たしいことに、銀色のマントをまとっている者達は他国の侵入者ではなかった。中央騎士団で見たことのある顔がいくつもある。彼等は中央騎士団の黒色ではなく銀色のマントをまとって、王族である私の前に立ちはだかった。

……舐《な》めるな！

ダンケルフェルガーの騎士達や護衛騎士達の協力を得て道を開きながら、私は奉納舞の舞台の下にたどり着いた。そのまま怒りの感情に任せて階段を駆け上がっていく。

「おや、アナスタージウス様ではございませんか。愛《いと》しい妻と離宮に引き籠もるか、正義感を募らせて王宮へ突撃するかと思っていましたが、まさかこちらに来られるとは……」

ラオブルートが嘲るようにそう言いながらフェルディナンド達に向かって何やら投げつけ、周囲にいる者達に命じた。

「王の敵を倒せ！　この場に近付けるな！」

一斉に動き始めたのはラオブルートの周囲にいた黒色と銀色のマントの者達だ。私とラオブルートを奉納舞の舞台に残すようにして、他の者達を蹴散らし始めた。護衛騎士達が階段から突き落とされ、魔術具の爆風に飛ばされるフェルディナンド達に更に追い打ちがかけられる。すぐに奉納舞

の舞台にいるのは私とラオブルートだけになった。

「シュヴェールト」

私は剣を握ってラオブルートと対峙する。父上の背後にいることを心強く思っていた顔を、今は怒りのままに睨んだ。

「何故騎士団長である其方が父上を裏切るのだ⁉」

私の攻撃にも問いにもラオブルートは眉一つ動かさない。まるで稽古をつけるときのように軽くいなすだけだ。

「裏切ったつもりはございません。優先度の違いです。元より私の主はジェルヴァージオ様ですから」

平静でいられなくなったのは、むしろ私の方だった。騎士団長がツェントである父上ではなく、別の者を主と呼んだ。共謀者や協力者ではなく、侵略者を主だと言う。どういうことなのかわからない。

一旦ラオブルートから離れて握り直した自分の剣先がわずかに震えている。私には目に見える動揺を止めることすらできなかった。

「中央の騎士が主とするのは王族ではないか。それなのに其方は他国の……」

「ジェルヴァージオ様はユルゲンシュミットの傍系王族ですし、私が最初にお仕えした主です」

私の記憶では幼い頃からずっとラオブルートが騎士団長だったので、騎士団長になる前があることに思い至らなかった。だが、思い返してみれば、父上がツェントになるならば安全のためにも騎

士団の上層部を出身領地の者で固めたいと考えた私の母上がラオブルートを騎士団長に推薦したと聞いたことがある。推薦理由は傍系王族に護衛騎士として仕えた経験があり、すでに主を失っているからだったはずだ。

「其方の主はすでに亡くなったのではなかったのか？」

「主の一人であるヴァラマリーヌ様は先代のツェントによって形式上亡き者とされ、政変後の粛清でトラオクヴァール様の最終判断によって処刑されました。もう一人の主、ジェルヴァージオ様はランツェナーヴェの王として旅立ちましたが、先日帰還されました」

ジェルヴァージオの帰還を語るラオブルートの鳶《とび》色《いろ》の目が喜色に輝いている。その目には私が王族としては映っていない。本気など全く感じられない打ち合いからは、ラオブルートから対等でさえなく下に見られていることが伝わってくる。私はギリと奥歯を噛み締めて、ラオブルートの剣を受け止めた。

「その者の帰還にも其方の関与があったはずだ。ランツェナーヴェと連絡を取るなど簡単なことではない。いつから何を企んでいた⁉」

「ランツェナーヴェとの伝手《つて》を得たのは、アーレンスバッハを訪れた時です。その後はゲオルギーネ様が橋渡しをしてくださいました」

ラオブルートがアーレンスバッハを訪れたのは、領地対抗戦でターニスベファレンを使った襲撃が起こった後だ。旧ベルケシュトックの転移陣が使われた形跡があり、共同統治しているアーレンスバッハとダンケルフェルガーへ中央騎士団は調査に向かった。

……まさか不審な領地を調査で訪れた時に、他領の第一夫人に唆されて騎士団長が寝返ると誰が思うのか。

「ならば、その後トルークを使われた中央の騎士が貴族院のディッターに乱入したり、アーレンスバッハの葬式で暴れたりしていたのも其方の仕業だな？」

「ふむ。それは計画に邪魔な騎士を退けたり、ゲオルギーネ様への見返りとして協力したりしたことでしょうか」

ランツェナーヴェ、アーレンスバッハ、中央騎士団へとトルークの流れる動きがはっきりと見える。「許し難い。調べなければ」と強硬に言っていたラオブルートが元凶だった。エーレンフェストの懸念が正しかったと今ならばよくわかる。

いくら剣を交えても勝てる気がしない。わかり合える気もしない。それでもユルゲンシュミットを守る王族として私はここで引くわけにはいかない。

「中央騎士団でトルークを蔓延《まんえん》させ、王宮で反乱を起こし、こうして講堂を変形させ、其方は何を企んでいるのだ⁉」

「私の主は英知の女神メスティオノーラのお招きを受けました。真のツェントを迎えるのに相応しい場を整えただけです」

ラオブルートが何を言っているのかわからない。メスティオノーラの招きや真のツェントという言葉からグルトリスハイトを得ようとしていることはわかる。だが、グルトリスハイトがあるのは貴族院図書館の地下書庫が最も有力だと言われている。講堂ではない。

「そのようなことが信じられるとでも⁉　地下書庫の奥は王族でなければ行けぬ！　何を企んでいるのか正直に言え！」

「王族でなくても、英知の女神に認められれば可能なのです。私は女神のお招きを受けた主を出迎えるためにここにいる」

そんなことのためにヒルデブラントから鍵となる魔石を奪ったのか。それとも他にまだ何か企んでいるのか。言いたいことは山ほどあるのに、自分の怒りが通じるとは思えなかった。私一人ではラオブルートを止めることも、捕らえることもできない。情けなさに目の奥が熱くなってくる。

「相変わらず貴方は感情的になりすぎる」

剣を教えた師の忠告にも、相手にならない邪魔者に対する嘲笑《ちょうしょう》にも聞こえる言葉を放ちつつラオブルートが私の突進を避け、たたらを踏んだ足を蹴り飛ばした。体勢を崩したところを突き飛ばされる。

「そういう時は足元がお留守になる癖も変わっていませんね」

私が起き上がるまで余裕の顔で待っていたくせに、ラオブルートは突然顔色を変えた。その鳶色の目は私を通り越して別のものを見ている。私と向き合っている時には眉一つ動かさない男が、険しい顔になって素早く何かを取り出した。

「どこまでも邪魔な……。私は中央騎士団長として真のツェントを守らねばならぬ。ジェルヴァージオ様の妨害をする者は悉《ことごと》く死ぬが良い！」

最後の言葉は私ではなく、私と戦うラオブルートの周囲に何か仕掛けようとしていたフェルディ

ナンド達へ向けられたものだったようだ。ラオブルートがいつから魔力を込めていたのか知らない。

けれど、魔力を込められてすぐにでも爆発しそうな攻撃用の魔術具がその手にあった。

「防御せよ！」

「飛び降りろ！　急げ！」

血相を変えたフェルディナンドとその護衛騎士の怒声が響いた。私は慌てふためいて奉納舞の舞台から駆け下りる。ラオブルートの手から離れた攻撃用魔術具が、私やフェルディナンドのいる方向に放物線を描く。よほど強力な魔術具なのか、それを見た騎士達が狙い撃ちされる危険にも構わず騎獣に乗って少しでも魔術具から距離を取ろうとする。

「アナスタージウス様！」

悲鳴のような護衛騎士の声と共に光の帯が私を捕らえ、降りていこうとしていた方向とは別の方向へ強く引かれた。乱暴な扱いだが、私の体は魔術具の落下していく方向から逸れて引き離されていく。空中へ放り出された私の目には、それらの様子が不自然なほどゆっくりはっきりと見えていた。

「爆発対応姿勢！」

防御の魔法陣が刺繍《ししゅう》されたマントを頭から被り、耳や目を押さえて口を開けて床に低く伏せる。

直後に起こった魔術具の大爆発。

あまりにも威力が大きすぎて、少し離れただけの私達はその爆発を食らって吹き飛ばされて動けなくなった。

このまま死ぬのではないかという痛みに呻いている中に、講堂前で待機していたローゼマイン達が飛び込んできたようだ。耳はまともに働いていないが、扉が開いて光が差し込んだことはわかった。直後、わけのわからない規模の範囲魔法陣が出現し、講堂中に癒しの光が降り注ぐ。

ローゼマインが入ってきた途端、戦いの流れが変わった。正確にはラオブルートの思惑通りに動かなくなった。全てを殺すような威力の魔術具だったのに被害者が即座に癒され、祭壇の神像が動く希有《けう》な光景を「全属性にとっては普通の光景」と言い切るのだ。神秘的な空気がぶった切られて霧散する。ラオブルートがローゼマインを真っ先に排除しようとするのも当然だろう。

「合流される前に潰せ！　あそこが一番弱い！」

集中砲火を浴びる中、ローゼマインは複数人への癒しや祝福を返す神事を行った。いつぞやの領地対抗戦でダンケルフェルガーの成人騎士達が行っている姿を見た記憶がある。

その祈りによって派手に光の柱が立ち、皆が戦いを忘れたようにそれを見る中、神像の並ぶ祭壇から声が降り注いだ。

「これは一体何事だ、ラオブルート？」

「……おぉ、ジェルヴァージオ様！」

祭壇の上に突如として現れた男は、傍系王族で間違いないだろうと思える顔立ちをしていた。ユルゲンシュミットの領主一族は大抵の場合、数代遡《さかのぼ》れば王族と血が繋がっているので似た顔立ちが生まれることも時々あるが、他国の侵入者が王族に近い顔立ちをしていると奇妙な気分になる。

……ユルゲンシュミットで生まれ育ってランツェナーヴェへ向かうのだから不思議でも何でもないのだろうが……。

おそらく私はもっと余所者らしい外見を期待していたのだ。ユルゲンシュミットのツェントには相応しくないと皆が思うような差異があってほしいと思っていた。だが、ジェルヴァージオは王族を名乗っても不思議ではない容貌で、最高神の間に立っている。

「どうか真のツェントの証しを、神々より賜ったグルトリスハイトを我等にお見せくださいませ！」

「グルトリスハイト」

ラオブルートの求めに応じてジェルヴァージオが唱えた瞬間、その手にはグルトリスハイトが現れた。私の記憶にはないが、父上達が「本来のツェントとは……」と語っていた通りの光景がそこにある。熱狂してグルトリスハイトを持つ真のツェントを喜ぶ騎士達の声がうるさいのに、何だか遠くで響いているようだ。

私はゴクリと息を呑んだ。

ローゼマインは「グルトリスハイトを与えることができる」と言った。だから、私はこの戦いで王族として先頭に立ち、認められて再び王族がグルトリスハイトを得るのだと決意していたのだ。だが、私が縋り付いていた希望は、自力で女神から授かったらしい存在が現れたことで一気に消え去った。

……フェルディナンドの危惧《きぐ》通り、余所者が新たなツェントになるのか。

正直なところ、王族どころかユルゲンシュミットの貴族でさえない者がグルトリスハイトを得ら

れるとは考えていなかった。新たなツェントが誕生した場合、旧王族はこれから先どうなるのか。エグランティーヌの顔と娘の顔が交互に浮かぶ。

「グルトリスハイト！」

私の絶望感を切り裂くようなローゼマインの声が響く。ジェルヴァージオとは少々違う形のグルトリスハイトをローゼマインが高く掲げていた。

「ジェルヴァージオ様がお持ちの物こそ本物だ！」

「ローゼマイン様のグルトリスハイトは本物だ！　国境門の開閉ができたのだからな！」

騎士達の喧騒に構わず、ローゼマインが祝福の重ね掛けを始めた。私にもローゼマインの祝福が降り注ぐ。まだ終わっていない。まだあの男が礎の魔術を奪ったわけではない。

「ユルゲンシュミットの者からツェントを選び、グルトリスハイトを授けることが、ローゼマイン様の使命。ランツェナーヴェの侵略者をわざわざツェントに戴く必要などありません」

陶酔《とうすい》している顔と声からはできるだけ距離を取りたい気分になるが、ローゼマインの側近の言葉には勇気づけられる。

「ローゼマインの側近が言う通り、侵略者をツェントに選ぶ必要などない！　ツェントの騎士団長でありながら国を守らず、父上を裏切り、外敵を引き入れた其方だけは決して許さぬ！」

祝福の重ね掛けを受けた私達はラオブルート達を捕らえようと祭壇へ向かって駆け出した。近くにいた敵を比較的簡単に蹴散らしていたが、我々が優位に立っている時間は短かった。ジェルヴァージオがすぐさま祝福を敵に与え始めたからだ。

……グルトリスハイトを持っていれば祝福も容易に与えられるのか。

真のツェントとして神々に認められているのだと突きつけられているようで、何とも苦々しい気分になった。どれだけ国に尽くしても父上には授けられなかったグルトリスハイトが、他国の者の手にある。神々はどこを見ていらっしゃるのか。私は悔しさに歯噛みしつつ、立ち向かってくる中央騎士団の者達を倒していく。王族の立場を守るために今の私にできるのは、全力でジェルヴァージオやラオブルートに抗うことだけだ。

「我の祈りを聞き届……ぐっ⁉」

突然祈りの言葉が途切れた。どこからか攻撃を受けているようで、祭壇を見上げたラオブルートが「どこだ⁉」と驚愕の声を上げている。

「ラオブルートの注意が逸れているうちに少しでも近付くぞ。必ずあの者を捕らえるのだ」

「はっ！」

周囲の敵に集中していると、「其方、いつの間にそこにっ⁉」というラオブルートの声が聞こえた。その声につられて視線を祭壇の上へ向けると、フェルディナンドが見たことのない武器を手にジェルヴァージオを攻撃していた。

……フェルディナンドもあの男を排除しようとしている。

王命によってディートリンデと婚約させられ、アーレンスバッハで執務に忙殺され、王族に良い感情など抱いていないはずだ。それでも、フェルディナンドはジェルヴァージオを新しいツェントにしようとは言わなかった。侵略者からユルゲンシュミットを守らなければならないと言った。な

らば、私はそちらに賭けるしかない。

フェルディナンドにジェルヴァージオを任せ、私はラオブルートの元へ向かう。私が舞台の階段に足をかけるより先に講堂内に雷の魔力攻撃が降り注いだ。思わず頭を庇うが、雷の落ちる先は全て敵ばかり。どういう攻撃なのか、彼等が持っているお守りの反撃も全て空中に広がる魔法陣へ飛んでいく。

「これもグルトリスハイトによるものか？」

「おそらく」

見たことのない魔力攻撃が味方によるもので良かったと胸を撫で下ろしながら私は階段を駆け上がる。舞台に上がった私が見たのは、雷を銀色の布で防げと指示を出しながら祭壇へ駆けていくラオブルートの姿だった。

「なっ⁉」

何故かラオブルートの体が弾かれた。まるで神々に資格なしと拒絶されたように感じられて、私は思わずバッと祭壇の上へ視線を向ける。そんなはずはない、考えすぎだ。フェルディナンドは誰にも見つからずに上がって祭壇の上で戦っているではないか。

……ラオブルートとフェルディナンドの差は何だ？

祭壇上の戦いを時折チラリと見ながら、私は武器を手に護衛騎士達とラオブルートに向かって奉納舞の舞台を駆ける。

ところが、ラオブルートに武器が届くより先に突然ローゼマインの「ヴァッシェン！」という声

が響き、講堂内には大量の水が降り注ぎ始めた。頭上から降り注ぐ大量の水の勢いには抗えず、私も護衛騎士達もラオブルートも舞台から押し出される。

……は？

普通のヴァッシェンではないと気付いた時には水に足を取られていて、体が浮いたかと思えば何故か渦に巻き込まれて、講堂内を大きく回り始めていた。私達だけではなく術者のローゼマインやその側近まで皆が水に呑み込まれて回っている。敵も味方もお構いなしだ。意味がわからない。視界がおかしい。気持ちが悪い。しかも、ヴァッシェンのはずなのに数秒で終わらない。

……何が起こっている⁉　ローゼマイン、其方は一体何をした⁉

私が鼻を押さえて混乱しながら水の流れに身を委ねていると、不意に水が消えた。ドシャッと落下した先は観覧席だ。ずいぶんと高く打ち上げられていたらしい。私は鎧を着ていたことと、観覧席に落ちたことで落下した距離が短くて特に怪我もなかったが、天井付近から床まで落下していく者もいる。

「何をするのか、事前に報告くらいはせぬか！」

私は怒りながら立ち上がってローゼマインの姿を探そうとした。その時、講堂の扉が開き、ダンケルフェルガーの青いマントがどわっと雪崩れ込んできた。

「ローゼマイン様とフェルディナンド様に加勢せよ！」

「ツェントを守る騎士団長でありながら、トラオクヴァール様に毒を盛ったラオブルート、其方だけは許しません。夫が動けぬ今、妻であるわたくしが其方を討ちます」

先頭にいるのはアウブ・ダンケルフェルガーとマグダレーナ様だった。どうやら王宮の制圧は完了したらしい。それがわかって、私は胸を撫で下ろした。王宮が無事ならば離宮にいるエグランティーヌ達も無事だ。

……マグダレーナ様がラオブルートを捕らえるならば、他国の侵略者は私が捕らえる。

私が祭壇の上にいるジェルヴァージオへ視線を向けると、いつの間にかローゼマインも祭壇の上にいて風の盾を張っていた。フェルディナンドが虹色に光る剣を振り下ろしている。

ゲッティルトで攻撃に備えているジェルヴァージオに横から更に攻撃を仕掛けようとして、私は武器を構えると祭壇上に突っ込めるように騎獣に飛び乗った。

だが、それは叶わなかった。フェルディナンドの攻撃と共に神像が光り、三人の姿が一瞬で掻き消えたからだ。

「なっ⁉」

何が起こったのかわからないまま私は騎獣で祭壇に上がろうとしたが、ラオブルートと同じように透明の壁に弾かれた。息が止まるほどの衝撃を受けながら、私は上がれない祭壇を見つめる。

……ローゼマインやフェルディナンドは容易に越えたというのに……。

選ばれた者と選ばれなかった者の差が大きい。冷たい汗が背中を伝うのを感じる。越えられない壁を前に、私は王族という立場が崩れていく音を聞いていた。

マグダレーナ　裏切り者の討伐

貴族院で不審者が発見され、中央騎士団長ラオブルートから「貴族院には近付かず、王宮の封鎖を！」というオルドナンツが届きました。すぐさまツェントの命令で王宮は封鎖されます。封鎖も二度目となると、それぞれの動きは速いです。あっという間に貴族院と王宮は行き来できなくなり、他領からの連絡が全て断たれ、オルドナンツや魔術具の手紙などの知らせも一旦離宮を経由する形になります。

「ラルフリーダは王宮内の文官や側仕え達に通達を。クレメンディアには騎士団の移動を頼む。マグダレーナは離宮への知らせを。特にアーレンスバッハ側に離宮のあるジギスヴァルトには警戒を強めるように」

「かしこまりました」

ツェントであるトラオクヴァール様の命令を受け、三人の夫人が動き出します。第一夫人であるラルフリーダ様が王宮内への通達を受け持ち、第二夫人であるクレメンディア様は騎士団の移動を担当します。

第三夫人であるわたくしはそれぞれの離宮へ知らせを送りました。貴族院で不審者が発見されたこと、王宮を再び封鎖したこと、離宮でも警戒をしてほしいこと、騎士団の移動はクレメンディア

様が担当することなどを伝えます。

「トラオクヴァール様、騎士団が集合し次第、わたくしも彼等と離宮へ戻ります。騎士達が貴族院から王宮へ戻る時にもわたくしの離宮を経由する以上、転移扉を封鎖できません。わたくしの離宮に防衛の騎士を増やしてもよろしいでしょうか?」

クレメンディア様が水色の瞳をトラオクヴァール様に向けて、心細そうにお願いしています。彼女は政変の後、まだトラオクヴァール様がツェントだと認められていないくらいの時期に残党の襲撃を受けて娘を亡くしました。その一件で乱暴な言動をする筋骨逞《たくま》しい殿方は苦手になったようです。クレメンディア様の離宮は男性騎士の数が最も少なく、普段はあまり人の出入りがありません。通過するだけの騎士が居住区域に入ることはできませんが、それでも警戒してしまうのでしょう。

クレメンディア様は淡い緑色の髪を緩くまとめた華奢《きゃしゃ》で儚《はかな》い外見通りの方で、ダンケルフェルガー出身のわたくしと違って講義以外で武器を持ったことがないと聞きました。「ご自分の身はご自分で守れば良いのでは?」とはクレメンディア様にはとても言えません。

「あぁ。構わぬ。私の護衛騎士を二人ほど離宮に移動させる。その者達に騎士の管理を任せなさい」

「恐れ入ります」

クレメンディア様のお願いを聞き入れるトラオクヴァール様を見ながら、わたくしは少し眉を寄せました。確かに騎士達の統率に慣れている護衛騎士を出し、騎士達の移動を受け持つクレメンディア様の離宮を守るのも大事です。しかし、それではトラオクヴァール様の周囲が手薄になりすぎ

ます。

……わたくしの離宮から王宮に騎士を回せないかしら？

クレメンディア様がトラオクヴァール様の護衛騎士を連れて部屋を出て行くのを見送りながら、わたくしは自分の離宮の警備体制とトラオクヴァール様の護衛について考えました。騎士を増やせなくても罠を張るとか寝室を変更するなど、防衛のためにできることはたくさんあります。クレメンディア様と違って、わたくしにはダンケルフェルガーで鍛えた武力があります。トラオクヴァール様を守る者が少ないならば、わたくしが守れば良いのではないでしょうか。

「それにしても、エーレンフェストからの知らせが正しかったとは……」

第一夫人のラルフリーダ様が金髪をゆっくりと左右に振って息を吐きました。ツェントの代わりにアウブ・エーレンフェストと面会をしたジギスヴァルト王子の知らせによって、王宮は一度封鎖されました。

その時は完全に武装した中央騎士団が貴族院で待ち構えていたにもかかわらず、侵入者は三日経っても現れませんでした。中央神殿から神事のために貴族院を開けろという要請が再三あり、離宮を経由する形でエーレンフェストに問い合わせても回答がありません。

敵が現れないのにいつまでも王宮を封鎖し続けることも難しく、トラオクヴァール様はアナスタージウス王子やラオブルートに貴族院を捜索させ、王宮の封鎖を解きました。まるでそれを待っていたかのように侵入者が発見されたのです。

「貴族院を確認させたというのに、発見された不審者は一体どこに隠れていたのでしょうね？　マ

グダレーナ様は何か思い当たるところがございますか？」

ラルフリーダ様の青緑の瞳がわたくしに向けられました。わたくしはアナスタージウス王子やラオブルートの報告と貴族院に存在する建物を思い出します。

「アーレンスバッハに関係のある場所は全て調べたはずです。アーレンスバッハ寮も、お茶会室も、旧ベルケシュトックの寮も確認したと聞きました。他の廃領地の寮やお茶会室も調べています。貴族院には古のツェントが封鎖した離宮もありますが、あれらはグルトリスハイトがなければ鍵があっても開けられないでしょう？　他に潜める場所など思い浮かびませんね。……けれど、発見されたい以上、敵が貴族院にいることは間違いないと思います」

「あれだけ厳重に騎士団が見張っているのに敵が現れて、まだ捕らえられていないなんて、ラオブルート達は一体何をしているのかしら？」

ラオブルートを騎士団長に推薦したのはラルフリーダ様です。だからこそ、苛立たしく思うこともあるでしょう。けれど、安全な場所に避難しているわたくし達が、敵を見つけられない騎士達を責めるものではありません。

「簡単に見つかることはないという自信があるからこそ、貴族院へ攻め入るなど傲岸《ごうがん》不遜《ふそん》な真似ができるのですよ。ラオブルート達が見張っていたからこそ不審者を見つけられたのかもしれません。いずれにせよ、敵の存在が明らかになったのですから、わたくし達はすでに戦いの場にいるのです。その心構えと対策が必要ですね」

「まぁ、王宮を封鎖しておけば貴族院からの侵入者は離宮を経由する以外に入ってこられませんわ。

王宮より離宮の防衛に力を入れなければなりませんね」

ラルフリーダ様と話をしている中で、わたくしは何とも言えない違和感を覚えました。見逃していることがあるような、情報を制限されているような、自分達の目に見えないところで大きく物事が動いているような、焦燥感《しょうそうかん》が胸の内に広がっていくのです。

「離宮の守りも必要でしょうけれど、全てはツェントをお守りするために行うことです。最大の警戒をして守るべきはツェントです。わたくし、自分の離宮を確認した後は王宮でツェントの守りにつこうと存じます」

「マグダレーナ様が⁉　この王宮は封鎖さえしておけば貴族院からの侵入を防げるのですよ？　何の心配もございませんわ」

「敵がアーレンスバッハやランツェナーヴェの者達ならば、守りを固めるのは南東側にあるジギスヴァルト王子の離宮です。南西側に位置するわたくしの離宮は最低限の騎士を残せば問題ありません。より重要な王宮に騎士を移動させるべきです。何事にも絶対はありませんもの。騎士団長が貴族院で警戒している今、ツェントの周囲をできるだけ固めましょう」

ツェントの守りが手薄になるならば、わたくしが自分で守れば良いのです。

「マグダレーナがそこまでする必要はないと思うのだが……」

困惑しているトラオクヴァール様に、わたくしはニコリと微笑んで首を横に振りました。幼い頃から教えられてきた「ダンケルフェルガーは王の剣。神々の認めし王の敵を討ち、ユルゲンシュミットの平穏を守る者なり」という教えが胸にあります。今それを実戦しなくていつするのでしょう。

「わたくしはダンケルフェルガー出身ですもの。騎士団長が貴族院へ向かって不在の今、王の剣としての役目を果たしたいと存じます。それに、妻が夫の心配をするのが悪いとはおっしゃいませんよね？　わたくしの安心のためにもツェントの周囲をわたくしの護衛騎士達にも守らせてくださいませ」

「……居住区域だけならば構わない。好きにしなさい」

呆れたような溜息混じりの声で、それでも優しい笑みと共にトラオクヴァール様は許可をくださいました。

わたくしは自分の離宮に一度戻り、離宮の警備体制を変更し、連絡や休憩、いざという時の連携について指示を出した後、自分の騎士達を連れて王宮に戻りました。采配を許された範囲であるトラオクヴァール様の居住区域を見て回ります。ツェントの居住区域は許可のある者しか入れない、魔力的に隔離された場所です。敵は侵入できないという甘えがあるせいでしょうか。あまりの警備の手薄さにわたくしは眩暈《めまい》を覚えました。

「一番無防備になる睡眠時の警備だけでも見直しましょう。わたくしの騎士も連れて来たので不寝番を増やします。次に罠を仕掛けましょう。不寝番以外の者が出入りした時に気付けるように。それから、トラオクヴァール様の寝台をあちらの部屋に準備してくださいませ。こちらは敵を欺《あざむ》くためにわたくしが使います」

「そこはツェントを守るために一緒に寝ると言うところでは？」

「……わたくしは構いませんけれど、それではトラオクヴァール様が落ち着いて寝られませんわ」

戦闘中と同様の恰好で周囲を警戒しながら眠る予定のわたくしと共にいても、トラオクヴァール様が休めるとは思えません。周囲に警戒しすぎだと苦笑されながら、わたくしは仮眠を取って、深夜でも動けるように準備します。

……お兄様に連絡を取れれば良いのですけれど、まだトラオクヴァール様に危険が迫っているわけではありませんからね。

アウブ・ダンケルフェルガーであるお兄様はツェントの剣です。ツェントが危険に陥った時には必ず助けてくれます。エーレンフェストからも連絡がいったようですし、何か事が起これればお願いするとは言ってあるので、ある程度の出陣準備は調えてくれているでしょう。

警戒しながら過ごしましたが、その夜に敵が現れることはありませんでした。夜が明けてからも敵を捕縛したというラオブルートからの連絡はなく、王宮の封鎖を再び解くのか、敵を捕らえ終わるまで待つのかという文官の議論に結論が出ないまま、再び夜が訪れました。


「昨夜も何もなかったのに、マグダレーナがそこまで頑張る必要があるかな？」

「トラオクヴァール様、油断した時に敵が動くのです。貴族院も警戒していた時には身を潜めていた敵が、警戒を緩めた途端に姿を見せたではありませんか。昨夜は何事もありませんでしたが、今夜も安全とは限りませんわ」

わたくしが半武装状態で罠を仕掛け、その情報を不寝番の騎士達と共有している様子を、就寝準

備を終えたトラオクヴァール様が少し眉を下げて見ています。

「マグダレーナの負担が気になるのだが、寝る時も油断しないのがダンケルフェルガー流のやり方かな？」

「えぇ、すでに戦場に身を置いているのですもの。わたくしに構わず、トラオクヴァール様はあちらの部屋でお休みくださいませ。敵を油断させるためです。この場にいる護衛騎士以外にはどのような罠がどこに仕掛けられているのか、ご自分がどこで寝るのか情報を漏らしてはなりませんよ」

わたくしの負担を思いやってくださっているようですが、わたくしは自分の離宮に戻ったとしてもトラオクヴァール様の守りの薄さが気になって休めません。

「わかった、わかった。貴女の言う通りにするよ」

わたくしに譲る気がないとわかったようで、トラオクヴァール様は仕方なさそうに肩を竦めると、わたくしが指定した部屋へ向かいます。その背中を絶対に守るのだと決意し、わたくしは今日の不寝番達に提案しました。

「わたくし、今日は不寝番に参加しようかしら？」

「マグダレーナ様が不寝番に立っていたら、敵も異変を感じますよ。寝ても寝なくても構いませんからおとなしく寝台に入ってください」

自分の護衛騎士に軽くあしらわれ、わたくしはトラオクヴァール様の寝台に入ります。寝転がりますが、完全に眠るわけではありません。本当は周囲の音や声が聞こえるように天蓋の布を下ろさず、まとめたままにしたかったのですが、それは護衛騎士達から却下されました。

寝転がる時も半武装状態で、髪は三つ編みにされていて、紐一本でまとめられる状態になっていますし、衣装もすぐに外に出られる恰好です。腰のベルトには全身鎧を身につけるための魔石と威《い》嚇《かく》のための攻撃用魔術具があります。

わたくしは警戒しながら目を閉じていました。わたくしもトラオクヴァール様達と同じように今日も襲撃はないだろうし、何か起こるとすれば貴族院だし、王宮に敵が入り込むことはないと思っています。それでも警戒だけはしておいた方が良いという気持ちが消えません。

……これだからダンケルフェルガーの女は他領でなかなか馴染めないのです。

うつらうつらとしながら考えていた暗闇の中、少し遠くでヒュンと何かが風を切る音がしました。その小さな音を聞き取ったわたくしがパッと目を覚ますのと、「うわっ⁉」という男の声が廊下に響くのは同時でした。

「侵入者あり！　逃がしてはなりません！」

わたくしは飛び起きながら不寝番の騎士達に叫び、即座に腰のベルトを探ります。鎧の魔石に触れると、魔力を流し、完全に武装するまで待てずに寝台を飛び降りました。そのまま部屋の出入り口へ駆け出しながらシュタープを手にします。

わたくしが部屋から出た時には不寝番の騎士達が侵入者を捕らえていました。

「敵ではありません！　私はトラオクヴァール様の護衛騎士です！」

その侵入者は中央騎士団の恰好をしていて、護衛騎士だと言い張っています。不寝番の側仕えによって部屋に明かりがつけられると、その顔が見えました。

「確かにツェントの護衛騎士ですけれど、今夜の不寝番ではありませんわね」

「マグダレーナ様が何故ここに⁉」

捕らえられた騎士はわたくしがトラオクヴァール様のお部屋にいることに目を見開きました。この男はおそらくクレメンディア様の離宮の警備か、ラオブルートと共に貴族院の警備に当たっていた護衛騎士でしょう。

「引き継ぎが上手くいかなかっただけです。私は……」

「疑わしい者は全て捕らえて武装解除です。変装の魔術具を使っている可能性もあります」

「マグダレーナ様、彼はツェントの護衛騎士です。私が保証します」

わたくしの護衛騎士達は命令通りに武装解除を始めましたが、同じ不寝番でもトラオクヴァール様の護衛騎士達は「本当に自分達の仲間の護衛騎士なので彼を放してほしい」と訴えます。

護衛騎士なのに何と甘いことを言うのでしょうか。何と言われても、捕らえた相手が誰であっても関係ありません。これだけ警戒している中に忍び込んできた者を野放しにできるわけがないでしょう。武装解除するだけで別に痛めつけて動けなくしたわけでもないのですから、これでもずいぶんと甘い処置だと思います。

「言い訳は後で聞きます。今は引き継ぎを怠った職務怠慢で捕らえておきなさい。朝までツェントの居住区域を守る者は、本日の不寝番だけです」

わたくしは取り成しの言葉には耳を貸さず、すぐさま離宮と繋がる転移扉を守る騎士達にオルドナンツを飛ばします。

「マグダレーナです。ツェントの寝室に侵入者あり！　敵が中央騎士団に変装して入り込んでいる可能性があります。警戒を！」

その途端、次々とオルドナンツが飛んでくるようになりました。

「離宮の転移扉へ走ってくる不審者を発見！　応援をお願いします！」

「文官棟へ走る騎士がいます！　警戒を！」

それらのオルドナンツに、ツェントの護衛騎士達も侵入してきた男に向ける目を厳しくしました。勝手に彼を解放することはなさそうだと判断すると、わたくしはトラオクヴァール様が休んでいる部屋へ飛び込みました。

「トラオクヴァール様、敵が中央騎士団に変装して入り込んでいます。ツェントの剣であるダンケルフェルガーに救援を要請します」

さすがに廊下が騒がしくてトラオクヴァール様も目覚めたようです。寝台の上にいるままでしたが、トラオクヴァール様は「頼む」とすぐに返事をくださいました。

「イスハイト、マグダレーナです。王宮のツェントの居住区に侵入者あり！　イスハイトからお兄様に、アウブ・ダンケルフェルガーに救援要請をお願いします」

わたくしはすぐさま自分の離宮の防衛を任せている護衛騎士のイスハイトにオルドナンツを送ります。

「王宮は現在封鎖中。離宮からダンケルフェルガーと、ダンケルフェルガー寮の転移陣の騎士に魔術具の手紙を送ってください。王宮からのオルドナンツや手紙は妨害される可能性も考えられます。

寮監のルーフェンを知る騎士から彼へオルドナンツを！　ルーフェンからもダンケルフェルガーへ連絡してほしいと伝えてください。ダンケルフェルガーからの返事は全てイスハイトが受け、わたくしに連絡してください」

わたくしがいくつもの手段を使ってダンケルフェルガーに救援を求めるようにオルドナンツを送る中、護衛騎士達もオルドナンツを飛ばしています。

「王宮に侵入者あり。騎士寮の者達は即出動せよ！」

「侵入者を追っている者達に救援を！」

「ラルフリーダ、トラオクヴァールだ。王宮に逆賊が侵入。マグダレーナが戦闘の指揮を執り、ダンケルフェルガーに救援要請をした。王子達には離宮を封鎖して安全を確保するように連絡を頼む」

わたくしはトラオクヴァール様の言葉に軽く目を見開きました。ツェントの居住区域での防衛に関しては任されていましたが、戦闘の指揮に関しては初耳です。

「トラオクヴァール様、わたくしが指揮を執るのですか？」

「あぁ。騎士団長が不在の今、騎士の統率を其方に任せる。マグダレーナならば敵がどのような姿をしていようとも惑わないであろう？」

わたくしが跪き、「拝命いたします」と言い終わって立ち上がると、わたくしの側仕えが近付いてきて攻撃用魔術具や回復薬の数々が入った小物入れをすっと差し出しました。さすが武寄りの側仕えです。自分の戦闘準備もできている彼女に感謝の笑みを向けつつ、わたくしはそれを手に取っ

てベルトに付けます。

そこにオルドナンツが飛んできました。

「マグダレーナ様、イスハイトです。ダンケルフェルガーのジークリンデ様より返答がありました。アウブ・ダンケルフェルガーはすでに貴族院で戦闘中。ジークリンデ様達は後方支援として寮に待機中だそうです。すぐにアウブを王宮へ向かわせるとのこと。王宮の封鎖の解除をお願いします」

あまりにも早い返事に驚きましたが、それより引っかかったのは「お兄様達が貴族院で戦闘中」という言葉です。

ダンケルフェルガーが貴族院で戦う相手は誰なのか。ダンケルフェルガーが貴族院にいる情報が王宮に伝わっていないのは何故なのか。他領との連絡を断つことになる王宮の封鎖を命じたのは誰なのか。エーレンフェストからの知らせがあった後に貴族院にずっといたのは誰なのか。

……ラオブルート！

瞬間的に弾き出された敵の姿に、わたくしは思わず顔を顰めました。

「トラオクヴァール様、おそらく敵はラオブルートです」

「突然何を言い出すのだ、マグダレーナ⁉」

自分を最も身近で守る筆頭護衛騎士であり、騎士団を統率する騎士団長が裏切っていると言われてすぐに信じられる主がどのくらいいるでしょうか。わたくしはトラオクヴァール様の驚愕した表情を痛々しく思う反面、ここで判断を間違ってはならないと気を引き締めました。

「貴族院にいる中央騎士団とダンケルフェルガーが共闘しているならば、中央騎士団から離宮を経

て情報が送られるはずです。それがないのですから、貴族院にいる中央騎士団とダンケルフェルガーは現在敵対関係にある可能性が高いでしょう。他領と連絡が取れなくなる王宮の封鎖を最初に口にしたのは誰か覚えていますか？　ツェントの居住区域に侵入者を送り込める敵は非常に絞られます」

言葉に詰まって顔を青くしているトラオクヴァール様を見て、わたくしは軽く頭を左右に振りました。トラオクヴァール様を追い詰めても意味がありません。わたくしが追い詰めるべき敵は貴族院にいるのですから。

「ダンケルフェルガーは王の剣。神々の認めし王の敵を討ち、ユルゲンシュミットの平穏を守る者なり。その誓い通り、誰が敵であろうとわたくしは貴方を守り、敵を討ち滅ぼします。ダンケルフェルガーの騎士達を受け入れるために王宮の封鎖を解いてください」

ツェントが王宮の封鎖を解くために動き出すのを見て、わたくしは部屋を出ながら王宮内にオルドナンツを飛ばします。

「マグダレーナです。ツェント・トラオクヴァールに此度の戦闘の指揮を任じられました。これより王宮の封鎖を解きます。ダンケルフェルガーの騎士の救援を受け入れてください」

「マグダレーナです。敵の変装による侵入ではありませんでした！　一部の中央騎士団による造反です！　敵はラオブルートとその一味！」

「ラルフリーダ様、マグダレーナです。王宮内の襲撃はラオブルートの手によるもの！　中央騎士団同士の戦いになっています。各離宮への連絡をお願いします」

その知らせを耳にした不寝番の騎士の一部が目を剥きました。

「何ということを……。騎士団長が裏切るなどあり得ません。仲間割れが目的なのですか⁉　撤回してください！　トラオクヴァール様、マグダレーナ様を止めてください！」

「お黙りなさい！　ツェントを守ることが最優先です。ラオブルートが裏切り者である可能性が高い今、トラオクヴァール様の護衛騎士は信用なりません。全員捕らえなさい」

わたくしは自分の護衛騎士にそう命じながら、自分でもトラオクヴァール様の護衛騎士達を捕らえていきます。彼等が抵抗し、他の場所にいる護衛騎士を呼ぶため、ツェントの居住区域があっという間に戦いの場になりました。

「ツェントを守れ！　マグダレーナ様の好きにさせてはならぬ！」

「誰がラオブルートに利する者かわからない以上、トラオクヴァール様に近付けてはなりません！」

トラオクヴァール様はまだラオブルートの裏切りを受け止めきれないのでしょう。ご自分の護衛騎士に味方してわたくしを止めることもできず、わたくしの言葉を全面的に受け入れて自分の護衛騎士に「おとなしく捕らわれてくれ」と命じることもできないようです。きつく目を閉じて苦悩に満ちた顔で座り込んでしまいました。

わたくしとわたくしの側仕えはトラオクヴァール様に誰も近付けないように守りつつ、トラオクヴァール様の護衛騎士達を捕らえます。

その混戦の中にオルドナンツが二羽、連続で飛んできました。

「ツェント・トラオクヴァール、アウブ・ダンケルフェルガーです。王宮に到着。中央の騎士を捕

らえる許可をお願いします」

「マグダレーナ、ヴェルデクラフだ。其方は今どこにいる？」

わたくしはダンケルフェルガーの騎士達に中央の騎士達を捕らえさせて良いのか苦悩しているトラオクヴァール様を横目で見つつ、オルドナンツの返事をします。

「お兄様、マグダレーナです。わたくしはトラオクヴァール様と共にいます。ツェントの居住区域で戦闘中。ダンケルフェルガーに中央の騎士を捕らえる許可を与えます」

わたくしがお兄様に許可を与えると、トラオクヴァール様は重大な決断から逃れられたことにホッとした顔を見せ、直後、勝手に回答したわたくしを咎めるように眉を寄せました。

「そのようなお顔をしないでくださいませ。わたくし、トラオクヴァール様より此度の戦闘の指揮を任されました。中央の騎士の造反を、中央騎士団で押さえ込むのは仲間意識もあり、敵の判別が難しく困難です。ダンケルフェルガーの騎士に片端から押さえてもらうのが一番早く終わります。……それに、本当の敵は王宮ではなく貴族院にいますから」

ラオブルートを討たなければ、ひとまず捕らえた騎士達を解放することもできません。トラオクヴァール様は胸元を押さえて、重い溜息を吐きました。

そこにオルドナンツが飛んできました。王宮内の騎士やダンケルフェルガーからの報告かと思っていたのですが、予想外の人物の声で話し始めました。

「ツェント・トラオクヴァール、エーレンフェストのフェルディナンドです」

フェルディナンド様のオルドナンツは、先に知らせてあったアーレンスバッハとランツェナーヴ

ェの逆賊をアダルジーザの離宮でダンケルフェルガーと共闘して捕らえたこと、その捕虜の中にランツェナーヴェ王であるジェルヴァージオがいなかったこと、ジェルヴァージオがグルトリスハイトを得るために動いていること、中央騎士団長ラオブルートが彼を守るために講堂にいることなどの現状が報告されます。

……貴族院でそんなことが起こっているなんて……。

初めて知る内容が多くて、わたくしは言葉を失いました。トラオクヴァール様も同じです。次から次へと明らかになる現状や明確になってしまったラオブルートの裏切り、十年以上探しても自分では手にできなかったグルトリスハイトを外国から入ってきた者が手にしようとしていることにピクリとも動けないほどに衝撃を受けていることがわかりました。

そんなトラオクヴァール様に、フェルディナンド様は騎士を率いてツェントとして戦場に立てとおっしゃいます。

「トラオクヴァール様、ツェントの代わりに戦うためにダンケルフェルガーがいるとフェルディナンド様に……」

わたくしが声をかけるより先に、少し震える手でトラオクヴァール様がシュタープを振りました。その手にある黄色の魔石が白い鳥に変化します。トラオクヴァール様の口から出たのは、グルトリスハイトを持つ真のツェントの誕生を望むというものでした。

「それではツェントとしての責任や立場を放棄すると受け取られます！　すぐに訂正を！」

「グルトリスハイトを持たぬ私はツェントではない。真のツェントこそがユルゲンシュミットに必

要なのだ。私は正当なツェントを望む」

いつも通りの顔でトラオクヴァール様はただ同じ言葉を繰り返します。そんなトラオクヴァール様の言葉に同調して、縛られて転がされている五人の護衛騎士のうち二人が「グルトリスハイトを持つ真のツェントを。必要のない責務に苦しむトラオクヴァール様に休息を」と言い出しました。

「トラオクヴァール様、しっかりしてくださいませ。貴方がツェントです！　ユルゲンシュミットの貴族はトラオクヴァール様をツェントだと思っています。だからこそ、フェルディナンド様もトラオクヴァール様にオルドナンツを送ってきたのではありませんか」

「グルトリスハイトを持たぬ私はツェントではない。真のツェントこそがユルゲンシュミットに必要なのだ。私は正当なツェントを望む」

私はツェントではない、と頭を左右に振るトラオクヴァール様から嗅《か》ぎ慣れない甘い匂いがしました。髪に移った香りのように思えますが、トラオクヴァール様はあまり甘い香りを好みません。何となく敵の存在を感じました。

「……トラオクヴァール様、何か香料を付けていますか？　もしくは、甘い匂いを好む者が近付きませんでしたか？」

「最近はよく眠れる香を焚《た》くことが多いが、その香りが移ったのかもしれぬ」

先程までと様子は違い、普通の会話が成立しました。何かが変ですが、何が変なのか言い切れません。眉を寄せるわたくしに、縛られている護衛騎士が声を上げました。

「マグダレーナ様、トルークを使われた騎士達の状態と酷似していませんか？　一見普通そうに見

えるのに、ある事柄に関すると突然会話が成立しなくなるとか、甘い匂いがするとか……」

何の得にもならない妙な騒動を起こす騎士達と、彼等に使われていたという疑いのある植物の名前を思い出し、わたくしはハッとしました。

「中央騎士団にトルークを持ち込んだのもラオブルートでは？」

トルークに侵された騎士達の調査をしたのはラオブルートです。彼が犯人ならば情報を隠したり、嘘を報告したりすることは容易かったに違いありません。一体どれだけの正しい情報や報告が彼によってねじ曲げられ、潰されてきたのでしょうか。彼の報告を信じて動いていたトラオクヴァール様は貴族達からどのような目で見られるのでしょうか。

……ラオブルートだけは絶対に許しません！

わたくしはトラオクヴァール様に同調しなかった護衛騎士達の縛めを解きました。

「貴方達はトルークに侵されていないと判別できたので解放します。ツェントの居住区域とトラオクヴァール様を守ってください。わたくしはお兄様と合流し、ラオブルートを討ちます」

「はっ！」

わたくしは武寄りの側仕えと自分の護衛騎士を一人残し、他の護衛騎士達を連れてツェントの居住区域から貴族院の転移扉を目指して突き進みます。

「お兄様、マグダレーナです。ツェントの居住区域は鎮圧《ちんあつ》しました。これから貴族院へ向かいます」

トルークに侵されていないと判断できた騎士達に王宮の守りを任せ、わたくしはお兄様と合流し、

貴族院の講堂へ向かって走ります。

「マグダレーナ、これを持っておけ」

お兄様に渡されたのは、銀色の短剣でした。シュタープで作り出す武器と違って、ずっしりとした重みを感じます。持ち方や扱いによっては多少の負荷が掛かり、自分の動きを阻害するでしょう。

「ランツェナーヴェの者から回収した武器だ。奴等が持ち込んだ銀色の布は全ての魔力攻撃を受け付けず、シュタープの武器が通用しない。そして、この銀色の短剣は魔石の鎧を簡単に切り裂く。常識の違う敵を倒すのは簡単ではないぞ」

わたくしはありがたく短剣を受け取りました。走りながら腰のベルトに括《くく》り付けることで、バランス良く動ける位置を探り、短剣の重さと重心の変化を体に覚えさせます。

「講堂ですわね。準備は良くて？」

「おぅ！　突撃だ！　扉を開けろ！」

お兄様の号令に、ダンケルフェルガーの騎士達が扉の取っ手に飛びついて勢いよく扉を開けました。お兄様に続いてわたくしも講堂へ飛び込みます。

講堂の中は戦闘の跡がたくさんあるにもかかわらず、何故かまともな陣形もなく、敵味方が大魔術で蹴散らされたように散らばっていて、皆が戦いの手を止めていました。驚いたようにこちらを振り返る者達ばかりだったことで、わたくしには一目でラオブルートの位置がわかりました。

「ランツェ！」

シュタープを槍に変形させながら、わたくしはラオブルートに向かって駆けます。

「ツェントを守る騎士団長でありながら、トラオクヴァール様に毒を盛ったラオブルート、其方だけは許しません。夫が動けぬ今、妻であるわたくしが其方を討ちます」

お兄様は祭壇上にいるフェルディナンド様の言葉に応じ、中央騎士団の裏切り者達を捕らえるように命じました。ダンケルフェルガーの騎士達の動きを警戒したためか、ラオブルートの周囲を守ろうとする者達が減り、わたくしも動きやすくなっています。

わたくしがラオブルートのところに到着するより先に、祭壇上に異変が起こりました。突然神像から光の柱が立ち上ったかと思うと、眩い光と祭壇上にいた三人の姿が消えたのです。

「ジェルヴァージオ様⁉」

ラオブルートが顔色を変えて声を上げ、祭壇に向かって駆け出しました。その背中にあるのは中央の所属を示す黒いマントではなく、ランツェナーヴェから持ち込まれた銀色のマント。ラオブルートにとっての主がトラオクヴァール様ではなく、祭壇の上にいた男なのだと嫌でもわかります。

わたくしの脳裏にはトラオクヴァール様がラオブルートの裏切りを知って衝撃を受けていた姿や、トルークに侵されて「私はツェントではない」と口にしていた姿がありありと思い浮かびました。

……感情で走ってはなりません。ラオブルートはわたくしより強いのですから。

裏切り者であっても、ラオブルートは中央騎士団の騎士団長です。戦いにおける技倆《ぎりょう》や経験は、わたくしを圧倒的に上回っています。ラオブルートの背中を追いかけて走りながら苦々しい思いに一度蓋をすると、わたくしは視線を左右に動かしてお兄様の姿を探しました。

……お兄様はどこに……。

視線を少し動かしただけで、お兄様とすぐに目が合いました。銀色の剣を手にしてダンケルフェルガーの騎士達に指示を出しながら、ラオブルートに別方向から走り寄ってきています。その様子からお兄様の赤い目がずっとわたくしの動きを追っていたことと、自分が共闘者の動きを意識していなかったことに気付きました。

……後で未熟者と叱られますわね。

結婚前にダンケルフェルガーで訓練していた頃のお兄様の物言いを思い出して、わたくしは気を引き締めて槍を握り直します。

ラオブルートは奉納舞の舞台へ上がる階段へ踏み出そうとしていました。奉納舞の舞台に上がりきられると厄介ですが、階段は足場が悪く背中が無防備になります。お兄様の小さな頷きを目にして、わたくしは階段を上がろうとするラオブルートの背中を目がけて槍を突き出しました。

「ふっ！」

「むっ⁉」

ラオブルートが振り向いて避けました。そこを狙って左から飛び込んできたお兄様が銀色の剣を振り下ろします。「ぐっ」と唸《うな》るような声を上げて、少し体勢を崩しつつもラオブルートは何とか避けきりました。ラオブルートが武器を構えようとするより早く、わたくしは攻撃用魔術具を投げつけます。

「うぐっ……」

何とか銀色のマントを上げ、ラオブルートは完全に攻撃用魔術具を防ぎました。銀色のマントに

魔力攻撃が効かないのは本当のようです。ラオブルートはわたくしの槍とお兄様の手にある銀色の剣を目にして、お兄様に対して警戒の姿勢を取りました。わたくしのシュタープの槍は簡単に防げると考えたようで、お兄様の攻撃には手にしている銀色の武器で対応し、わたくしの槍を銀色のマントで防ぎ始めました。

……まだよ。油断が隙になるまで待つの。

何度か剣戟《けんげき》が響く中、わたくしは銀色のマントのない部分を横から槍で攻撃します。全身鎧があり、銀色のマントがあるので、わたくしの攻撃はラオブルートの邪魔をする程度にしかなっていません。ラオブルートがわたくしからお兄様の動きへ意識の重心を移していく様子をじっと観察しながら槍を繰り出します。

「アウブ・ダンケルフェルガーならば、グルトリスハイトを持つ真のツェントこそがユルゲンシュミットに必要だとおわかりでしょう？　苦悩するトラオクヴァール様を今まで支えてきたマグダレーナ様ならば、グルトリスハイトのないまま統治しなければならない重責から解放してあげたいと思いませんか？」

ラオブルートが口を開いて何か言っていますが、裏切り者の言葉に興味はありません。主を裏切ったことが全て。それだけで討伐理由には十分です。言い訳や犯人の背景などに興味を抱くのは、捕らえた後で良いのです。

「ふん！」

ガチッと音を響かせて剣先がぶつかりました。その音にハッとして、わたくしは銀色の短剣を手

にします。交わった剣と剣にかかる二人の力が滑るように剣先から鍔元《つばもと》へ移動していきます。ほんの一秒にも満たない剣の動きが、わたくしの目にはやけにゆっくり、はっきりと見えました。

……今です！

鍔迫《ぜ》り合《あ》いになってお互いに相手の体勢を崩すために剣を動かそうとする瞬間だけは目の前の相手の動きに全神経を集中させます。その一瞬を目がけて、わたくしは銀色の短剣をラオブルートの横腹に突き刺しました。

魔石の鎧は銀色の短剣を何の抵抗もなく受け入れます。碌な防具を身につけていない者を刺した時と同じで、肉を突き刺すわずかな感触しか短剣は伝えてきません。

「なっ⁉」

わたくしが鎧を貫く銀色の武器を持っていると思わなかったのでしょう。ラオブルートは銀色のマントで防ぐことのできなかった攻撃に大きく目を見開き、自分の腹に刺さった銀色の短剣へ視線を下げます。

「何故……いつからその武器を……」

驚愕で隙だらけになったラオブルートの肩にお兄様の剣が突き刺さりました。剣を引き抜いて、血糊《ちのり》を振ったお兄様はその場に崩れていくラオブルートを油断なく見下ろしています。

「ローゼマイン様がグルトリスハイトをお持ちであることをこの目で確認し、グルトリスハイトを与える女神の化身だと聞いた今、余所者のツェント候補者に興味はない」

それ以上、ラオブルートが戦うことはできませんでした。戦いを見守っていた騎士達が駆け寄り、

武装解除します。取り調べることはいくらでもありますし、死なない程度には回復薬も与えられるでしょう。

「……終わりましたね」

二の鐘を聞きながら夫の敵を打ち倒せたこと、ツェントの剣としての役目を果たせたことに、わたくしは安堵の息を吐きます。勝利感で胸を満たし、お兄様と軽く拳を合わせました。それで、ようやく意識が戦闘から周囲の様子を拾うことに向き始めたようです。

「それで捕虜は全員か？　その中にアナスタージウス王子の護衛騎士がいたら解放を。それからハイスヒッツェ、別行動中に何があったのか報告せよ」

お兄様がダンケルフェルガーの騎士達のところへ歩いていくのを見送り、わたくしはラオブルートが上がろうとしていた階段を上がって奉納舞の舞台の上から講堂内を見回しました。

講堂内にいた中央騎士団はダンケルフェルガーの騎士達によって捕らえられています。アナスタージウス王子は舞台の奥、祭壇の手前から壇上を見ていました。エーレンフェストのマントを着けた者達は講堂の扉に近いところで何やら騒いでいます。

「全ての魔力を塗り替える圧倒的な御力！　女神が降臨されたに違いありません！」

一体何の話をしているのか気になって、わたくしは視力や聴覚を強化します。よく見ると、貴族院の神事や図書館の地下書庫で現代語訳した時に顔を合わせたことがあるローゼマイン様の側近達ばかりでした。

「ローゼマイン様の魔力に大きな変化が出たことは間違いありませんが、女神の降臨かどうかは……」

「其方達は自分を包む力の異質さ、痺れるような美しさがわからないのか？」

「ハルトムートが何故それだけで女神の御力だとか降臨だとか判断できるのかわからないのです」

どうやら騒いでいるのはハルトムートだけで、他の者達はうんざりした顔をしています。

「ハルトムート」

わたくしの視線に気付いたらしいレオノーレが軽く息を吐くと、素早く光の帯でハルトムートを縛り上げて講堂の隅に転がしました。

「皆様に注目されていますし、皆様の作業の手が止まりますから恥ずかしくて迷惑です。そこで静かにしていてくださいませ」

容赦ない行動ですが、戦場における騎士としての判断は見事です。他領にこれだけ冷静に判断して行動できる女性騎士は珍しいので、わたくしは感心してしまいます。

……それにしても、女神の降臨と言ったかしら？

わたくしは彼等の会話を耳にしたことで、自分達が講堂に入った直後の出来事をようやく思い出しました。視界には入っていたけれど、ラオブルートしか意識に入っていませんでした。強く光った祭壇の神像と、それに巻き込まれるようにしてフェルディナンド様、ローゼマイン様、それから、ラオブルートの主はあの時に姿を消し、未だに何の連絡もないようです。

……あの三人は一体どこへ行ったのでしょうね？

祭壇で消えたことから連想したのか、ふとヒルデブラントから聞いた貴族院の二十不思議の記憶が蘇りました。祭壇や祠などに悪戯をしていた学生に、祭壇の最高神から強い光が降り注いだかと思うと、突然姿を消してしまい、もう戻ってこなかったというお話です。

今になって思うと、あのお話はグルトリスハイトを手に入れる話ではないでしょうか。地下書庫で情報を得たローゼマイン様は祠を巡り、その後、突然姿を消していました。急激な成長によって一目では本人と思えない容姿になっているとヒルデブラントから聞いた通り、祭壇の上にいた姿は成人女性のようでした。

お兄様は「グルトリスハイトを与える女神の化身」と言いました。ならば、最高神に招かれて消えた三人は、誰もがグルトリスハイトを持っている可能性が高いのではないでしょうか。

……彼等が戻ってきたとして、トラオクヴァール様にグルトリスハイトが授けられるかしら？

わたくしはあの三人とトラオクヴァール様の関係を思い返し、先程のフェルディナンド様から届いたオルドナンツを思い出して顔を顰めました。

政変に巻き込まれ、勝利したにもかかわらずグルトリスハイトがないため正当なツェントと中央神殿からなかなか認められず、長年苦労してユルゲンシュミットを治めてきたトラオクヴァール様以上にツェントに相応しい者はいません。

……最高神よ、他者に授けるならば、どうかトラオクヴァール様にもグルトリスハイトをお授けください。トラオクヴァール様の今までのご苦労が、どうか正しく報われますように。

奉納舞の舞台の上でわたくしは祈りましたが、祭壇と神像が光ることはありませんでした。

ジェルヴァージオ　女神の降臨

「テルツァ、抗うな。全て受け入れよ。できるだけ多く、なるべく余さず、零れ落とすことなくメスティオノーラの英知を受け取るが良い」

私の名はテルツァではなくジェルヴァージオだと訂正してみたが、神々は最初に登録した名前で認識するらしい。訂正しても呼び名は変わらなかった。あの離宮にいた頃を思い出して少々不愉快な気分になるが、相手は神だ。神々がどのように私の名前を認識していようが構わない。重要なのはランツェナーヴェに出た私にもメスティオノーラの書を与えてもらうことである。

エアヴェルミーン様の声と、自分に降り注ぐ光と知識の奔流に、私は高揚感に包まれた。とうとうグルトリスハイトを手にすることができたという達成感が胸に満ちていく。これで私はツェントになれる。ユルゲンシュミットの傍系王族として育ち、成人すると同時にランツェナーヴェへ送られ、そこで唯一シュタープを持つ者として一国を支えなければならない。その運命を変えることに成功したと言えるだろう。

だが、その喜びはほんの短い時間のことだった。流れ込んでくる知識を受け入れるのは簡単ではない。気になることが次々と出てくるので、それに気を取られる度に他の知識が漏れていく。その度に「受け入れよと言っているではないか」というエアヴェルミーン様の呆れた声を聞く。抗わず

に全ての知識を受け入れるのは予想以上に難しい。

「……うん？」

どのくらいの時間が経ったかわからないが、不意に英知の光が途切れた。ずいぶんと中途半端なところでブツリと強制的に切られたように思えて、私は目を開ける。

「これで終わりなのでしょうか？」

「いや、まだ終わっておらぬようだが……何事だ？」

エアヴェルミーン様は空を見上げて不思議そうに首を傾げている。英知の授与が終わったのかと思えばそうではないらしい。まだ神々と繋がっているはずだと呟く声が聞こえた。

何が起こっているのかと警戒しながらしばらく見上げていると、再び光が降ってきた。

「なっ⁉」

「ふむ。やはりまだ終わっていなかったか。抗わず受け取れ」

だが、その光もすぐに途切れた。何が起こっているのかわからない。しばらく上空を見ていたエアヴェルミーン様は「今度は本当に終わったようだな」と呟く。

「テルツァ、本当にメスティオノーラの書を得られているか確認してみよ」

「かしこまりました。グルトリスハイト」

その途端、私の手にメスティオノーラの書が現れた。感激に打ち震えながら、私は中身を確認する。一瞬で血の気が引いた。英知を上手く受け取れなかったのか、私のメスティオノーラの書はあちらこちらの記述に穴がある上に後ろの方は完全に空白だった。

「途中で光が途切れたせいであろう。このような事態は初めてだ。一つ言えるのは、其方のメスティオノーラの書は不完全であり、ツェント候補として不十分ということだ」

ツェントとしての能力を疑問視され、メスティオノーラの書を握る私の手に力が籠もった。ここで神々に見放されてはこれまでの計画が泡と消える。思わぬ事態に私はゴクリと息を呑んで、エアヴェルミーン様の様子を窺った。

「私の不足を補う方法はございませんか？」

「確か以前のツェント達がメスティオノーラの書の不足を補うために書庫に知識を集めていると聞いたことがある。それを見つければ、不足を補えるかもしれぬ」

書庫ならば貴族院図書館の地下だろうか。入れなかった扉を思い出し、私は苦い気分になる。そこでなければ王宮のどこかにツェントしか入れない書庫があるに違いない。つまり、ツェントの座を得なければ、不足を補うことさえできないだろう。

……彼女のメスティオノーラの書は完成されているのだろうか。

私より先に祠巡りをし、貴族院図書館の地下書庫に入れず、二階の閲覧室から消えたエーレンフェストの領主候補生。本物の神具を使った神事ができるらしく、中央神殿が今回の協力の褒賞に望んでいると聞いた。ラオブルートはローゼマインと言っていた記憶がある。彼女は間違いなく私より先にここへ来た。神々にとって彼女の方が新しいツェントに相応しいと明言されてしまうと、ラオブルートがいかに暗躍しても徒労に終わってしまう。

「三人もいるにもかかわらず、完成されたメスティオノーラの書を持つ者が一人もいないとは一体

どうなっているのだ？　まったく今の候補は誰も彼も……」

今の言い方から推測すると、ローゼマインが得たメスティオノーラの書にも何か不都合があるらしい。わずかな安堵と同時に気になったのは、彼女以外のツェント候補の存在だ。ラオブルートからは特に何も聞いていない。ディートリンデは次期ツェントだと自称していたが、魔力量も属性も頭の出来も不足している。ここに来られるわけがない。

「エアヴェルミーン様、他のツェント候補について教えていただけますか？」

「マインとクインタの二人だ」

どちらもラオブルートから聞いていた領主候補生の名前ではないことに驚いた。ローゼマインがマインだろうか。一応名前に共通点がある。幼名があるならば、彼女も普通の貴族ではないかもしれない。生い立ちに何やら秘密がありそうだ。

クインタはアダルジーザの離宮では馴染み深い名前だ。魔石となる実を数えるために付けられる幼名の一つで、あの離宮を出る際に新たな名前を得る。私はテルツァと名付けられ、洗礼式を機に離れへ移る際に母からジェルヴァージオの名を与えられた。ならばクインタはアダルジーザの離宮を出たフェルディナンドに違いない。

「だが、あの者達は一つの書を二人で分け合っている状態だ。片方を殺してもう片方の知識を得よと伝えているが、完成するのはいつになるか……。無礼者のクインタよりはマインにメスティオノーラの書を完成させ、ツェントになってほしいものだ」

他の二人の候補者はただ不足しているだけの私より面倒な事態になっているらしい。それだけを

聞くと私が優位に思えるが、片方が死んだ時点でもう片方のメスティオノーラの書が完成するならば油断はできない。そこまで考えた時点でハッとした。

……もしかするとクインタはすでに死んでいて、マインの書が完成している可能性が高いのでは？

ディートリンデが即死毒を使っても魔石にならなかったようで、「魔力を枯渇させるためにフェルディナンドをアーレンスバッハの供給の間に閉じ込めた」とレオンツィオから報告を受けた。その後、ローゼマインが救出に向かうための許可をエーレンフェストから求められ、王族が許可を出したそうだ。アーレンスバッハの礎が奪われ、新しいアウブによってランツェナーヴェの者達が捕らえられたとラオブルートから報告があったが、フェルディナンドのその後については詳細がなかった。ローゼマインがマインで、フェルディナンドがクインタならば、マインはクインタの救出ではなく、彼の魔石から英知を回収するためにアーレンスバッハへ向かった可能性がある。

「それにしても、二人で一つの書を分け合うことになったり、英知を授かる途中で不自然に途切れたり、今までにない不都合が起こるのはユルゲンシュミットの魔力枯渇が近いからであろうか」

これほどユルゲンシュミットの礎が魔力枯渇の危機に陥るのは初めてのことだとエアヴェルミーン様はおっしゃった。それほどの危機だからこそ、不足のある候補者であっても切り捨てることができないらしい。

「様々なところに不都合が生じている今、一刻も早くユルゲンシュミットの礎を満たさなければならぬ。崩壊を前には不十分な候補であっても仕方があるまい。テルツァ、早急に礎の魔術を満た

せ」

私のメスティオノーラの書には礎の魔術の場所が載っていない。妙な穴が空いている。これが全てを受け入れられなかった弊害だろうか。メスティオノーラの書で調べることはできなかった。

……ラオブルートに問えば、少なくとも王族が魔力供給をしている場所へ向かうことはできるだろう。

予想外の問題が生じたが、メスティオノーラの書を手に入れることはできたし、他のツェント候補が持つ物も不完全であることがわかった。エアヴェルミーン様から直々に礎の魔術を満たせと命じられたことで、私が正式にツェント候補として認められたと思えば悪い結果ではない。

「かしこまりました、エアヴェルミーン様。できるだけ早く礎の魔術へ向かいます」

始まりの庭に生じた出入り口から出ると、そこは祭壇の上だった。壇上から見下ろすと、戦いが起こっていた。中央騎士団の黒色や魔力攻撃を防ぐ銀色以外のマントが見える。どうやら他領の者がラオブルートの暗躍に気付いたのだろう。

私を守るように祭壇前にいるラオブルートが「神々より賜ったグルトリスハイトを我等にお見せくださいませ！」と叫んだ。

私がその声に応えて「グルトリスハイト」と唱えれば、私の手にメスティオノーラの神具と同じ形の聖典が現れる。内容に不足があることなど一見しただけではわからない。眼下の者達は熱狂的に私を真のツェントだと称え始めた。

……これでユルゲンシュミットの者達にもツェントとして受け入れられるだろう。

安堵した次の瞬間、「グルトリスハイト！」と別の場所で若い女性の声が上がった。まさかもう一人のツェント候補がこの場にいるとは思わなかった。あれがマインに違いない。

……マインはすでにクインタから英知を奪い、完全なメスティオノーラの書を持つ者としてエアヴェルミーン様に会うつもりでは？　それでマインがラオブルートと対立したのでは？

様々な思考が巡る中、マインは神々に祈って味方の騎士達を強化し始めた。成人するまでに受けたユルゲンシュミットの教育では習わなかったし、ラオブルートからも聞いていない。初めて知った。神々に祈りが届くユルゲンシュミットでは可能らしい。

自分でも同じことができるか検証するために、私は自分の手にあるメスティオノーラの書を開く。開いたページには、神に捧げる祈りの文言が浮かび上がった。

……これか。

私はメスティオノーラの書に浮かぶ文言をそのまま読み上げる。その途端に魔力が勝手に引き出され、祝福となって自分の味方が強化された。

「ふむ。私も神々の祝福を授けることができるようだな」

メスティオノーラの書の利便性と、神々の威光を直接感じられる素晴らしさに私は感嘆すると同時にマインを危険視することになった。

彼女はエアヴェルミーン様から「ツェントになってほしい」と望まれている存在だ。私より先にメスティオノーラの書を得ていて、その使い方を私より知っている。おまけに、王との養子縁組を

終えれば、貴族院図書館の地下書庫の奥に入れるようになる可能性が高い。

……未成年の女性だが、ツェント候補としては一番優位ではないか？

メスティオノーラの書を使うことで他にどのようなことができるか知りたくて、私はマインの動きに注目する。

そこに不意の攻撃を受けた。どのようにしたのか、姿を隠していたクインタが祭壇上に突然現れたのだ。顔を見れば血縁者だと一目でわかった。姉であるセラディーナの面影が濃い。

……まだ生きていたのか。

正直なところ、生存していることに驚いた。お互いに殺し合い、メスティオノーラの書を完成させろとエアヴェルミーン様に言われている二人がこの場に揃っているのに、まだどちらも死んでいないのだから。驚きはしたが、どちらのメスティオノーラの書も未完成ということだ。

……さて、どちらを残すのが私にとって有利か？

クインタの攻撃をいなしながら私は考える。クインタは次々と攻撃を繰り出しているが、そこに目新しさはないし、魔力量や攻撃力はそれほどでもない。メスティオノーラの書を使ったツェント候補にしかできない攻撃があるか警戒していたが、それは特にないようだ。できれば、メスティオノーラの書を使った攻撃にどのようなものがあるのか手本を見せてほしいが、クインタはメスティオノーラの書を出そうとしない。

……この場でクインタを消して、マインより先に魔石を奪うか？

私がクインタに向けて即死毒を使った瞬間、「ヴァッシェン！」というマインの声が響いて祭壇

の向こう側に大量の水が渦巻く結果となった。

……私が知っているヴァッシェンと違う。何だ、あれは⁉

驚きに目を見張っていると、天井付近からマインがこちらに飛び出してきた。私はすぐさま攻撃用魔術具を投げつける。

「ローゼマイン！」

「ぐわっ！」

余所見をした私にクインタの攻撃が当たる。そのまま攻撃を畳みかけてくるかと思ったが、クインタは妙な形の武器を消すと、シュタープから伸びる光の帯を落下するマインに向けた。その隙に私は回復薬を口にする。可能ならばシュタープを上に向けているクインタに反撃したかったが、それを阻止するように上空からマインのお守りの反撃が来た。

……ぐっ。

私が盾を頭上にかざした途端、クインタはシュタープを持っていない方の手で魔術具を投げてきた。二方向からの攻撃は防ぎきれない。私が顔を押さえて呻く間に、マインはクインタに救出されていた。

……何故クインタがマインを救出し、何故マインがクインタと並んで私に対峙するのだ？

殺し合うはずの二人が、何故か並んで私に対立している。正直なところ、魔力量だけならばどちらも私の敵にはならない。殺すのは簡単である。だが、片方を殺すともう片方のメスティオノーラの書が完成してしまう。そこが非常に厄介だ。

……クインタよりマインの方がよほど危険だな。

向き合って感じ取れる魔力量から考えると、マインより私の方が魔力は多いはずだ。けれど、彼女は多くの祈りや魔術を使っても魔力がそれほど減っていないように思える。それが不思議でならない。

祝福による味方への強化は予想外に魔力を消費した。勝手に魔力を吸い出されるような感覚で、自分で魔力を調整するのが難しく思える。戦いのために魔力を温存することを考慮した上で他者を強化するならば多用できることではない。それなのに、マインは次々と祝福を重ね掛けした。

……私が祈り慣れていないせいか？　それとも、優れた回復薬を多く持っているのか？

祝福の重ね掛けに加えて講堂を水没させるヴァッシェンなど、私にはできないことばかりする。今もそうだ。

「……害意持つものを近付けぬ　風の盾を我が手に」

マインが神に祈ると、キンと響く硬質な音を立てて半球状の盾ができる。その魔力に反応したように、祭壇上の神像が持つ神具が妙な光を帯びた。予想がつかない彼女に底の知れない薄気味悪さを感じる。

「クインタは其方が守らねばならぬ存在ではない。其方はむしろクインタを殺し、全てを手に入れなければならぬはずだ。そう命じられたのではないか、マイン？」

「これ以上余計なことを言わずに今すぐ死ね」

クインタが私に向かって剣を振り下ろした。虹色の魔力の塊が剣から飛び出す。この攻撃は知っ

ている。魔力量によって威力は違うが、ただただ魔力を込めて振り下ろすだけの単純な魔力攻撃だ。ユルゲンシュミットで育った私にとって目新しさはない。

……魔力を溜めて、この程度か。

クインタは攻撃の手数が多いだけで、魔力量や攻撃力自体はそれほど脅威ではない。私は盾を構えると、魔力の奔流に流されるようにその場から飛び、構えた短剣を振って同じように魔力攻撃を繰り出した。クインタの魔力の奔流を切り裂いて魔力の当たらない場を作る。魔力の低い者の攻撃を避けるだけならば難しくない。

だが、私の魔力攻撃はクインタの攻撃を切り裂くより先に神像に吸い込まれていった。クインタの魔力攻撃も派手に光っているが、私に届く前に神像に吸い込まれていく。それによって神像が身につけている神具が一斉に光った。神具から光の柱が立ち、交差する。

妙な浮遊感と共にどこかへ引っ張られるように感じた直後、私達は始まりの庭にいた。おそらく神々によって強制的に戻されたのだろう。先程より不機嫌に見えるエアヴェルミーン様の姿に驚き、私は即座に跪いた。

「一刻も早くユルゲンシュミットの礎を魔力で満たさねばならぬ時に、資格を持つ其方等は一体何をしている？」

エアヴェルミーン様は礎の魔術へ向かおうとする私の邪魔をしたクインタとマインにいたくご立腹だった。

……エアヴェルミーン様がこの調子で二人を退けてくだされば……。

畏《かしこ》まる私と違い、クインタは自分の書を出して反論する。マインはクインタの書を覗き込もうとするが、エアヴェルミーン様には見向きもしない。

「見せてくれても良いではありませんか！　フェルディナンド様のケチ！」

私はエアヴェルミーン様の前だと理解していないようなクインタとマインの言動に、「なるほど。確かに無礼者だな」と納得する。クインタの言い分を受け入れなかったエアヴェルミーン様は「礎を染める気のない其方は疾く消えよ」とゆっくり上がった指先から攻撃を繰り出した。表情一つ変えずに発されたのは、私の全力攻撃に等しい神の御力の塊だった。クインタの盾やお守りが次々と弾け飛ぶ。

「行け、テルツァ。ユルゲンシュミットの礎を満たしてくるのだ」

エアヴェルミーン様の指示を受けて、私は立ち上がった。神々が私に味方し、邪魔なクインタ達を消してくれるならば、それに越したことはない。

だが、エアヴェルミーン様からあの威力の攻撃を受けたにもかかわらず、クインタは私の太腿を撃ち抜いた。祭壇上の戦いでお守りを失っていた私はその場に倒れる。エアヴェルミーン様が味方してくださったので油断してしまった。即座に回復薬に手を伸ばす。

目の前で私を害されたことにエアヴェルミーン様が激怒した。

「邪魔をするなと言ったはずだ、クインタ」

怒りを買ったクインタは、このままエアヴェルミーン様に消されるだろう。少なくともエアヴェルミーン様が私に「ユルゲンシュミットの礎を満たせ」と言った以上、私の身は安全だ。私は安心

して回復を待つ。

だが、エアヴェルミーン様の攻撃からクインタを庇ってマインが飛び込む。このまま二人まとめて消されると私は予想したが、そうはならなかった。マインはまたしても私の知らない呪文を唱えたのだ。

「フィンスウンハン！」

マインの手で大きく広げられた黒いマントがエアヴェルミーン様の御力を吸収し始める。驚きに息を呑む私の前で、苦しそうに顔を顰めたマインが高く両手を上げる。その手から光の柱が立ち上った。それに反応したように上空から光が降り注ぎ、光の繭《まゆ》を作るようにマインを包んでいく。光の繭がふわりと浮いた。

……今度は何をしている⁉︎

私にはマインが何をしているのか全くわからない。だが、エアヴェルミーン様にはわかったらしい。信じられないとばかりに光に包まれて浮いているマインの方へ顔を向けたまま、「メスティオノーラか？」と呟いた。クインタに対するエアヴェルミーン様の攻撃は止み、クインタもまた攻撃の手を止めて目を見開いている。

皆が注目する中、ゆっくりと光の繭が人の形になっていく。マインの形になり、一際強く光ったが、彼女の体は浮いたままだ。マインを取り巻く光は内側から発せられているようで消えない。ゆっくりと開けられた目の色はマインの金色から一段と濃さを増していて、目が合うと跪かずにいられない威圧感があった。あまりにも私とは存在が違う。それが一目でわかった。

「ローゼマイン！」

思わず跪いた私と違い、クインタは光を発しているマインに向かって手を伸ばす。直後、クインタの体は弾き飛ばされた。

「下がれ、無礼者」

声は同じだが、厳しく高圧的な口調、我々を睥睨《へいげい》する目、一瞬でぶわりと質量を増したような威圧感。空中で座っている彼女はマインと同じ形をしているけれど、完全に別の存在であることが嫌でもわかる。

「メスティオノーラ、マインはどうした？　貴女が降臨するとは珍しい」

クインタを跪かせた彼女はふわりと空中を滑るようにエアヴェルミーン様の前へ移動する。私やクインタに向ける蔑《さげす》みの表情とは打って変わって、親しげな笑みを浮かべた。

「今はわたくしの図書館にいます。クインタを助けてほしいと、エアヴェルミーンの怒りを鎮めてほしいと望まれました」

……英知の女神メスティオノーラをその身に降臨させただと？　意味がわからない。そんなことができるのか。

「エアヴェルミーンにわたくしの神力を分けて差し上げます」

ニコリと微笑んで英知の女神が手を差し出す。エアヴェルミーン様は困惑したように眉を寄せた。

「……それは、良いのか？」

「お待ちください。自分の体を使ってエアヴェルミーン様に力を分けることにローゼマインは同意

したのですか？」

　エアヴェルミーン様もクインタも英知の女神を止めようとする。クインタが止めようとするのはわかる。人の場合、よほどの緊急事態でなければ、自分の魔力を分け与えるのは親子や同母の兄弟間などの血族でなければ行われない。もしくは夫婦や婚約者同士がお互いに染め合う時だ。

　エアヴェルミーン様の反応を見ると、神々の間でも自分の神力を分けるのは普通ではないように思える。だが、英知の女神は笑顔で頷いた。

「わたくしの体くらい、いくらでもお貸ししますとローゼマインから許可を得ています。それに、エアヴェルミーンを救うことはわたくしの望みでもありますから。介入できる余地ができて安堵いたしました。さぁ、エアヴェルミーン。手を」

　嬉しそうに頬を染めた英知の女神がエアヴェルミーン様の手を取った。「そちらの手も」と言われたエアヴェルミーン様は、観念したように一つ息を吐いて両方の手を英知の女神と合わせる。女神の手に御力が集まっていき、合わせられた手から手へと女神の御力が移っていく。エアヴェルミーン様に神力が満ちていく様を私達はただ見ていた。

　どのくらいの時間が経っただろうか。英知の女神がエアヴェルミーン様から少し距離を取った。

「難のあるツェント候補ばかりですけれど、これ以上数を減らしてはならないでしょう。命を奪う行為は禁止します」

　エアヴェルミーン様にそう言った後、我々へ視線を向けて、「もちろん貴方達も、ですよ」と付け加えた。私はランツェナーヴェの者達の命を保障してほしくて口を開く。

「殺してはならないのは、ツェント候補である我々だけですか？　私と共にユルゲンシュミットに来た者にも適用されますか？」

「えぇ、魔力が枯渇しようとしているユルゲンシュミットで、これ以上無駄に命が消える行為は慎むべきでしょう」

英知の女神の言葉にクインタは「お待ちください」と声を上げた。

「人の理で重罪を犯した者は処刑されます。それを神の理によって禁じるということですか？　罪を裁いてはならないとおっしゃるのですか？」

「えぇ、全ての命を粗末にすることは許しません。禁を破れば、神からの処罰が下るでしょう」

「病死や餓死《がし》、魔獣に襲われるなどの不慮の事故によって寿命以外で死ぬ可能性はございますが、その際は誰が神の処罰を受けるのでしょう？」

「故意に奪う行為を禁じるだけです。環境のために命を落とした際に誰かに責任を負わせることはありません」

英知の女神が言葉を翻さないことがわかったようで、クインタが仕方なさそうに「かしこまりました。罪人を裁く王族や領主一族にその旨《むね》を伝えましょう」と頷いた。

「それより、新しいツェントに関してですが、全ての貴族の上に立つツェントはユルゲンシュミットの者であるべきだと考えています。ランツェナーヴェの王をツェントとして戴くことはできません」

クインタはランツェナーヴェ王である私はユルゲンシュミットの情勢に疎《うと》く、ツェントに相応し

くないと訴える。だが、その意見をエアヴェルミーン様は一蹴した。

「我はツェントが一刻も早く誕生することが望みだ。それ以上は特に望んでおらぬ。やる気のある者がツェントになれば良い」

「エアヴェルミーン様、私を新しいツェントに任じてください」

私はエアヴェルミーン様と英知の女神にランツェナーヴェの現状や協力者に報いるためにもツェントになりたいと訴えた。何より、礎の魔術を早急に染めるには魔力量が多い方が有利だ。私の方がクインタよりツェントに相応しい。

「貴方はツェントを望んでいないのでしょう？」

英知の女神の問いに、クインタは少し考え込んで「私自身がツェントになることは望んでいません」と答えた。

「できるだけ今の世界を荒らさないように今の王族に魔術具のグルトリスハイトを手渡して新しいツェントを任命し、神事の祈りを復活させたいと思っています。私の望みは将来的にメスティオノーラの書を受け取れる者を増やし、新たなツェントを選べる世にすることなので」

ツェントの継承の歴史に触れ、未来について述べるクインタにエアヴェルミーン様が「ふむ。其方の望みは悪くない」と同意する。

「だが、それでは時間がかかりすぎる。誰でも良いからさっさと礎を染めてユルゲンシュミットを存続させることが優先だ」

「ならば、エアヴェルミーン様は私が礎の魔術を満たせば私の望む方向に政治を動かしても構わな

いとお考えですか？」

「あぁ、礎の魔術を満たした後ならば、我も人の理に関知せぬ」

どちらがユルゲンシュミットの礎を満たすか、クインタと私が睨み合う。殺すなと言われると、敵を排除して礎を独占するのは難しい。誰がツェントになるのか公平な視点で決めなければ争いは終わらないだろう。命を奪わずに決める方法が思い浮かばない。

「英知の女神よ、どのようにして新しいツェントを決めるのか、その英知をお貸しください。殺し合わず、平和的に決めるにはどのような方法があるでしょう？」

「昔はメスティオノーラの書の記述の量を競ったけれど、今回に関しては公平とは言えないでしょうね」

どうしましょうか、と英知の女神がエアヴェルミーン様の肩に座るようにして首を傾げる。

「神々は何を以《もっ》てツェントに相応しいと考えるのでしょう？　人望？　それとも魔力量？　何が必要だとお考えですか？」

「魔力量は当然必要です。それに、わたくしが授けたメスティオノーラの書を上手く使いこなせる者が相応しいでしょうね。エアヴェルミーンは他に何かあって？」

「私はユルゲンシュミットを魔力で満たせる者であれば構わぬ」

クインタが「なるほど」と呟き、少し考えた後で提案した。

「今回の戦いで使われた風、闇、火の国境門には魔力が満ちました。それ以外の土、水、光の国境門にそれぞれが向かって魔力供給するのはどうでしょう？」

メスティオノーラの書で転移陣を調べ、自分で魔法陣を描いてここから国境門へ転移することで魔力の扱いを比較できる。魔力量が多ければ多いほど早く供給を終えられるので、魔力量の比較もできる。その競争によってユルゲンシュミットに魔力が満たされるのだから、エアヴェルミーン様にとって無為な競争にはならない。クインタの意見に英知の女神とエアヴェルミーン様が乗り気になった。

「メスティオノーラの書がなければ国境門へ行けない以上、ツェント候補に相応しい争いでしょうね。誰がどこの国境門に向かうかは神々が決めましょう」

魔力量に違いがあるのに魔力供給の勝負を持ち出すということは、クインタは魔力の扱いによほどの自信があるらしい。クインタがいくつか質問して回答を得る形で今回の競争における規定が決まっていく。

アダルジーザの離宮で育った私には、アーレンスバッハ以外の国境門がどこにあるかもわからない。話し合いに参加できず、調べる。

「テルツァ、メスティオノーラの書を使って国境門へ行くことはできるのでしょうね?」

女神に問われ、私は自分の書を確認する。国境門へ向かう転移陣はいくつもあるが、どれもこれも穴あきだ。それでも、他の転移陣を応用すれば穴を埋めることはできそうだ。

「問題ありません」

「そう、よかったわ」

英知の女神はツェントに私を望んでいるらしい。女神を降臨させられるマインの存在は不安だが、

魔力供給の速さを競うならば、魔力量が多い私が明らかに有利だ。

「ふむ、メスティオノーラよ。テルツァが書を授かる際、不自然に光が途切れたのだが、ここに再来すれば得られるようにできるか？」

エアヴェルミーン様も私のメスティオノーラの書が不完全であることを憂《うれ》えてくださっている。その言葉に少しだけ眉を上げた英知の女神に求められ、私は自分のメスティオノーラの書を開いて見せた。それに触れた英知の女神は難しい顔になった。

「零れた知識は得られるけれど、他に吸収されてしまった空白部分を得られることはありません。……それより大変なのは、貴方の書には礎に向かう方法が途切れ途切れにしか載っていないことではなくて？」

知られたくないことまで知られてしまったことに私は体を硬くする。一刻も早く礎の魔術を満たすことを望んでいるエアヴェルミーン様の反応を考えると怖くてならない。

「それではテルツァが新しいツェントになったとしても礎の魔術に到達できぬではないか」

「クインタやマインの書はどうなのかしら？」

英知の女神がクインタに視線を向けた。クインタは自分のメスティオノーラの書を出すこともなく、緩く首を左右に振った。

「私の知識も途切れ途切れで穴が空いているので、もう片割れも同様だと思われます」

「ならば、此度の勝者を新しいツェントにするため礎へ向かう道を示すとしよう」

エアヴェルミーン様の決定に私は胸を撫で下ろした。勝負をすることもなく新しいツェントが決

まることは回避できたようだ。

「公平な勝負のため、神々の助力や贔屓《ひいき》も禁止としましょう。私にはどうにもジェルヴァージオを神々が贔屓しているように思えます」

クインタの言葉に英知の女神は「今回の競争の間だけですよ」と条件付きで応じた。神々が多く祈りを捧げる者や自分が気に入った者を贔屓したり、気に入らない者に御加護を与えないのは普通のことだと言う。

それらの言葉から考えれば、神々からの私に対する心証が良いことがよくわかる。

……いや、クインタに対する心証が悪いだけか。

エアヴェルミーン様に攻撃していたクインタに対する英知の女神の表情や言葉は辛辣だ。クインタには女神からずっと軽い威圧が向けられている。

「では、わたくしは戻るので、マインがこちらに戻って来られるように呼びかけてちょうだい。呼びかけるのはテルツァの方が良いかしら？　クインタでは声がマインに届かないかもしれませんもの」

「ローゼマインに何をしたのですか⁉」

顔色を変えたクインタを、英知の女神はエアヴェルミーン様の肩に座った状態で見下ろして少し首を傾げた。

「体を貸してもらいやすいように少し精神的に干渉しました。……神に助力を願ったのですもの。多少の犠牲はつきものでしょう？」

読書に対する執着より深く心の内に入り込んでいる記憶への繋がりを切ったと、何でもないことのように女神は言う。女神を降臨させて望みを叶えてもらうには、予想以上の負担があったようだ。本は重要な物だが、周囲の者達との記憶に比べるとそれほど大事と思えない。マインはほとんどの記憶を失っている可能性が高いのではないだろうか。

「記憶の断たれた者の声はわたくしの図書館にいる者に届かない可能性が高いのです」

「……一度断たれた記憶を繋ぎ直す方法はあるのですか？」

私にとっては関心の無い事柄なので適当に聞き流しているが、クインタは少しでも女神から情報を得ようと食い下がった。真剣な表情のクインタの問いに英知の女神は、魔力を流すことでその者に関する記憶が繋がると教える。同時に、記憶が消えていたら知らない者の魔力を流すことに拒否感を示すだろうと指摘した。そして、無断で魔力を流されればマインはどう感じるかしら。目覚めたとしても見知らぬ者の記憶を取り戻したいと願うかしらと笑う。

「クインタはマインの中から貴方に関する記憶がなくなっているのと、残っているのとどちらを望んでいるのかしら？」

毒を含んだ笑みをクインタに向けて英知の女神は消えた。マインの体から発されていた光が少し弱まり、エアヴェルミーン様の肩からゆっくりと落ちていく。

「ローゼマイン！」

クインタが走り寄ってその体を抱き留め、何度も呼びかける。どうやら完全に記憶を断たれているようで、声が届かないのだろう。全く反応がない。記憶を断たれたということはマインにとって

クインタは読書より大事らしい。

私は彼女の意識が戻らなくても問題はないが、クインタはマインを抱え込み、手を握って魔力を流しながら何度も呼びかけている。祭壇上で戦っていた時と違って、ずいぶんと無防備だ。よほどマインが大事らしい。

……私の甥《おい》とは思えぬ甘さだな。

クインタの必死さを私は鼻で笑った。女神に殺し合いを禁じられる直前まで敵対していた者に晒す姿ではない。殺し合わなくても、罠にはめたり脅迫したり捕らえたりして邪魔者を排除する方法はいくらでもある。これからまだツェントの座を賭けて競うというのに、容易く己の弱点を晒すとは愚かにも程がある。

「……エアヴェルミーン様。彼女は本当に戻るのでしょうか？　お急ぎでしたら、意識の戻らない者をこの場に残し、私とクインタでツェントを争うことも可能ですが……」

私は提案したが、メスティオノーラの神力を得たエアヴェルミーン様からは完全に焦りが消えている。悠然とした態度でクインタ達を見遣《みや》った。

「メスティオノーラが三人で争うと規定したのだから、神の定めに従うべきだ。メスティオノーラが戻ったのだからマインの意識がこちらへ戻れるように何らかの手を尽くすまで待てば良い。其方もゆるりとせよ」

女神が決めたことを、こちらの都合で覆すことはできないようだ。仕方がないので、私は回復薬を飲んでマインが戻るのを待つことにした。祭壇上の争いで予想以上に魔力を使っていたせいか、

怪我の回復に効力を使ったのか、そもそも効力が弱いのか、これまでに飲んだ回復薬だけでは魔力が回復していない。競争が魔力供給である以上、今のうちに回復しておいた方が良いだろう。

……回復薬の量が心許《こころもと》ないな。

私は手持ちの薬を確認し、眉を顰める。祠巡りでいくつかの回復薬を使い、補給できないまま英知の女神像に大量の魔力を注いで貴族院図書館から始まりの庭に飛んだ。メスティオノーラの書を得る前にも回復薬を使ったし、祭壇上の戦いでも予想外に使ってしまった。私の手元にある回復薬はあと二つ。そのうちの一つを飲む。

「……ローゼマインだな？　きちんと返事をしなさい」

私が完全に回復した頃、マインの意識が戻ったらしい。クインタと何やら馬鹿げたやり取りをしている。あの二人は今の状況がわかっているのだろうか。

待ちかねて「そろそろ良いか？」と声をかけたことで、ようやくマインには周囲が見えたらしい。

「あ、あ！　あぁ～！　思い出しました！　戦いの途中だったではありませんか！」

マインには女神の御力の残滓があり、未だにほんのりと光っている。だが、言動のせいで神々しく見えない。姿形が同じせいで英知の女神が狂ったように見える。せっかく拝見できた美しい女神の記憶が薄れるので、マインには口を開かないでもらいたいものだ。

「時間が惜しい。始めるぞ。其方等が向かう先は神々が決める。その貴色の国境門を染めよ」

私に降り注いだのは光の女神の貴色である金色の光だった。ギレッセンマイアーの国境門だ。

「では、行け。其方等自身の手で転移陣を構築し、国境門を満たしてくるのだ」

エアヴェルミーン様の開始宣言に、「グルトリスハイト！」と三人が一斉にメスティオノーラの書を手にした。先に調べていたので転移陣はわかる。複雑だが、それを丁寧に描いていけば良い。

「コピーシテペッタン！」

マインの声に思わずそちらを見ると、何故か一瞬で転移陣が完成していた。

「何だ、それは？」

私だけではなくエアヴェルミーン様も知らないようだ。我々が唖然とする中、マインは得意そうに笑って「ケーシュルッセル　クラッセンブルク」と転移していった。

私は即座に自分のメスティオノーラの書で調べる。だが、「コピーシテペッタン」に関する記述は一つもない。

「ローゼマインが作った新しい呪文だ。メスティオノーラの書には載っておらぬ」

クインタはそう言いながら迷いなく転移陣を高速で描いていく。非常に慣れていることがわかる動きだ。私より魔力が少ないくせに国境門への魔力供給の勝負を提案した理由がよくわかった。

私は魔力量も多いし、ランツェナーヴェ王の経験から魔力を込めることは得意だ。しかし、魔力を含む素材がないランツェナーヴェでは、既存の魔術具を修理する以外に調合をする機会がなかった。魔法陣を描く経験が少ない私は転移できるまでに予想以上に時間がかかりそうに思える。

……とはいえ、この程度の差であれば魔力供給の速さで逆転できよう。

少しでも早く、と集中して描いている手にクインタから魔術具での攻撃を受け、手足を撃ち抜かれた。メスティオノーラの書を取り落とし、その場に倒れる。更にクインタは描きかけの転移陣を

撃ち、掻き消してしまった。

「なっ⁉　卑怯な……」

「命を奪うなとは言われたが、妨害を禁じる定めはなかったはずだ。その程度で死にはせぬ。これで回復する程度の傷だからな」

クインタは嘲笑するように口元を歪めながら薬を投げた。蓋の付いた薬入れがカラカラと音を立てて白い床を転がっていく。

「うむ。確かに妨害を禁じる規定はないな。行儀の悪い行為ではあるが、クインタの無礼は今に始まったことではない」

エアヴェルミーン様は何故か卑怯者の言葉に真顔で納得している。私の手足を撃ち抜き、転移陣を掻き消したクインタは、完成している自分の転移陣にメスティオノーラの書を掲げる。

「ケーシュルッセル　クラッセンブルク」

それはクインタが行くべき国境門ではなかった。クラッセンブルクの国境門では今マインが魔力供給をしているはずだ。まさか私だけではなくマインの妨害もするつもりか。

必死に守るように見せていたが、それもマインを信用させ、私を騙すための見せかけだったのではないか。クインタの腹黒さの底が見えず、何を考えているのか想像できない。あのような男の思い通りにさせてはならない。

「エアヴェルミーン様、どうか私に癒しを……」

癒しの祝福で自分を癒すことはできない。手足を撃ち抜かれていては回復薬を飲むことも簡単で

はない。私はその場にいるエアヴェルミーン様に癒しを求めた。エアヴェルミーン様にできなくても、神々に頼んでいただいて癒しをいただきたいとお願いする。

けれど、私の頼みにエアヴェルミーン様は「はて？」と不思議そうに首を傾げた。

「何を言っているのだ、テルツァ？　神からの助けや贔屓はないという定めではないか。ほれ、クインタが置いていった薬を早く使うが良い。急がねば、其方一人だけ遅れているぞ」

……この傷が見えないのか？　おまけにクインタの薬を使えだと？　妨害を明言していた者がわざわざ置いていった物だぞ？　これが本当に薬だと思うのか？　クインタ達より私をツェントに望んでいるのではないのか？

エアヴェルミーン様との感覚の違いに愕然とする。人の理と神の理は違うと言っていたクインタの言葉が脳裏に蘇ってきた。自分の常識と隔たりのある神の常識、先の見えない不透明さ、何とも言えない気持ち悪さがじわりと胸の内に湧き出てくる。

……だが、今更この競争から降りることはできぬ。

私は力の入らない手で、自分の持つ最後の回復薬を何とか飲んだ。何故か傷が塞がるのに時間がかかっている。クインタは一体何の魔術具を使ったのだろうか。痛みが消えるのを歯痒《はがゆ》い気持ちで待ち、私は再び転移陣を描き始める。

「ケーシュルッセル　ギレッセンマイアー」

転移した先は虹色の壁に囲まれた国境門の内部だった。成人後にユルゲンシュミットからランツ

エナーヴェへ向かう時、そして、今回ランツェナーヴェからアーレンスバッハへ来た時に国境門を通過したが、門の内部に入るのは初めてだ。

……この門の開閉と魔力供給がツェントの仕事なのか。

私は傍系王族として育ったが、同じ離れで育つ姉妹と違って貴族院へ通うことは許されていなかった。ランツェナーヴェの王となる私にはユルゲンシュミットの知識よりランツェナーヴェの知識が必要だと言われていた。それを鵜呑《うの》みにしていたが、ランツェナーヴェの者に教えたくない知識もあったようだ。始まりの庭の中でクインタとエアヴェルミーン様の会話を聞いていると、教えられなかった知識が意外と多いことに気付かされた。

……自分で調べられる道具を手にできたのは幸いだったな。

私はメスティオノーラの書で国境門への魔力供給の方法を調べると、壁際まで移動してメスティオノーラの書を壁に押し付けた。メスティオノーラの書を通じて自分の魔力が国境門へ流れていくのがわかる。

クインタの妨害に遭って転移するまでには時間がかかったが、マインもおそらくクインタの妨害に遭っているだろうし、クインタも妨害に時間を使っているはずだ。ならば、私が今から巻き返すことも可能だろう。少しでも早くと焦る気持ちになり、私は魔力をできるだけ多く流し込めるように壁を押す手に力を込めた。

「……っ⁉」

壁を押していた手が不意にガクリと動いて、私は少し体勢を崩した。何が起こったのかわからな

くて何度か目を瞬かせた後、魔力供給を続けようと思ったところでメスティオノーラの書が消えていることに気付いた。

「魔力供給が終わったということか？」

私は首を傾げながら、国境門の魔力供給が終わったことをどのように知るのか調べることにする。

「グルトリスハイト。……グルトリスハイト！」

何度呪文を唱えてもメスティオノーラの書は私の手に現れない。そもそもシュタープを出すことさえできなくなっている。おかしい。成人直前から手にしていて、ずっと使ってきたシュタープまで消えたのである。

「どういうことだ？　何が起こっている⁉」

予想もしていなかった事態に声が震えた。突然シュタープが消えるなど聞いたことがない。少なくとも私は習わなかった。メスティオノーラの書がなければ何故そんなことが起こったのか、どのように対処すれば良いのか調べることもできない。

遭遇したことのない事態に頭が真っ白になり、ひくりと喉が動いて呼吸が苦しくなる。何かできることはないのかと国境門の中を探り、自分の持ち物を見直した。だが、何も状況を打破できる物はない。閉ざされた国境門の扉を開けて、ギレッセンマイアーに行くこともできない。

……もしかするとこれもクインタによる妨害ではないか？

打つ手のない閉塞感《へいそく》に襲われる中、そんな考えが浮かんでくる。その瞬間、私の手を撃ち抜いた時のクインタの笑みが脳裏に蘇った。確信はない。だが、あの男が何か策を巡らせたに違いない。

グッと喉が鳴った。脳が焼き切れそうな怒りに体が震える。何ということをしてくれたのだ。シュタープの現れない手を拳にして、私は壁に怒りを叩きつけた。

女神との約束通り、命は奪われていない。私はまだ生きている。だが、命があってもシュタープがなければユルゲンシュミットの貴族としても、ランツェナーヴェの王としても生きていけない。

私がツェントになれなければ、ラオブルートや協力してくれた者達はどうなる？　ランツェナーヴェからやって来た者達の処遇《しょぐう》は？　何より次代の王がランツェナーヴェにいない今、シュタープを持つ者が戻れなければランツェナーヴェにある白の建物の崩壊は確実だ。私がツェントになったらユルゲンシュミットに連れてくるつもりだった妻達や子供達、幼い孫の顔が浮かんでは消える。

「神よ、正当なツェントを決める競争で、このような妨害が許されるのでしょうか!?　クインタに裁きを！　私に救いを！　このようなことを許してはならぬ！」

だが、どれだけ叫んでもシュタープが私の手に戻ることはなく、私の祈りは神に届かなかった。

フェルディナンド　負けられない戦い

……正面から戦って勝てる相手ではない。

それが祭壇の上でジェルヴァージオと対峙した私の判断だった。

ジェルヴァージオの魔力量はおそらくユルゲンシュミットの誰よりも多い。生まれる子供の魔力

量を高めることを何より重視するアダルジーザの離宮で、生まれた時の魔力量が頭一つ抜きん出ていたと聞いている。それに加えて、ランツェナーヴェ王として潜在的な量に驕《おご》らず、魔力圧縮を続けていたはずだ。

シュタープを持つ者が王しかいないランツェナーヴェで国を支え続けるのだ。領地を支えるためにどれだけの領主一族が必要なのか考えれば、一人か二人で一国を支えるランツェナーヴェ王の実力がわかるだろう。最低限の魔力で最大の効果を出す技術にも長けている。

……魔力量も魔力を扱う技量も今の私では敵《かな》わぬ。

祭壇上の戦いでは攻撃の手数を増やして、ジェルヴァージオからの攻撃を封じるだけで精一杯だった。私の攻撃に相手が慣れて反撃が始まると、敗北は濃厚になっただろう。

即死毒以外の攻撃用魔術具を大して持っていなかったらしい相手に、私は戦闘準備万端の状態でギリギリの対処しかできなかった。余裕でいなされた魔力攻撃に臍《ほぞ》を噛む思いをした。

……だが、この戦いは個人戦ではない。

ジェルヴァージオをユルゲンシュミットのツェントにしない。それがこちらの勝利条件だ。何人がかりでも構わない。それさえ達成できれば良い。そう考えると、真夜中の奇襲でアダルジーザの離宮を押さえて回復薬や道具類の補給を断てたのは大きい。少しだが、勝率が上がった。

祭壇上の戦いから今までジェルヴァージオは何度も回復薬を飲んでいる。どのくらいの回復薬を持っているか知らないが、元々戦うためではなくメスティオノーラの書を得るために貴族院図書館へ行っている。ならば、回復薬も攻撃用魔術具もそれほど多くは持っていないだろう。薬の強さに

よっては使用回数の制限もある。

……回復薬と魔力を削っていく。他に隙はないか？

ジェルヴァージオはメスティオノーラの書を手に入れた直後で、まだ使い方を熟知していない。

それに、ランツェナーヴェでは今までに作られた物を維持することが最優先になる。新たな創造に魔力を使う機会は少なかっただろう。

私が多少なりとも優位に立てるのは、そのくらいだ。相手が経験を積めば、すぐにひっくり返される。

そう思っていたが、英知の女神によるとローゼマインの妨害によってジェルヴァージオのメスティオノーラの書は不完全になったらしい。その不足は貴族院図書館の地下書庫で補える程度のものだが、今の状況では非常に大きな優位だ。ローゼマインは本当に思いも寄らないことをする。

……正面から戦って勝てないならば、裏を掻き、罠を張り、隙を突くしかない。

英知の女神の意見を聞き入れる振りをしながら、私は国境門への魔力供給で競うことを提案し、競争の規定を自分の都合が良い方に寄せた。

「では、行け。其方等自身の手で転移陣を構築し、国境門を満たしてくるのだ」

「グルトリスハイト！」

転移陣を構築するために三人が一斉にメスティオノーラの書を手にした。我々が空中に転移陣を描き始めるや否や、ローゼマインが「コピーシテペッタン！」で転移陣を完成させて転移していく。

……原理を教えてもらっておけば良かったか。

コピーシテペッタンを実際に体験した時はそれどころではなかったが、こうしてローゼマインが利用しているところを見るとなかなか便利な呪文だ。

見知らぬ呪文とその効果に動揺しているエアヴェルミーンとジェルヴァージオに少しだけ溜飲《りゅういん》が下がる。いくらメスティオノーラの書を調べても無駄だ。コピーシテペッタンはローゼマインが考案した新しい呪文だ。ローゼマインか、それを見た私が死ぬまでメスティオノーラの書に載ることはない。

私は転移陣を描きながら、ジェルヴァージオの様子を観察する。魔法陣を描く速さはそれほどではない。やはりランツェナーヴェでは国の維持が最優先で、王が調合したり新しい魔術を作ったり魔法陣を描いたりする機会はあまりなかったようだ。

転移陣を破棄して描き直させた時にどのくらいの時間を稼げるのか。魔法陣を描くのにどのくらい集中しているのか。こちらの動きをどのくらい警戒しているのか。敵のどんな細かい動きも見逃してはならない。

……これを防がれると全ての計画が瓦解《がかい》する。

転移陣を描き終える寸前にジェルヴァージオの様子を見ながら、私は細心の注意を払って攻撃用魔術具を手に取った。マントの中の動きに気付かれなかっただろうか。

チラリと視線を向けると、ジェルヴァージオと目が合った。一瞬ギクリとしたが、ジェルヴァージオが注目していたのは完成直前の転移陣だった。彼の分はまだ半分もできていない。わずかに眉を動かしただけだが、ジェルヴァージオが複雑な転移陣に苦い思いを抱いているのがわかった。

ローゼマインのコピーシテペッタンがよほど衝撃だったのか、私と自分の魔法陣作製にかかる時間の差に焦りを感じているのか、ジェルヴァージオの頭にあるのは少しでも早く転移陣を完成させることだけだ。目が合っても、私の転移陣を見ただけでこちらの動きには全く意識を向けていない。すぐに自分の転移陣に視線を戻して、続きを描くことに集中している。

……今だ！

私は自分の転移陣を完成させると、攻撃用魔術具でジェルヴァージオの手足を撃ち抜いて集中を切らせ、描きかけの魔法陣も撃って消滅させた。

「なっ⁉　卑怯な……」

立ってもいられず、その場に崩れ落ちたジェルヴァージオが吠える。だが、時間稼ぎで動けなくするための攻撃なので命を落とすような傷ではない。卑怯と言われても英知の女神との約束には抵触していないのだ。油断した方が悪い。私はジェルヴァージオに向かって薬入れを一つ投げる。

「命を奪うなとは言われたが、妨害を禁じる定めはなかったはずだ」

「うむ。確かに妨害を禁じる規定はないな」

エアヴェルミーン様の返事にジェルヴァージオは信じられないとばかりに目を見開いているが、英知の女神の決めた規定に触れなければ少々の妨害など気にするはずがない。神々にとって重要なのは、神と人の間で定めたことが守られているか否かだ。それはユルゲンシュミットの長い歴史の中で神々が介入した話を振り返ればよくわかる。

……ジェルヴァージオはまだ理解していないようだが、神と人の理は違う。

回復薬を渡して命を奪うつもりがないことを示せば、英知の女神であっても文句は言えない。毒を警戒する立場のジェルヴァージオが私の差し出した薬を飲むとは思えないが、薬を与えたのは神々に対する演出なので私の薬を飲んでも飲まなくても構わない。それに、飲んだところで毒ではない。使用者の魔力を使って体力や外傷を完全に回復させる薬だ。

……手足を動かせない以上、ジェルヴァージオには何かしらの回復薬が必要だ。

ジェルヴァージオが私の渡した薬を使えば魔力を削れるし、毒を警戒して自分の回復薬を飲めば彼の手持ちの回復薬を減らせる。どう転んでも私に損はない。

呆然としているジェルヴァージオが動き出す前に、私は完成している転移陣にメスティオノーラの書を掲げた。

「ケーシュルッセル　クラッセンブルク」

土の国境門に到着した私をローゼマインは疑いの目で迎えた。

「これまでの経験から考えた結果、女神様やエアヴェルミーン様が決めた競争の妨害を行うつもりだと判断しました。わたくしにはお見通しですよ！」

そこまでわかっているならば話は早いと思ったが、ローゼマインはあまりわかっていなかった。

「正々堂々と勝負してはいかがでしょうか？」などと馬鹿げたことを真面目な顔で言う彼女に、私は頭が痛くなる。自分だけではなく周囲の者達の命や今後の立場がかかった戦いだとわかっているのだろうか。魔石に恐怖を抱くほど戦いで傷ついた者の言葉とは思えない。

……もしや英知の女神が干渉したせいか？

読書より深く心に残る記憶が断たれていると聞いた。良い記憶だけではなく悪い記憶も断たれているならば、これまでの戦いの凄惨《せいさん》な部分が断たれている可能性は高い。記憶の有無も心配だが、ローゼマインにとって大事な者は基本的に下町の者達だ。今のところ問題はなさそうなので、ここでは余計なことを言わず、戦いが終わるまでは後回しにしておいた方が良いだろう。誰のどんな記憶がどのような形で欠けているのか、魔力のない平民の記憶を取り戻すためにはどうすれば良いのか、丁寧に検証する時間はない。

「魔力供給を終えたら貴族院へ戻り、その場で側近を呼び、彼等の言うことをよく聞いて、エーレンフェスト寮で休息を必ず取るように。わかったな？」

これはローゼマインの動きを限定しておくためだ。彼女は単純であまり他人の言葉の裏を読まないため、ジェルヴァージオの言い分に簡単に感化される。ランツェナーヴェの者達に妙な同情をして、予想外の言動をされると面倒だ。

「わたくし、魔力供給の他にしておくことがございますか？」

ローゼマインが私の意向を問うならば、この後は私の言葉通りに動いてくれるだろう。それがわかって、私は安堵した。これでローゼマインを血腥《ちなまぐさ》い戦いから安全なエーレンフェスト寮に隔離しておけるだろう。この後、私が向かう場所に付いてこられると非常に困る。誰にでも慈悲を振りまくローゼマインが来ると計画通りに進まないし、間に合わなくなるからだ。

……これだけ女神の御力が出ていても、ローゼマインはローゼマインだからな。

女神の御力で満たされてほのかに光っているが、英知の女神が降臨していた時とは表情や言動が全く違う。自分の記憶にある言動に安堵する反面、女神の影響が大きい姿に何とも言えない苛立ちを覚える。精神的にどこまでどのような影響を受けているのかわからないことが癇《かん》にさわるし、その影響を調べる時間がないことが腹立たしい。だからこそ、この状態を最大限に利用するつもりだ。

私はこの後の計画を思い浮かべ、ローゼマインの肩を軽く押した。

「この程度でよろけるならば、練習は必須だな」

体幹が弱すぎる。女神の化身らしさを装うならば、見栄《みば》えのする美しい動きや奉納舞の稽古をするように側近に命じる必要がありそうだ。私は頭の中でローゼマインの側近に命じることを羅列《られつ》しながらメスティオノーラの書を手にした。

……後は時間との勝負だが、果たして間に合うか。

「ケーシュルッセル　エアストエーデ」

貴族院の転移陣がある部屋から出ると、私は次々とオルドナンツを飛ばしながら講堂へ向かって駆ける。

「アウブ・ダンケルフェルガー、フェルディナンドです。英知の女神からの命令です。捕虜の命を奪ってはならぬ、と。女神の言葉に反した者にどのような罰が下されるかわかりません。王宮及びアダルジーザの離宮で捕虜を扱う面々に周知してください」

「アナスタージウス王子、フェルディナンドです。戦いの準備をして講堂で待機していてください。

回復薬などの補充はエーレンフェストの者に命じてください」

「エックハルト、フェルディナンドだ。アナスタージウス王子の物資補給に協力するように。それから、ローゼマインの側近を講堂に集合させておけ」

貴族院の中央棟はすでにダンケルフェルガーの騎士達に制圧されたらしい。中央騎士団の黒いマントではなく、青いマントが見える。おそらくラオブルートも倒されているだろう。ただの推測だが、講堂へ雪崩れ込んできたアウブ・ダンケルフェルガーとマグダレーナ様の勢いなら間違いない。

「フェルディナンド様、一体どちらへいらっしゃったのですか⁉」

講堂の手前で私の姿を見つけたユストクスが早足で近付いてくる。その質問を無視して、私は命じる。

「すぐにエーレンフェスト寮の転移の間に詰めている騎士やヒルシュール先生に連絡をして寮を開けさせよ。そして、アウブにはこの後で戻ってくるローゼマインが休息できる場をエーレンフェスト寮で調え、今回の戦後処理における王族との話し合いをエーレンフェストのお茶会室で行うので準備するように、と伝えてくれ」

突然の命令にも動じることなく、ユストクスは命令を復唱した後で少し首を傾げた。

「あちらも戦後処理で大変でしょう。受け入れてもらえるでしょうか？」

「中央の戦いにおける我々の後方支援を担ったという形にすると言えば、否とは言えぬ。すでに日が高い。側仕え達は動いているだろうし、アウブへの緊急連絡は届くはずだ」

「かしこまりました」

ユストクスはオルドナンツを飛ばしながら転移扉の並ぶ回廊へ向かう。私は講堂の扉を開けた。

講堂に到着するとローゼマインの護衛騎士達に指示を出し、シュトラールにアダルジーザの離宮にいる捕虜達の管理を任せた。アウブ・ダンケルフェルガーに王宮の捕虜達の管理と貴族院の警備を任せ、トラオクヴァール様とヒルデブラント王子の対応を任せることでマグダレーナ様の口出しを封じる。

一通りの指示を終えたところで準備を終えたアナスタージウス王子とその護衛騎士達がやって来た。エックハルトが差し出した回復薬や攻撃用魔術具を受け取りながら、私は講堂の扉に向かって歩き出す。

「ラオブルートを捕らえた今、どこへ戦いに行くのだ？」

「アナスタージウス王子、ラオブルートのような小物を捕らえたところで戦いは終わりませんよ。ジェルヴァージオが残っているのですから」

メスティオノーラの書を見せていたジェルヴァージオの名前を出すと、アナスタージウス王子が息を呑んだ。

「まだ残っていたのか？　すでに其方が排したのかと……」

「女神より殺すなと命じられたので、殺さずに排除しなければなりません。そのためにも中央神殿へ向かいます」

「中央神殿だと？」

意味がわからないと言わんばかりに驚いているアナスタージウス王子の反応を無視し、早足で転

移扉が並ぶ回廊を歩く。アウブ・ダンケルフェルガーの命令を受けたハイスヒッツェが我々について来るのが見えるが、邪魔にならなければ同行するのは構わない。

「アナスタージウス王子、王宮の封鎖はどうなっていますか？　我々は邪魔されることなく中央神殿へ行けますか？　時間がないので最短距離で行きます」

「ダンケルフェルガーの騎士達が捕虜を連れて出入りしているくらいだ。現在の王宮は封鎖されていない。中央神殿へ向かうには王族の許可が必要だが……まさか私を連れて行くのはそのためか？」

アナスタージウス王子が「王族の扱いが軽いのではないか⁉」と灰色の目を見開いた。私は鼻で笑う。この期に及んで、まだ今の王族が丁寧に扱われると思っているのだろうか。

「まさか。中央神殿への案内だけで役目が終わると思われては困ります。アナスタージウス王子にしていただくことは他にも色々とありますから」

「余計に扱いが悪い気がするぞ」

「何を呑気な……。ジェルヴァージオを排除できなければ、貴方達は王族でなくなります。女神の命令があるので命だけは助かるでしょうが、死んだ方が良いと思えるような扱いになる可能性は高いです」

ラオブルートに勝ったことで気が緩んだのではないだろうか。ジェルヴァージオが新しいツェントになることについて意識が向いていない。

「間に合わなければ勝ち目はありません。ジェルヴァージオは私より強い」

「なっ⁉　祭壇の上で其方は押していたではないか」

「手数を増やすことで、敵の攻撃を防いでいただけです。簡単に凌《しの》がれていました」

アナスタージウス王子とその護衛騎士達の表情が明らかに変わった。少しは危機感が伝わったらしい。

「母上、アナスタージウスです。これから急ぎ中央神殿へ向かいます。時間がないので王宮内を騎獣で駆けます。最短距離のバルコニーの開放をお願いします！」

オルドナンツを飛ばしながらアナスタージウス王子が早足から駆け足になった。皆が走り出し、王宮への転移扉に飛び込んでいく。

「広い廊下に出たら騎獣に乗るが、それまでは走るしかない」

扉の向こう、王宮にはダンケルフェルガーの騎士達のマントと彼等に協力している黒いマントがいくつも見える。反逆が制圧され、それなりに落ち着いてきているようだ。これならば文官達も仕事をしているだろう。

「アナスタージウス王子、クラッセンブルク、ハウフレッツェ、ギレッセンマイアーから国境門に関する質問や連絡が来ている可能性が高いです。何か連絡があればアナスタージウス王子にオルドナンツを飛ばすように文官達に命じてください」

走りながらの言葉に、息を切らしてアナスタージウス王子が振り返った。

「国境門で何が起こっている？」

「女神の降臨による現象だと返答しても構いませんが、文官達にも国境門を所有する領地の者にも理解できると思えません。時間の無駄なので問い合わせに返答する必要はありませんし、連絡があ

ったことだけ知らせてくれれば十分です」

国境門で起こっている現象の詳細を丁寧に説明する気はない。ローゼマインやジェルヴァージオの動きが少しでもわかれば良いと思っただけだ。

「……私も祭壇の神像が光って其方等が消える現場を見ていなければ、とても信用できなかっただろう。わかった。メルギルト、其方は文官達との連絡係として王宮に残れ」

不満そうな顔をしつつ、アナスタージウス王子は一人の護衛騎士を連絡係として王宮に残してくれた。メルギルトは我々から離れて、別方向へ向かいながらオルドナンツを飛ばし始める。これで国境門の様子が少しはわかるかもしれない。

「ここからは騎獣だ」

アナスタージウス王子の護衛騎士の案内に従って、騎獣で王宮内を駆ける。アナスタージウス王子が前もってお願いしてくれたおかげで、側仕え達が待機していてバルコニーに出るための掃き出し窓を大きく開けてくれている。その窓から飛び出し、別の建物のバルコニーから中に飛び込んだ。

この王宮は自分の血統で王座を独占しようとしたツェントが貴族院からの襲撃を警戒して設計したものだ。そのため、非常に複雑で貴族院への転移扉から中央神殿への転移扉の間はずいぶんと入り組んだ形になっている。初めて来た者には奥へ入り込むことさえ難しい。アナスタージウス王子がいなければ中央神殿に到着する前に時間切れだっただろう。

「メルギルトです。クラッセンブルクからたった今連絡が届きました。国境門が光っているけれど、何が起こっているのかという問い合わせです」

そのオルドナンツに、私は脳内でローゼマインが魔力供給を開始してから王宮に連絡が届くまでの間隔を計算する。そろそろジェルヴァージオが傷を回復させて転移陣を描き終える頃だ。ギレッセンマイアーから連絡が届くまでに中央神殿に到着しておきたい。そうしなければジェルヴァージオが魔力供給を終えてしまう。

「アナスタージウス王子、今回の戦いに参加しなかった領地には落ち着くまで貴族院への立ち入りを禁じてください。ふらふらと迷い込んだら敵と見做して問答無用で切り捨てるという通達をお願いします」

「フェルディナンド、それは……」

「トルークに侵されているトラオクヴァール様に余計なことを吹き込まれると、王族は今以上に危険な立場になります」

「母上に連絡しよう」

アナスタージウス王子がオルドナンツを飛ばすのを確認してから、私は後ろに声をかける。

「ハイスヒッツェはアウブ・ダンケルフェルガーにその旨を連絡せよ。肝心な時に役に立たなかった領地に邪魔をさせるな、と」

「はっ！」

先頭を駆けていた筆頭護衛騎士が階段を駆け下りると、「こちらが中央神殿に繋がる転移扉です！」と後方に向かって叫び、騎獣から飛び降りる。同行者が次々と騎獣を降りる中、アナスタージウス王子が転移扉を開けた。

次々と転移扉を抜ける。中央神殿側から見れば、突然鎧を着た騎士達が雪崩れ込んできたことになる。扉の番人をしていた一人の青色神官とその側仕えらしい二人の灰色神官が目を剥いて私達の立ち入りを咎めた。

「い、一体何事ですか⁉」

「神殿長に用がある。神殿長室はどこだ？」

「どのようなご用件でしょう？　先触れもなく、あまりにも乱暴な……」

アナスタージウス王子の姿があるにもかかわらず、こちらの質問に答えずに文句を言っている青色神官の襟首をガッとつかんで引き寄せる。

「神殿長室はどこだと聞いている。急ぎの用だ。早く答えよ」

「ひっ⁉　神事を行う神官にそのような態度を……」

答える気がない青色神官を殴り飛ばし、灰色神官に向き直る。暴力に全く慣れていない灰色神官二人は一斉に同じ方向を指差した。

「あちらです！　神殿長室はあちらの奥にございます！」

我々がその方向に早足で歩き出すと、警戒音が響き始めた。エーレンフェストの神殿にもある不審者の侵入を知らせる魔術具を作動させたらしい。神官達にできることなど特にないだろうと放置したが、これでイマヌエルに逃げられたり隠れられたりすると厄介だ。

「動けぬように手足を折ってくればよかったか」

「相手は神官だぞ⁉　其方、神殿にいた者ではないのか⁉」

神事や古語の勉強を軽んじていた割にアナスタージウス王子は意外と信心深いらしい。それともローゼマインと接することで信心深くなったのか。私は面倒臭いことを言い出したアナスタージウス王子をチラリと見た。

「貴族だろうが、神官だろうが、排除すべき邪魔者であることに何の変わりもありません」

王族であっても同じだ。邪魔者に配慮する予定も時間的な余裕もない。捜索に時間をかけられないのに、私達の侵入を防ぐために色々な部屋から次々と神官達が出てきた。

「ここから先は通しません！　不審者は止まってください！」

廊下を塞いで青色神官や灰色神官達が立ちはだかる。それで止まると本気で思っているのだろうか。武力を目の当たりにすることがない神殿の者達はずいぶんと考えが甘い。

「邪魔者は死なない程度に蹴散らして、早急にイマヌエルの身柄を確保せよ。ギレッセンマイアーから連絡がある前に終わらせたい」

「はっ！」

一番に返事したエックハルトが先頭に走り出た。シュタープを剣に変形させると、神官達のところへ突っ込んで「邪魔だ」と切り伏せていく。何の躊躇《ちゅうちょ》もなく剣が振るわれる様子に、神官達が悲鳴を上げ、血飛沫《ちしぶき》を上げ、逃げ惑う。

「ひいぃぃっ！　神殿長をお守りせよ！」

「神殿長、不審者が！」

数人が神殿長室へ助けを求めに走る。邪魔者を蹴り飛ばし、武器を振るいながら彼等を追って動けば簡単に神殿長室にたどり着いた。

エックハルトが手っ取り早く扉を開けるために神殿長室に向かって剣を振り上げる。扉にしがみついて泣き叫びながら必死に開けようとしている灰色神官がいてもお構いなしだ。

「神殿長！　神殿長！　開けてください！」

「退け！」

私は灰色神官を蹴り飛ばしてその場から引き剥がしながら命令する。

「エックハルト、中に影響を与えるな！」

私の声にビクリとしたエックハルトが剣を何度か振った。軽く振ったように見えたが、それだけで扉にはピッピピッといくつかの線が入り、いくつもの破片となってその場に落ちていく。

扉のなくなった神殿長室へ踏み込んだが、そこにいるのは青色神官や灰色神官ばかりだ。肝心のイマヌエルの姿はない。逃げ惑う者達の中に一人だけ動じずに立っている青色神官がいた。

「イマヌエルはどこだ？」

「あちらでございます」

彼は神殿長室の中にある扉の一つを指差した。鍵がなければ入れない部屋に逃げ込んだらしい。そこは神殿長でなければ扱えない物がたくさん保管されている場所だと彼は言った。

「そこにメダルが保管されているならば、力尽くでも開けねばならないが……」

「イマヌエル様を出すだけでしたら簡単ですから、歴代の神殿長が使用する魔術の掛かっている扉

を破壊するのはご遠慮ください」

神殿にいる者達では魔術の扉を修理できないし、中にあるのは重要な物なので破壊されると非常に困ると言う。確かに魔術で作られた部屋ならば扉を破壊することで部屋自体が消える可能性もある。そうなるとメダルがどうなるかわからない。

「どのようにイマヌエルを出すつもりだ？」

「この部屋から私以外の神官を出していただけるならば、私から騒動は終わったとイマヌエル様にお伝えすることはできます」

アナスタージウス王子の質問にも動じずに答える青色神官に、私は少し興味を持った。神殿の側仕えとは思えない肝《きも》の据《す》わり方をしているし、イマヌエルに対する忠誠心が感じられない。

「其方の名前は？」

「カーティスと申します。神殿長室付きの側仕えで、レリギオン様にお仕えしていました」

その言葉に私はある程度の事情を察した。イマヌエルはレリギオンを不当な手段で排して神殿長の座に就いたのだろう。神殿長の職務を引き継ぐためにいるだけで、カーティスはイマヌエルに忠誠を誓っているわけではないようだ。

「では、頼む」

神殿長室内にいた神官達をアナスタージウス王子の護衛騎士達が捕らえ、余計なことを言えないように黙らせた上で部屋の外へ出した。扉を開けてもすぐには見えないところに私達は移動し、カーティスがイマヌエルに声をかける姿を監視する。

「不審者が取り押さえられました。どのような処分を下すか、イマヌエル様のご判断を仰ぎたいと申していますが、どうしましょう？」

「フン、不心得者を罰するのは私の役目だからな」

偉そうな声が聞こえたかと思えば、すぐに扉が開いた。私は意気揚々と出てきたイマヌエルを即座に光の帯で捕らえる。扉を閉めるために手にしていた鍵を奪った後は、イマヌエルをハルトムートに引き渡した。

「ハルトムート、この者が持っている鍵を全て、それから神殿長の聖典を回収する。偽物をつかまされるな」

「かしこまりました。エーレンフェストの神官長の名にかけて」

「あぁ、ブラージウスを尋問したユストクスの報告によると、中央神殿長は今回の協力の褒賞としてローゼマインを望んだそうだが、どのように扱うつもりだったのかも聞き出しておけ。例の魔法陣を使って死ねないようにしておくことを忘れるな」

「お任せください」

イマヌエルの尋問をハルトムートに任せ、私はカーティスに視線を向ける。

「ここは鍵を持つ者以外でも入れる場所か？　メダルの保管場所を知っているか？」

「神事の後でメダルを運び込むのは青色神官の役目です。けれど、神殿登録者以外は入れません。また、その鍵は神殿長でなければ使えません」

私は手にある鍵を見た。魔力登録さえすれば使える物だ。鍵を握りこんで魔力を塗り替えると、

「問題ない。案内せよ」と鍵を使って扉を開けた。

カーティスに案内させてメダルの保管場所へ向かう。部屋の中には大きな棚がいくつもあり、様々な物が置かれている。この中から一人でメダルを探すのは大変だっただろう。エーレンフェストの神殿にもある平民用の大きなメダルの保管箱が並んでいるのが目に入った。

「そちらが平民用、こちらには所属が不明なメダルがございます。王族から連絡があった時に扱うとレリギオン様から伺ったことがございます。先日イマヌエル様が持ち出していたので、王族がいらっしゃったら正しいところに移してほしいと思っていたのです」

そう言ってカーティスが示したのは、平民用とは別の場所に置かれている二つの平たい箱だった。二つの箱には白いメダルが一つずつ入っている。私はその箱のすぐ近くに置かれているメダル確認用の魔術具を使ってメダルを見た。片方がジェルヴァージオで、もう一つがキアッフレードのメダルで間違いない。

「貴族ならばその魔術具を使ってメダルの詳細を確認できるのですね。あぁ、持ち出す際はこちらをご使用ください」

カーティスはそう言いながらメダルを持ち出すための小箱を差し出した。私はそれに二つのメダルを収める。

急いで保管室から出ようと歩き出したところで神殿長の聖典が目に入った。

「なるほど、聖典もここに保管していたのか。カーティス、これの鍵はどこだ？」

「それは、中央神殿の神殿長が代々受け継ぐ物で……」

カーティスが青い顔になって、聖典を持ち出されるのを防ごうとする。どこまでも中央神殿長の側仕えらしい反応だ。

「知っている。全てが終わったら中央神殿長に返すつもりだが、別に信用しなくても良い。今は急ぐので痛い目に遭いたくなければ、早々に喋れ」

「……信用させていただきます。鍵はこちらに」

口ではそう言っても、カーティスとしてはどうにも踏ん切りがつかないらしい。渋々という顔で聖典の鍵を差し出した。私はそれに魔力登録をして一度開いてみる。間違いないことを確認して保管室を出た。

血みどろのイマヌエルから悲鳴が上がる中、ハルトムートがイイ笑顔で問いつめているのが見えた。アナスタージウス王子やその護衛騎士達はその様子を視界に入れないようにしていて、私の姿を見た途端、悲鳴のような声を上げた。

「フェルディナンド、早々にハルトムートを止めろ！　もう十分であろう！」

捕虜の尋問もしたことがないらしいアナスタージウス王子の声に、私は顔を顰めた。ハルトムートの相手をする余裕などないのだが、わかっているのだろうか。

「アナスタージウス王子に気持ち良く動いてもらうためには致し方ありません。ハルトムートを止める代わりに、アナスタージウス王子は私に協力してください」

「すでに十分協力していると思うのだが？」

逃がすつもりがないから言っているのだが、と心の中で呟きながら私はハルトムートに声をかけ

る。

「ハルトムート、それは後回しにして、新たなツェントの就任式と奉納舞の神事についてカーティスと話し合いをするように」

「ローゼマイン様の奉納舞ですね？」

「そうだ。メスティオノーラの化身が新たなツェントにグルトリスハイトを授ける重要な神事でもある。其方が神事の進行を務めるならば、中央神殿との話し合いは必須であろう」

「何と素晴らしい！　神に祈りを！」

ハルトムートがイマヌエルを蹴り飛ばすようにして立ち上がって神に祈りを捧げる。その様子にビクッとしたカーティスをハルトムートの方へ押しやると、私はハイスヒッツェに「イマヌエルが見苦しくない程度に回復薬を与えておけ」と声をかけ、エックハルトにヴァッシェンでその辺りの汚れを清めるように命じる。

これで繊細《せんさい》な王子も文句を言うまい。私は小箱からジェルヴァージオのメダルを取り出す。

「では、アナスタージウス王子、こちらを……」

「あぁ、そうだ。其方があの部屋に入っている間にメルギルトからオルドナンツが来た。ギレッセンマイアーから国境門が光っていると問い合わせがあったそうだ」

ジェルヴァージオはすでに国境門への魔力供給を始めている。ジェルヴァージオの魔力量は多い。供給にどれだけ時間がかかるかわからない。私は急いでジェルヴァージオのメダルを差し出した。

「アナスタージウス王子、急いでこちらの破棄を」

「なっ⁉　私がするのか⁉」

「当然ではありませんか。中央に属するメダルの破棄は王族にしかできません。このために貴方を連れてきたのです」

私にできることならばメダルを見つけた時点で破棄している。エーレンフェストのメダルを扱えるのがエーレンフェストの領主一族だけであるように、中央に所属する者のメダルを扱えるのは王族だけだ。

「だが、メダルの破棄の呪文や魔法陣は……」

アナスタージウス王子はそんな言い訳をしながら、白いメダルを手にすることに躊躇いを見せた。呪文や魔法陣を教えてほしいと言うのではなく、この期に及んで迷いを見せる王族に私の怒りが振り切れた。魔紙に呪文と魔法陣を描いて、メダルと一緒に突きつける。

「魔法陣に魔力を込めて呪文を唱えるだけで良いから早くしろ！　女神に殺すことを禁じられた以上、ジェルヴァージオがギレッセンマイアーにいる間にしかできぬことだ。王族がツェントの座を狙う外敵の排除を躊躇うな！」

怒鳴られてビクリとしたアナスタージウス王子が魔紙と白いメダルを手に取った。護衛騎士達を遠ざけて声が聞こえない程度の距離を取ると、シュタープを出す。

「アナスタージウス王子、メダルの変化がよく見えないので位置を調整してください。呪文を唱える時は口元を隠して小声でお願いします」

私の細々とした注意にアナスタージウス王子は一度こちらを睨んでからシュタープを振った。魔

紙の魔法陣に魔力を込めれば、黒い炎の揺らめく魔法陣が浮かび上がる。それを見ながらアナスタージウス王子は口元を隠して小声で呪文を唱え、白いメダルを魔法陣に放り込む。

……果たして端から中心に向かって燃えるのか、割れてから燃えるのか……。

私はメダルの変化に目を凝らした。貴族院の講義では習わないことだが、メダルを破棄する際に対象者が領地内にいるかいないかで燃え方に違いがある。

黒い炎に呑み込まれたジェルヴァージオのメダルはいくつかに割れた後、その割れ目から黒い炎に染まって細かい灰のようになって消えていく。

……私の勝ちだ、ジェルヴァージオ！

拳にグッと力を込める。自分の口元に笑みが浮かんだのがわかった。いくら魔力量が多くても、シュタープを失い、ギレッセンマイアーの国境門に閉じ込められたジェルヴァージオはもう私の敵ではない。

「フェルディナンド様、そのご様子だと間に合ったのですね？」

状況を確認するエックハルトの声に、私はゆっくりと周囲を見回した。魔術の行使を終えたアナスタージウス王子を始め、同行してきた者達が私の言葉を待っている。私はエックハルトに向かって頷き、皆に向かって勝利を宣言する。

「ジェルヴァージオのメダルは破棄された。ユルゲンシュミットのツェントになることはできぬ。我々の勝利だ」

これでジェルヴァージオの命令によってアーレンスバッハの礎の魔術を奪われることも、ローゼ

マインが褒賞として中央神殿へ入れられることも、エーレンフェストに攻め込んできた者達が無罪とされることも、ディートリンデやレオンツィオ達が救済されることも、私が魔石としてランツェナーヴェに送られることも阻止できた。

「中央神殿でやるべきことは終えた。イマヌエルは罪人として捕らえるが、他の神官達は放置して構わぬ。王族との話し合いの場を設けることについて決めるためにも一度講堂へ戻るぞ」

私にとって最大の敵となるジェルヴァージオとの戦いは終わった。だが、王族との話し合いや新しいツェントの選出、それをエアヴェルミーン様に認めさせることなど、やるべきことはたくさん残っている。勝利感に浸っているだけでは自分の望む未来をつかめない。私は「ジェルヴァージオの排除」から「王族との話し合いをどう動かすか」に頭を切り替えた。

あとがき

お久しぶりですね、香月美夜です。
この度は『本好きの下剋上　～司書になるためには手段を選んでいられません～　第五部 女神の化身X』をお手に取っていただき、ありがとうございます。

プロローグはディートリンデ視点です。ディートリンデやアルステーデが離宮でどんなふうに過ごしていたのか、自称次期ツェントである彼女には今回の一件がどのように映っていたのか書きました。あとはローゼマインがほとんど立ち入らないので本編では書けなかった離宮の内部の様子を入れてみました。ディートリンデの思いのままになった最後の日です。

本編は貴族院の戦いです。魔石恐怖症に振り回されつつ、深夜の貴族院へ赴きました。中央棟にある転移陣のある部屋から外へ出てアダルジーザの離宮へ。離宮を制圧したらソランジュ先生を救出するために貴族院図書館へ。更に始まりの庭へ向かったジェルヴァージオに礎の魔術を奪われるのを阻止するために出口となる講堂へ。あちらこちらへ大忙しで、今回は移動が多いなと感じました。

ローゼマインの暴走は健在です。無自覚にジェルヴァージオの邪魔をしまくり、講堂内をヴァッシェンし、女神を降臨させて他者の度肝を抜き、国境門を光らせて戦いに参加していな

いクラッセンブルクやハウフレッツェの者達を慌てさせました。ページと時間に余裕があれば突然光る国境門を見た貴族の様子も書いてみたかったです。
エピローグはジークリンデ視点です。共闘したダンケルフェルガーの騎士達を支える後方支援である女性陣も寮で待機し、戦いに備えています。戦いを終えて戻ってきたアウブと第一夫人の会話。ローゼマインからは見えない、政変とその後のトラオクヴァールを支えてきた上位領地の判断について書いてみました。

今回も本編は短めにして、「中央の戦い」の閑話集を書き下ろしました。ローゼマインの目に触れない部分を中心にしています。イマヌエル視点で中央神殿がどのように関わっていたのか、ヒルデブラントが騙されたりメダルの確認をしたりした戦い前のラオブルートの根回しについて。戦いに駆り出されたアナスタージウス視点で王族の離宮の様子やラオブルートとの対峙を。マグダレーナ視点で王宮内の警戒やラオブルートとの決着を。ジェルヴァージオ視点でローゼマインの特異さや女神の降臨を。そして、フェルディナンド視点でジェルヴァージオとの勝負について書きました。
守りたいものや得たいものが違う、それぞれの戦いをお楽しみください。

今回新しくキャラデザされたのはアルステーデです。ゲオルギーネの娘で、ディートリンデの姉です。おどおどとした従順な雰囲気のある貴族女性になりました。捕まって情報を吐かさ

れるシーンのイラストがあるため、彼女は寝間着姿もデザインされました。髪を下ろすと、更に若く見えて可愛いです。

応援してくださっている皆様へ報告です。「このライトノベルがすごい！２０２３」（宝島社刊）の単行本・ノベルズ部門にて『本好きの下剋上』がなんと第1位になりました。投票してくださった方々、ありがとうございます。

ＴＯブックスオンラインストアのお知らせです。

・【二〇二三年二月十五日】コミックス第三部6巻

城へ報告に行くと「ずるい」を連発してくるヴィルフリートにイラッとして、一日生活を入れ替える辺りが収録されます。私はおまけＳＳにモニカ視点を書き下ろしました。

・【二〇二三年三月一日】ジュニア文庫　第二部7巻

原作小説第二部Ⅳの前半を収録。椎名優様による描き下ろしモノクロイラストが五枚、四コマ漫画も加わります。総ルビで小学生にも読みやすいです。

・【二〇二三年　春】ドラマＣＤ9

第五部Ⅺにドラマ CD同梱版があります。内容は中央の戦い。本当は次巻の内容まで入れる予定で準備していましたが、脚本の國澤さんが閑話集の内容をもっと入れたいとおっしゃった結果、次巻の内容が削除されて、中央の戦いに関係する内容だけで二枚組になりました。二枚分、それぞれのキャラの活躍をお楽しみください。特典ＳＳはジルヴェスター視点で「頭の痛

い要望と報告」です。エーレンフェストへの要望や報告をどう受け止めたのか書いてみました。お楽しみに。

今回の表紙はツェントレースをイメージしていただきました。とはいえ、銀色の布を被ったローゼマインはエーレンフェスト寮に戻ってきてからのイメージですね。女神の御力で光っています。

カラー口絵は講堂の戦いのイメージです。最終戦という雰囲気でとてもカッコいいと思います。個人的に王族とアウブが着けている紋章入りのサーコートが好き。

椎名優様、ありがとうございます。

最後に、この本をお手に取ってくださった皆様に最上級の感謝を捧げます。

第五部XIは春の予定です。そちらでまたお会いいたしましょう。

二〇二二年九月　香月美夜

毎度おなじみ
巻末おまけ
やるっとふわっと日常家族
作：しいなゆう
ローゼマイン様に女神が降臨された!!
エーレンフェストの醜態だな
ええ……
びち
びちっび
びち
超箱入り娘
側近を信用せず常に警戒したり自衛するのは当然であろう
わたくしそのような日常を過ごしてませんけど？
ローゼマイン最近の様子はどうですか？
新作の印刷の手配や奉納式など忙しいです もう少し本を読む時間があれば最高なんですけど
ローゼマイン様食事が進みませんね
少し疲れが溜まっている感じです 少し横になって読書をすれば回復すると思います
わたくし自分で思っていた以上に過保護に守られていたのですね
節々に過保護以上の甘々な要求が垣間見えた気がするが？

こんぽううんぱん

あらわれたら
つつんで運ぶ
あらわれたら
つつんで運ぶ
ただいま
戻りました
!!
対象
!!
あらわれたら
つつんで
ひよこ
運ぶ
アンゲリカ!!
もう少し
丁寧に!
みゃっ
だだだだだだ

安眠休息

マグダレーナ
本当にその格好で
休むのか?
どうぞ
あちらのお部屋で
トラオクヴァール様は
安心しておやすみ下さい
わたくしが敵の
侵入を絶対に
阻止してみせます
マグダレーナが
就寝している
部屋の方向
ズモモモモ
圧力
お守りしますぅ
ズズズ
気が休まらない……

広がる
第四部
貴族院の図書館を救いたい! Ⅷ
漫画：勝木光
2024年
5/15
発売!
新刊、続々発売決定!
好評
発売中
第二部
本のためなら巫女になる! Ⅹ
漫画：鈴華

「本好きの下剋上」世界！

Welcome to the world of "Honzuki"

アニメ

第1期 1～14話
好評配信中！
BD&DVD好評発売中！
続きは原作「第二部Ⅰ」へ

第2期 15～26話
好評配信中！
BD&DVD好評発売中！
続きは原作「第二部Ⅲ」へ

第3期 27～36話
好評配信中！
BD&DVD好評発売中！
続きは原作「第三部」へ

第三部
「領主の養女」
アニメ化決定！
アニメーション制作
WIT STUDIO

コミカライズ

第一部
本がないなら作ればいい！
漫画：鈴華
①～⑦巻 好評発売中！

第二部
本のためなら巫女になる！
漫画：鈴華
①～⑩巻 好評発売中！

原作「第二部Ⅲ」を連載《コミカライズ》中！

第三部
領地に本を広げよう！
漫画：波野涼
①～⑦巻 好評発売中！

原作「第三部Ⅱ」を連載《コミカライズ》中！

第四部
貴族院の図書館を救いたい！
漫画：勝木光
①～⑦巻 好評発売中！

原作「第四部Ⅰ」を連載《コミカライズ》中！

原作小説

第一部
兵士の娘
Ⅰ～Ⅲ

第二部
神殿の巫女見習い
Ⅰ～Ⅳ

第三部
領主の養女
Ⅰ～Ⅴ

第四部
貴族院の自称図書委員
Ⅰ～Ⅸ

原作小説

第五部 女神の化身
Ⅰ～Ⅻ 好評発売中！

著：香月美夜　イラスト：椎名優

貴族院外伝 一年生

短編集Ⅰ～Ⅱ

CORONA EX
TObooks

本好きのコミカライズ最新話がどこよりも早く読める！

https://to-corona-ex.com/

本がなければ
作ればいい——
原作小説
（本編通巻全33巻）
第一部
兵士の娘
（全3巻）
第二部
神殿の
巫女見習い
（全4巻）
第三部
領主の養女
（全5巻）
第四部
貴族院の
自称図書委員
（全9巻）
第五部
女神の化身
（全12巻）
決定!
ありがとう、本好き!!
シリーズ累計
1000万部
突破!（電子書籍を含む）
アニメーション制作：WIT STUDIO
TOジュニア文庫
コミックス
第一部
本がないなら
作ればいい!
（漫画：鈴華）
第二部
本のためなら
巫女になる!
（漫画：鈴華）
第三部
領地に本を
広げよう!
（漫画：波野涼）
第四部
貴族院の
図書館を救いたい!
（漫画：勝木光）

夢物語では終わらせない
ビブリア・ファンタジー
ふぁんぶっく
1～8巻
ドラマCD
1～10
ミニマイングッズ
椎名優描き下ろし
第三部「領主の養女」
アニメ化
Story
とある女子大生が転生したのは、識字率が低くて本が少ない世界の兵士の娘。いくら読みたくても周りに本なんてあるはずない。本がないならどうする？　作ってしまえばいいじゃない！
兵士の娘、神殿の巫女、領主の養女、王の養女——次第に立場が変わっても彼女の想いは変わらない。
本好きのための、本好きに捧ぐ、ビブリア・ファンタジー！
本好きの下剋上
司書になるためには
手段を選んでいられません
香月美夜
miya kazuki
イラスト：椎名 優
you shiina
詳しくは原作公式HPへ
https://www.tobooks.jp/booklove

出来損ないと
呼ばれた元英雄は、
実家から追放されたので
好き勝手に生きることにした
BANISHED FORMER HERO LIVES AS HE PLEASES
テレ東・BSテレ東・AT-Xほかにて
TVアニメ絶賛放送中！

［NOVELS］

原作小説 第7巻

2024年 5/20 発売!

［著］紅月シン
［イラスト］ちょこ庵

［COMICS］

※8巻書影

コミックス 第9巻

2024年 6/15 発売!

［原作］紅月シン ［漫画］鳥間ル
［構成］和久ゆみ
［キャラクター原案］ちょこ庵

［TO JUNIOR-BUNKO］

TOジュニア文庫 第3巻

2024年 6/1 発売!

［作］紅月シン ［絵］柚希きひろ
［キャラクター原案］ちょこ庵

［放送情報］

※放送日時は予告なく変更となる場合がございます。

テレ東
毎週月曜 深夜26時00分～

BSテレ東
毎週水曜 深夜24時30分～

AT-X
毎週火曜 21時30分～
（リピート放送 毎週木曜9時30分～／
毎週月曜15時30分～）

U-NEXT・アニメ放題では
最新話が地上波より1週間早くみられる!
ほか各配信サービスでも絶賛配信中!

STAFF

原作：紅月シン『出来損ないと呼ばれた
元英雄は、実家から追放されたので
好き勝手に生きることにした』（TOブックス刊）
原作イラスト：ちょこ庵
漫画：鳥間ル
監督：古賀一臣
シリーズ構成：池田臨太郎
脚本：大草芳樹
キャラクターデザイン・総作画監督：細田沙織
美術監督：渡辺 紳
撮影監督：武原健二 坂井慎太郎
色彩設計：のぼりはるこ
編集：大岩根力斗
音響監督：高桑 一
音響効果：和田俊也（スワラ・プロ）
音響制作：TOブックス
音楽：羽岡 佳
音楽制作：キングレコード
アニメーション制作：
スタジオディーン×マーヴィージャック
オープニング主題歌：蒼井翔太「EVOLVE」
エンディング主題歌：愛美「メリトクラシー」

CAST

アレン：蒼井翔太
リーズ：栗坂南美
アンリエット：鬼頭明里
ノエル：雨宮 天
ミレーヌ：愛美
ベアトリス：潘めぐみ
アキラ：伊瀬茉莉也
クレイグ：子安武人
ブレット：逢坂良太
カーティス：子安光樹

TVアニメ
公式サイトはコチラ!
dekisoko-anime.com

シリーズ累計90万部突破!!（紙＋電子）

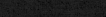

没落予定の貴族だけど、
暇だったから魔法を極めてみた
I am a noble about to be ruined, but reached the summit of magic because I had a lot of free time.
アニメ化決定!!
[イラスト]かぼちゃ

累計45万部突破!!
（紙＋電子）

COMICS

第5巻
好評
発売中!

漫画：よこわけ

コミカライズ大好評・連載中！

CORONA EX
コロナEX
TObooks

https://to-corona-ex.com/

詳しくは
公式HPへ！

白豚貴族ですが前世の記憶が生えたのでひよこな弟育てます

shirobuta
kizokudesuga
zensenokiokuga
haetanode
hiyokonaotoutosodatemasu

ドラマCD制作進行中！

（通巻第31巻）
本好きの下剋上
～司書になるためには手段を選んでいられません～
第五部　女神の化身Ⅹ

2023年1月1日　第1刷発行
2024年4月1日　第3刷発行

著　者　香月美夜

発行者　本田武市

発行所　TOブックス
〒150-0002
東京都渋谷区渋谷三丁目1番1号　PMO渋谷Ⅱ　11階
TEL 0120-933-772（営業フリーダイヤル）
FAX 050-3156-0508

印刷・製本　中央精版印刷株式会社

ISBN978-4-86699-718-6